サーカスから来た執達吏

夕木春央

Haruo Yuki

講談社

Kodansha

たとい富の伴わない自由であっても、それを与えるといわれて、はたして受けずにいられたろうか？　しかもその富たるや、まったく夢のようなものではなかったか？

――アレクサンドル・デュマ『モンテ・クリスト伯』

発端

絹川家の財宝とそれを狙う人々

＊

絹川《きぬかわ》という子爵家が名家であることは誰しも承知していたが、実際のところ先祖に何の偉勲があったのかと問われれば、それを知るひとは世間にはいなかったし、絹川家のものすら、そんなことはほとんど気にかけてもいなかった。

むしろ、その値打ちが百万円を超える美術品を所有していることのほうが知られている。絹川家が名誉の種にしているのもこの財宝だった。ひとまず美術品を、遥か昔の絹川家の功績が形を変えて結晶化したものと思って敬意を払っておけば、絹川家に十分礼を尽くしたことになるのだった。けれど、この財宝とて、そう頻繁に巷間《こうかん》の噂にのぼるようなものでもなかった。

明治の終わりから大正にかけての十数年の間に、絹川家の財宝をめぐっていくつかの華族家が対立し、奇妙な争いを繰り広げることになった。しかし、この事実も、争いの決着が近づくまでは、不思議に世間には取り沙汰されなかったのであった。

一　（明治四十四年十月）

驟雨の上がった夜十時。東京を、市内からずっと西に離れたところである。青梅街道《おうめかいどう》を外れ、埼《さい》玉《たま》県との県境にほど近いひと気のない山麓の暗路を、珍しくも一台の自動車が走っていた。

男が二人乗っている。どちらも黒一色の、大工が着るような装束だが、運転台の男の黒衣は真新しく、助手席の男のは着古してある。

運転台の男は、カーヴに差しかかると、自動車を草むらに隠すように停《と》めた。

「――ここで降りよう。もしも番人が居たら気づかれる」

「へえ」

運転台の男は青年で、気品があるとも、高慢ともとれる顔立ちをしている。もう一人はそれよりふたまわりは歳嵩《としかさ》の、しみだらけで背の低いごつごつした男だった。彼は青年に指図されるまま自動車を這い出て、濡れそぼつ草葉を踏みしめた。

本当は、こんな仕事には助手席の中年男のほうがずっと熟達していたが、今日はすべてを青年の主導に任せることになっていた。青年の名前は織原瑛広《おりはらあきひろ》といって、織原家という伯爵家の長男である。彼は今から泥棒、もしくは強盗をすることになっていた。絹川家に伝わる財宝を奪うのだ。

向かっているのは、絹川子爵が財宝を保管している別荘である。今日は、絹川家のものはみな東京市内にいて、留守だと調べをつけてある。

鍵開けなど、瑛広の手に負えない仕事をやらせるために、彼は本職を雇った。助手席の樫田《かしだ》という男がそれで、彼は二十年にわたり泥棒をやって、前科がふたつついていた。

「教えた通りだ。この先に、番小屋がある。番人は、恐らく留守ではないだろうな」

瑛広はまだ見通せないカーヴの先を指差し、樫田にささやいた。カーヴを抜けると、左側に森の奥へ延びてゆく一本道がある。その突き当たりに、一軒だけ建っているのが絹川家の別荘なのだ。

番小屋は一本道の始まりにあって、絹川子爵に雇われた番人が詰めている。留守のこともあるが、たいがいは居る。番人を拘束せねばならないことを、瑛広は覚悟していた。

道を進むと、果たして、番小屋には石油ランプの薄明かりが灯っていた。

瑛広は覆面を被った。

「仕方があるまい。待っていろ」

「ああ、待ってますよ。まあせいぜい気をつけて、上手《うま》いことやってください」

樫田は内心不安でならない。成否の責任は問わないといって高い前金を貰ったから、華族青年の犯罪に付き合う気になったが、いざ実行する段になると瑛広は思い詰めて、冷静さを欠いていた。

しかし、番人を縛り上げ、猿轡《さるぐつわ》をかます仕事を彼の代わりにやってあげようという気にもならない。番小屋に忍び寄っていく瑛広を、樫田はただ闇の中からじっと見守った。

瑛広は首尾よく気づかれぬまま小屋の扉にたどり着いた。ためらいを見せてから、彼はドアノブに飛びついた。

うわあッ、という番人の叫びが聞こえた。揉《も》み合う物音がもどかしく、かすかにとどいてくる。

そして――

「あっ、逃げられたな」

番人は襲撃者の手を逃れて窓から飛び出した。森へ駆け込んでゆく。瑛広は数歩遅れて追った。初老の男らしく、瑛広ほど俊敏ではない。

樫田は覆面を被ると、慎重に、番小屋へ歩を進めた。瑛広か、番人か、どちらかが戻ってくるのを、小屋の陰で息を殺して待った。

樫田が聞いた瑛広の事情は、こんなことだった。

金に困っているでもない華族青年が絹川家の財宝を盗もうと思い立ったのは、瑛広の父の織原久吾《きゅうご》伯爵が病を得て、精神に変調をきたしたせいなのである。肺癌の伯爵は、病床で譫言《うわごと》のように絹川子爵の持つ財産を欲しがるようになった。子爵が所有する、金に換えれば百万は下らない美術品をどうしても手に入れたいという。

絹川家は、織原家と同郷の華族だった。爵位は織原家より低い。死期の迫った織原伯爵は、絹川家の財宝は、自分が所有するべきものと思い込んでいた。

織原家のものは誰もこの譫言を本当にする勇気がなかったが、伯爵が手が付けられないまでに狂的になり、ついに瑛広が犯罪の実行を決意したのである。

瑛広は長男だが、妾腹《しょうふく》の子で、庶子であった。そのうえ、彼が幼いころに母が愛人相手に刃物を振るう警察沙汰を起こして以来、家のものに煙たがられ、公の場所に出ることを許されず、世間から隠されるようになった。

瑛広は、財産の奪取を成功させれば、不遇な自分の立場を救うことができると考えたのだ。家族はなかば彼に厄介を押し付ける格好で、これを支持した。

奇妙な話だとは樫田も思った。それでも瑛広が本気なのは確かだったし、報酬も間違いなかったので、織原家の事情には立ち入らなかった。織原伯爵の主張の正当性にも、特別関心はない。

それにしても、自動車などで来てしまって大丈夫だったのだろうか？　乗ってきたのは、ある実業家の別宅から無断で借り出してきたオースチンである。財宝を運び出すのには馬車より好都合だが、目立つ心配もある。幸い、近くには絹川家の別荘の他《ほか》に人家などはなく、ここまでは、誰にも見とがめられることはなかった。

――十分あまりも経っただろうか？　一向に、誰も現れる気配がない。

風が強まってきた。些細な物音はどこかへ紛れてしまう。

樫田は様子を探りにいくことに決めた。明かりは点けず、樹々が大雨の残滓《ざんし》を浴びせるのに顔を顰《しか》めながら、番小屋の脇を抜けて森に分け入っていった。

百歩も進むと、石油ランプを持つ人影が見えた。

眼《め》が慣れると、それが覆面の瑛広なのが判《わか》った。彼は、どうしたことか、明かりを掲げたまま微動だにしない。

番人を見失ったのか？　しかし、彼の視線は地面を向いている。

歩み寄ると瑛広はびくりと怯えた。その見つめる先にあるものを見て、樫田は訳を悟った。

彼の足もとには、うつ伏せになった番人が、不自然に脚をひん曲げて倒れていた。

「これ、あんたがやったんですか？　いや、そりゃそうだな。うん――」

樫田は覆面を取ると、しゃがんで番人の躰《からだ》を検《あらた》める。頸《くび》にきつく締められた跡があり、手首にさわると脈はなかった。

「もう無理だ。あんた、こんなのは一番駄目だよ。やっちゃいけない」

憔悴《しょうすい》した瑛広は答えない。ともあれ、番人を逃すまいとした瑛広が、力余って殺してしまったのには間違いなかった。

彼が失策をするかもしれないとは樫田も分かっていたが、まさか屍体を目前にする覚悟はしていない。樫田は忌々《いまいま》しげに吐き捨てた。

「こんなことをするなんて、俺は聞いちゃいない。留守のところに忍び込むか、誰かが居ても、ちょっと窮屈な思いをしてもらうくらいなら仕方がねえと思ったが――、あんた、これからどうするつもりです？」

瑛広は覆面を取った。顔色は蒼白である。

「――遺体はひとまず、自動車に運ぼう。始末はおいおい考えることにする。早く、絹川家の別荘に向かわねばならない」

樫田は慌てた。

「冗談じゃない。もう、十分に失敗しているんだ。せめて、出直しだ。こんな日に何をやったって上手く行くものじゃあない。俺は、殺人に関わるのは御免だ」

「この始末は全部僕がやる。お前は一切関わらなくていい。ただ、絹川家の財宝のことだけ手伝ってくれれば良いのだ。それ以外は、皆、僕が勝手にやったことだ。お前は殺人のことは知らなかったし、騙して連れてこられて、無理やり協力させられたと思えばいい。

今日の他にはもう機会はないかもしれない。僕は、どうしてもやらねばならない。お願いする」

瑛広は姿勢を崩して、ぶざまに頭を下げた。

彼が強硬なのには理由がある。樫田が聞くところによると、絹川子爵は、近々家に伝わる美術品を、誰にも見つからない場所に隠してしまうつもりだ、と縁者に触れ廻《まわ》っているのである。このときを逃せば、もう、財宝の行方は分からなくなるかもしれないのだ。

「仕方ない。来ちまったんだから――」

樫田は観念した。

瑛広は、事切れた番人を担ぎ自動車に向かった。屍体は財宝を運び出すために持ってきた、麻の穀物袋に入れ、後部座席に隠した。それから彼は現場に戻り、証拠を残さなかったか、森の中を執拗に見て廻った。

その悲愴さを見かねて、樫田は捜索を手伝った。

気が済むと、彼らはようやく自動車で別荘に続く一本道を進んだ。雨上がりの山道は泥濘《ぬかる》んで、自動車は轍《わだち》を残してゆく。

やがて、前方に別荘の屋根が見え始めた。

「おい、ちょっと近づきすぎだ」

「ああ！　いけない」

瑛広は未だ、殺人の夢心地から醒めないらしかった。もっと遠くに自動車を停めるべきだったのに、彼らはすでに別荘の車寄せまで近づいていた。

別荘の窓に明かりはなく、誰かに気づかれた様子はない。二人は自動車を降りると、煉瓦《れんが》のペーヴメントを歩いて、玄関に耳を寄せた。

「誰も居ないようだが――、しかし、気を付けねばならないな」

瑛広が調べた限り、番小屋だけでなく、別荘にも別の番人がやって来て泊まり込んでいることがある。今、屋内にひとの気配はないが、眠っているのかもしれない。樫田は瑛広にささやいた。

「中に入る前に、まず家のぐるりを確かめるべきだ。うっかり誰かに出会《でくわ》すのは懲《こ》り懲《ご》りです」

「分かった。そうしよう。しかし――、そうだ」

瑛広は、足もとから小枝を拾い上げると、玄関の扉にそっと立てかけた。

玄関扉の前は煉瓦が敷いてあって、足跡が残らないのだ。しかし小枝を立てかけておけば、玄関が開いたとき建物とペーヴメントとのあいだの細い土面に倒れ、跡が残る。これで、二人が見廻っている間に屋内の誰かが出入りをしても、見落とす気遣いはない。

「よし、行こう」

別行動はしない。二人で、窓を覗きつつ、別荘を右廻りに周回し、屋内の様子をうかがうことにする。

明かりを使うのは避ける。土面はやはり泥濘んでいて、しかも傾斜しているから、一歩一歩を、藪《やぶ》の中に杖を突き出すように恐る恐る進めなければならない。

別荘は二階建てで、斜面に建っていた。二階に玄関がある構造で、奥に行くほど地面は降っている。個室の窓にはカーテンが掛かっていた。廊下に面した窓からは屋内が見通せたが、貴族の別荘としてはありきたりの調度が見えるばかりだった。

しかし、斜面を下り切った、一番奥の一階の部屋は様子が違っていた。

窓にはカーテンではなく、鎧戸《よろいど》が重々しく嵌《は》まっている。瑛広は鎧戸の隙間に眼を当てた。

室内で、何かが煌めいているようだった。あたりをうかがってから、そっと石油ランプに火を入れ、部屋を照らした。

部屋は、鈍《にぶ》いランプの明かりを、合図を返すように照り返した。反射したのは精巧な磁器や硝子《ガラス》細工の艶、さらには宝剣や黄金仏に、時計の文字盤らしかった。四方の棚に納められたそれらは、ランプを揺するにつれてまたたいた。

鎧戸の奥に収蔵されているのは、確かに彼らの狙う美術品のようである。

「ここだ！　間違いない。良かった――」

瑛広は呟いた。

彼の計画は、二年ほど前にこの別荘を訪ねて、絹川子爵に財宝を見せて貰った政治家の話にもとづいていたから、もしやそれから子爵が財宝を移動させたのではないかという不安があったのである。樫田も、これを見てようやく職業精神を刺激され、いくらか興奮を覚えた。

別荘の裏手には川が流れていた。雨で増水しているが、流れはさほどはやくない。

それを尻目に、二人は反対側をまわって、玄関前まで戻った。

外からさぐった限り、今、邸内が無人なのは間違いないように思われた。玄関の小枝も、倒れた跡はない。

「――よし。入るぞ」

瑛広に促されて、樫田は玄関の錠前破りに取り掛かった。特別な錠前ではなく、数分を要して鍵は開いた。二人は依然慎重に、一部屋ずつ、子細に気配を調べた。

客間、食堂、居室、使用人室、それらに人が隠れていないことを十分確かめる。誰もいないと確信が持ててから、二人は一階へ、階段を降りた。

一階には寝室が五部屋あった。二階と同様に、無人であることを確認して、二人は少し緊張を緩《ゆる》めた。今、別荘には二人の他、誰もいないことは間違いなかった。

「あと、残る問題はこれだ。どんな塩梅《あんばい》だね？」

「さあ、簡単じゃあねえですよ。どんなもんかな」

二人は、監獄のような分厚い鉄の扉を前にしていた。例の、美術品を収蔵した一室の扉で、容易には開けられないようになっている。通常の鍵穴の他に、金庫のダイヤルのようなものが取り付けられていた。扉自体も、大工道具程度では到底壊すことの出来ないつくりである。

鉄扉《てっぴ》を前にして、いつもの金庫破りの遣り口が通用するか、樫田は道具を手に仕事にかかった。

錠前破りの途中、樫田は屋外に廻って、窓の鎧戸をこじ開けた。鎧戸の奥には太い鉄格子が嵌まっていて、窓から財宝の部屋に入り込むのは不可能だが、錠前の様子を室内側から確かめる必要があったのだ。

鎧戸を開けたので、財宝の部屋の全容が分かった。彼らがさっき隙間から見た他にも、棚には掛け軸の円筒や、さまざまな大きさの木箱がまだまだ並んでいたし、床には棚に収まらない仏像や柱時計や甕《かめ》が据えてある。

鉄扉を相手に、三十分程で樫田はついに指先に手応えを得た。

この分なら開けられると勢い込んだときであった。

「――あ！　畜生、折れちまった」

鍵開けの工具の先端が、鍵穴に引っかかって破断した。瑛広は慌てて樫田の手もとを覗き込んだ。

「どうする？　代わりは持っているのかね？」

「いや、ここにはねえですな」

瑛広は思い詰めた顔で樫田を睨《にら》む。

仕方なく樫田は言った。

「俺の知り合いに、こういうのをこっそり扱ってる金物屋が何人か居るが、一人は八王子《はちおうじ》の町に店を持ってます。今から自動車で向かって、叩《たた》き起《お》こせば調達出来ないことはない。しかし二時間はかかります。あんた、屍体の始末も考えなきゃならんから、時間が無い筈だが――」

「いや、構わない。止《や》むを得《え》ない。そうしよう。一旦、町へ向かう」

瑛広はついてくるよう手招きをして、玄関へ向かった。

自動車を動かす前に、樫田は後部座席に置いた罐《かん》入りの揮発油《ガソリン》の残量を確かめた。その隣に、番人の屍体はいぜん積まれたままである。どうしても邪魔になるので、嫌々ながら樫田はそれを動かした。屍体に、体温はまだ残っていた。

この仕事は上手くいかない。樫田は直感した。不測のことが立て続けに起こっている。これだけでは終わらないような気がする。

瑛広の運転で、山麓の道を市街へ向かった。八王子の金物屋を目指す。

二時間と少し掛かって、二人は再び絹川子爵の別荘へ続く山道を進んだ。幸いに、道具の代用はあっさり手に入った。急げば、予定通り夜明けまでに全てを終えられるかもしれない。

山道には四筋の轍がついている。さっき行き帰りした分で、他の誰かが通った様子はない。樫田の心中にあった不安はやわらいだ。

車寄せに自動車を停め、別荘に入ると二人は真っ直ぐ、一階の鉄扉の前に向かった。

「あとどれくらい時間が要《い》るかね？」

「さあ、もう大して掛かりゃしないと思うが——」

瑛広に急《せ》かされるまま樫田は手を動かした。一度、開錠する直前まで進んでいたから、今度はかなり早かった。

「——よし。開きましたよ」

十五分と掛かっていない。後は、品物を運び出して自動車で立ち去るだけである。それから先のことは、樫田には一切関係がない。

結局、不吉な予感は予感に過ぎなかった。

そう思って、樫田は、瑛広が鉄扉を開くのに一歩下がって場所をゆずった。

瑛広が、ランプを掲げて部屋に踏み込んだときである。樫田は、まったく想像だにしない形で、自らの予感が的中したのを知ることになった。

そこは財宝の部屋に間違いない。数時間前、窓の外から鉄格子越しに覗いた通り、陳列棚が四方の壁に並んでいる。しかし、肝心の財宝は――

「無い！　何一つ無くなっている！　あれだけあったものが――」

「何？　無いって？」

瑛広が叫んだ通りであった。陳列棚はすべて空になっていた。

棚だけではない。床に立ててあった、重そうな仏像や甕もすべて見当たらない。部屋を埋め尽くしていた財宝が、跡形もなく一切消え失せている。

「どうしたことだ？　誰がやったんだ？　――どうやって？」

呆然とする樫田を陳列室に残し、瑛広は別荘の家探しを始めた。誰がやったか分からないが、どこかの部屋に財宝が移されたのではないか――

一階の寝室を手始めに、瑛広が別荘をくまなく捜索するのを樫田も手伝った。

そして、屋内のどこにも、ひとつたりとも財宝がないと認めざるを得ないことが分かった。

「そりゃそうに決まっている。ここには誰もいないことを確かめたんだから――」

「では、いったいどうやって？　そうか！」

瑛広は玄関を飛び出した。樫田も続く。

別荘の周囲を確かめるのだ。誰かが外からやってきたのかもしれない。

ランプの明かりを頼りに、数時間前に二人が残した足跡を辿《たど》っていく。誰かが、別荘に侵入した痕跡を探すのだ。

さっきとまったく同じように、右廻りで別荘の周回を終えた。

戻ってくると、瑛広と樫田は玄関前に立ち尽くした。

彼らは異常なものを何も見つけなかった。二人が残した以外に、土面には何の痕跡もなかった。

「――無理だ。こんなことは、あり得ない」

樫田も同様の思いである。不可能としか考えられないことが起こっている。

最初に着いたとき、別荘に誰もいないことはしっかりと確かめた。周囲は雨のために泥濘んでいて、跡を残さずに近寄ることは出来ない。にもかかわらず、一本道には二人の自動車が往復した跡が残っているきりだし、別荘を周回しても、さっき二人が残した足跡の他、土面は真っさらの状態だったのだ。

樫田は、もしや増水した川から船で接近し、財宝を持ち去ったのかと考えていたが、当然、誰かが川岸から別荘に往復した様子はなかった。

つまり、彼らが別荘を離れた二時間余りのあいだ、誰もここに入ることも出来なければ、財宝を持って外に出ることも出来なかった筈なのである。にもかかわらず、それは綺麗さっぱり、掛け軸の一幅残さずなくなっている。

　樫田は瑛広の肩に手を置いた。

「ねえあんた、一体何が起こったのかさっぱり分からないが、俺たちのやらなきゃいけないことだけは、これ以上ないくらいはっきりしてますよ」

「――何だ？」

「逃げるんです。当たり前だ。どうやったか知らないが、この妖術みたいな真似をやってのけた奴は、俺たちが何を企んでたのか知ってるってことでしょう？　ここに残っていたって良いことがある訳がない。一刻も早く、こんな所は出ていくに限る」

　未練を残す瑛広を、樫田は無理やり自動車に乗せた。

　ちょうど、一度はやんだ雨がふたたび降り始めた。樫田は、雨音に紛れて、天空から何者かが彼らを嘲笑《ちょうしょう》する声を聞いた気がした。


「今日のことは、断じて他言無用だ。くれぐれも頼む」

　麓に下りた瑛広は、震える手で樫田に約束の礼金を差し出した。樫田は、掃除をしろと雑巾《ぞうきん》でも渡されたみたいに、義務的にそれを受け取った。

「俺が他言無用なのは構わないが、しかしあんたこそ大丈夫かね？　大分参っちまっているみたいだが」

「大丈夫だ。それに、僕に何かあったとして、お前の名を僕が口にすることは絶対ない。誓う」

「そりゃ、ありがたいことだが——」

樫田は、大仰な華族青年の約束を受け流した。そんなことより、もっと重大なことがある気がしている。彼もまだ、不可思議な出来事に遭遇した放心から醒めていなかった。

ともあれ夜明けを前に二人は別れ、それきり、二度と会うことはなかった。

瑛広は、番人の屍体を別荘から少し離れた山中に投棄した。自動車を早く返さねばならなかったために、念入りに殺人の始末をすることは出来なかった。帰宅してから瑛広は、あれほど執拗に確かめたにもかかわらず、自分の指紋がついているであろう釦《ボタン》を、現場に落としてきたことに気がついた。

数日後に番人の屍体は発見され、殺人事件として捜査がされた。

しかし、樫田と瑛広が捕まることはなかった。

本来なら事件の被害者と言ってよいはずの絹川子爵が、警察に協力的でなかったことが理由であった。殺人者の目的は分からずじまいになった。それだから、子爵家の財宝が不可思議な状況で消失したことは、長きにわたって世の誰にも知られなかった。

＊

明治四十四年の十月以来、絹川子爵は、近しい華族や財界人などに、こんなことを吹聴《ふいちょう》するようになった。

「間に合った！　家の財宝は皆、誰にも見つからない所に隠してしまった！　どこかは、私の他は誰も知らない。隠し場所は暗号にして残してある。絹川家の者の他には解けない暗号だ――」

瑛広たちが絹川家の別荘で遭遇した出来事を知らないから、話を聞いたものには「間に合った」というのが何を意味するのか分からなかった。しかし、子爵がどこかへ財宝を隠したということについては、誰しも、さもありなんと思った。

子爵が、絹川家に伝わる財宝が盗まれることを病的に心配しているのは広く知れ渡っていた。だから皆、ついに子爵の病が昂《こう》じるところまで昂じてしまったと思って、同情の笑みを浮かべ、それ以上は関心を払わなかった。

もちろん、野心を起こして財宝を狙おうとしても、それを見つけ出すのは到底不可能なことだった。子爵を出し抜いて暗号文を手に入れ、家族にしか解けないそれを解き、気づかれないように財宝を持ち出さねばならないのである。

絹川子爵が存命のうち、この難事業に挑戦しようというものは現れなかった。

しかし、十数年ののち、誰も予期しなかった、事態を一変させる出来事が起きる。

二　（大正十二年九月二日）

夜半を廻ろうとしている。東京はまだ燃えていた。

商店、民家、学校、橋梁、電柱、街燈、ひとの手でつくられたありとあらゆるものが毀《こわ》れている。瓦礫《がれき》で埋まった通りには、人々の家財を満載した大八車や馬車が犇《ひしめ》いていた。

一日前の、九月一日午前十一時五十八分に発生した地震は東京を壊滅させようとしている。何万もの建築を倒壊させた振動に引き続いて上がった火の手は、何十万のそれを焼いて、いまだ消える様子はない。

どれだけのひとが死んだのか、誰にも分かっていない。どこにでも屍体がある。倒壊した家屋に押《お》し潰《つぶ》され圧死したものや、火事に巻き込まれて焼死したものだけではない。川や池で溺死したもの、転んで、逃げ惑う人々に踏み殺されたもの、流言蜚語《りゅうげんひご》を信じた人々に打ち殺されたもの、それらはまだ片付けられてもいない。生き残った人々には、寝床をつくって休んでいるものもあれば、夜更けにもかかわらず、行方の知れない家族を探して彷徨《さまよ》うものもいる。


この酸鼻を極めた夜を、箕島《みのしま》家の家従《かじゅう》、榎田《えのきだ》は赤坂《あかさか》へと走っていた。

箕島伯爵に指図されたのである。混乱のさなかにもたらされた訃音《ふいん》によって、伯爵には、惨事の後始末よりも優先しなければならないことが生じたのだ。

災禍は人々の身分にかかわらず降りかかった。皇族華族士族、その他の名士にも多くの死傷者がある。

わけても、二つの名家のことはいち早く、箕島伯爵の耳に入った。織原伯爵家、そして絹川子爵家の両家は、震災によって一家全滅したというのである。真偽はまだ明らかではない。しかし箕島伯爵は、今この混乱のさなかにしか出来ないことをしなければならないと考えた。

絹川子爵が隠した財宝のありかを明らかにする。絹川家に伝わる財宝を手に入れるのだ。

榎田が目指しているのは赤坂の絹川家の本宅である。恐らく瓦礫と化しているであろう邸宅を捜索し、隠し場所の手掛かりを、出来れば暗号文を手に入れたいのだ。

鉄道、通信、電気、水道、瓦斯《ガス》、何一つ機能しているものはない。本郷《ほんごう》の箕島伯爵の屋敷から、榎田はその脚で十粁《キロ》余りも遠くの屋敷へ向かっているのである。

飯田橋《いいだばし》から東を向けば、まだ消えない炎の明かりで夜は不気味に明るい。あちこちから、火消しの人々が怒号し鼓舞するのが聞こえる。

変わり果てた東京の街並みに、榎田は居場所を見失い、幾度も道を間違えた。急ぐ榎田は、母親が、別々になった赤ん坊の、頭と胴をつなぎ合わせるようにして抱いているのや、一糸纏《まと》わぬ煤《すす》だらけの少女が、着物を借りようとして同じ歳格好の少女の屍体を転がしているのや、老人が、自分の家族の屍体を掘り出すのを手伝ってくれと叫んで札びらを振りまわしているのや、さまざまな罹《り》災者《さいしゃ》とすれ違った。

赤坂区のあたりに来ると、多くの建物が倒壊しているが、炎は及んでいなかった。

榎田はすっかり様変わりしているに違いない絹川家の邸宅を探した。

やがて見つけたそれは、いまや積木を蹴飛《けと》ばしたかのように崩れて散らばっていた。絹川邸は立派な煉瓦造りで、百坪余りの二階建ての屋敷だったが、庭の植木は傾き池も瓦礫で埋まっている。

榎田はさっそく、玄関で一人の女中が落ちた屋根の下敷きになって死んでいるのを見つけた。絹川家のものは、東京市内の会席場で被災したと聞いているから、屋敷に家族の遺体はない。

ここから、子爵が遺《のこ》している筈の手掛かりを見つけ出さねばならない。

そう思って身震いをしたときに、榎田は屋敷に先客がいることに気づいた。

一人の男が、瓦礫を漁《あさ》っている。

物盗りだろうか？　名家や宝飾店の跡地では、火事場泥棒が横行している。

しかし、男の様子はそれとは違った。漫然と金目のものを探しているのではない。榎田と同じく、明確な目的を持ったものの探し方である。

ランプを持ったその男をじっと見つめて、榎田は正体が判った。彼は長谷部《はせべ》隆一郎《りゅういちろう》といって、長谷部子爵の長男である。

隆一郎も、自分の後から絹川家の屋敷にやってきた男が、箕島家の家従を務める榎田であることには気づいていた。箕島家と長谷部家には、絹川子爵を通して付き合いがあったから、過去に二人は何度か顔を合わせている。

榎田が自分とまったく同じ目的でここに来たことを、隆一郎も悟った。彼もまた、この混乱の中で、百万を超えると言われる絹川家の財宝を見つけようとしているのだ。彼らは互いに近寄らないよう気を配った。もちろん挨拶など交わさない。そして、相手が先に重大な手掛かりを見つけることを心配した。

隆一郎が来たとき、屋敷はすでに物盗りに荒らされていた。しかし、物盗りは絹川家の隠し財産のことは知らないだろうから、暗号などには興味を持たなかった筈である。

暗号文がどのようなものかは分からない。自分がすでに漁った絹川子爵の書斎の机をひっくり返している榎田を見て、隆一郎は、もしかすると決定的な品物を見落としたのではないかと不安になる。

しかし、それを見つけたのは隆一郎だった。

彼は、執事の男が階段近くの扉の下敷きになって死んでいるのを見つけた。背広の胸もとを探って、手帳を探し出した。その最後の頁《ページ》に挟まっていた紙切れが、正に、絹川子爵の遺した暗号に違いなかった。

とじらちわゐなへゐだをむよゑたとえさせちゐむゑてゑたこゐたゑゑりいふるとにたてのひたさけゐゆわへたへやふへほあかろさごまるりあすめるくき寶《たから》ちきけなきたゑりのふとけふちこりなへゑむひゐだなよひもえよよな

意味はまるで分からない。子爵は、絹川家のものにしか分からないと嘯《うそぶ》いていたのだ。

顔を上げると、廊下の向こうから、榎田が彼に視線を投げていた。隆一郎が紙片に明かりを翳《かざ》している様子で、彼が何かを見つけたことに気づいたのである。

隆一郎はぞくりとした。平時ならともかく、この世の終わりのような今このとき、榎田が隆一郎を打ち殺して暗号を奪おうと考えないとは限らない。彼は素早く立ち上がった。

「僕は、探していたものを見つけた！　これで用は済んだ。失礼する」

捨《す》て台詞《ぜりふ》を残して隆一郎は足早に絹川邸を去った。振り返ると、榎田は膝《ひざ》を落として悔《くや》しがっていた。

長谷部一族は暗号を必死で研究した。

その間に少しずつ帝都は震災から立ち直ったが、しかし、なかなか彼らがそれを解読するには至らなかった。

＊

絹川邸の暗号探しで先を越された箕島伯爵も、百万円の隠し財産を手に入れることを一向に諦めてはいなかった。

震災ののち、伯爵は人知れず奇妙な事業を始めた。

災禍の混乱に乗じて神奈川県の山奥の土地を取得し、そこに変わった構造の屋敷を建てたのである。その屋敷は、長屋のような建物が正方形に巡って、中庭のあるつくりになっていた。中庭にはブロックで固められた小屋があって、窓には鉄格子が嵌まっている。

これは、隠し財産を手に入れるため、或《あ》る理由から秘密のうちに建てられたものだったが、当然箕島伯爵は、身内の他には屋敷のことを明かさなかった。財宝探しを争っている長谷部家も、もちろん伯爵の計画は知らない。

もっとも、箕島伯爵の計画は順調に進行したわけではなかった。

両家とも、財宝を手に入れることはできないまま、震災の日から二年に満たない月日がたった。

1

債鬼到来

一

「おい！　玄関の掛け軸をどこかに仕舞っておきなさい」

ふすま越しに、父が女中に指図をする声が聞こえる。

文机《ふづくえ》に向かっていたわたしは、集中を保つのをあきらめて、書きかけの藁半紙《わらばんし》をふせ、そのうえにえんぴつを転がした。そうして、文机に並べた桐の筆箱や、みかげ石の小さな文鎮、柱に吊るした鳩時計や、女学校に入学したころからもう五年以上も使っている麻のかばんのことを考えた。

筆箱や文鎮は姉のお下がりで、幼少のころから使っているので傷だらけである。鳩時計は、二年前の地震で床に叩きつけられていらい鳩が出てこなくなったし、かばんには焦《こ》げた跡がのこっている。

――まさか、こんなものまで持っていくことはないでしょうけれど。そう思いながらも、わたしはすでに、自分の持ち物がみんな借り物にすぎないような気になっている。

だれにも教えてもらえないから、本当のところ、父の借金がどれほどまでに膨らんでいるのかわたしは知らない。

二年前まで、こんな切羽詰まった暮らしは想像だにしなかった。それまでは、小石川《こいしかわ》のお屋敷に、お付きの女中を従えていたのだ。お庭には小さな築山があったし、馬車もあった。女子学習院には俥《くるま》で通っていた。子爵の身分に喜んで、資産家のおうちから嫁いできた祖母の恩恵を受け、樺《かば》谷家《たにけ》の生活はゆたかだった。

しかし、樺谷家の収入のほとんどを占めていた不動産は、震災でことごとく失われた。それを取り戻そうとして父は山師たちに騙され、あっという間に莫大な借金をつくった。小石川のお屋敷は手放し、今の四谷《よつや》のお屋敷に引っ越して、女中の数もずっと減った。そうやって、わたしたちはなんとか体面をつくろっている。

借金の額もわからなければ、一体だれから借りているのやら、それが一番わたしの心を落ち着かなくさせた。取り立て人は入れ替わり立ち替わり、近ごろは週に幾度も訪ねてくる。家のものたちはわたしをかれらに会わせないようにきづかっているけれど、お屋敷を出入りするときに鉢合わせることがある。

取り立て人の男らは三十過ぎから初老くらいで、たいがい、示し合わせたように面白くもない焦げ茶色の着物でやってくる。小説で読んだままの借金取りのすがたである。きっと、どこに行くにもあんな格好をしているのだ。

——もしかしたら、借金取りたちは、みすぼらしいなりをしてこのお屋敷に踏み込んでくることを楽しんでいるのじゃないかしら？

借金取りがわたしになれなれしく笑いかけて、無作法にもあたままで撫でていったり、あるいはわたしが生意気な髪かざりなんかをしているのを鼻で笑ったりすると、そんな邪推をした。わたしはかれらが嫌いだった。平民のかれらが、子爵の屋敷に乗り込んできて、当主を相手にお金を返しなさいと要求するのが面白くないはずがないのだ。

きっと今日も、誰だか借金取りがやって来るにちがいない。急なことだから父は慌てているのだ。わたしはふたたび藁半紙に向き合い、心配ごとを先のばしにしようとした。

しかし、やはりわたしはすぐにえんぴつを放りだした。今日はなんだかいつもとようすがちがう。ふすまの向こうのざわめきは一向に鎮まらない。それに、いくら父がそうでないように振る舞ったところで、樺谷家の借金の問題はきっと、わたしと無関係にはすまないのだ。

藁半紙をたんすのしたの隙間に隠した。これだけは何があろうとわたしのものである。そうして、事情を探りにふすまを開けた。

廊下に出ると女中のしのに行きあった。応接室に飾ったかびんを奥に運んでいくところだった。

「お姫《ひい》さま、今日はお部屋においでじゃなくちゃならないんですよ――」

しのはすれちがいざま、困ったように言うとさっさと行ってしまった。この女中は、なにか変わったことがあると、わけを話さずに慌ててみせて、わたしの心をざわめかす癖がある。

わたしはかまわず廊下を反対に、玄関のほうへすすんだ。

「おい、鞠子《まりこ》」

玄関ホールを気忙《きぜわ》しく歩きまわっていた父は、寄せ付けまいとするようにわたしを呼び止めた。

「しのが言わなかったか？　今日は来客がある。お前は部屋で静かにしていなさい」

「でも、お客さまなのに、どうしてかびんや掛け軸を片づけなくてはいけないんですの？」

父はわたしの口ごたえに嫌な顔をして、そぞろな足を止めた。

「鞠子、仮に掛け軸や花瓶がなかろうが、それがお前の人生を変えることはない。お前が気にしないといけないのはそんなことではないよ」

「はい。もちろん、掛け軸やかびんがなくたってわたしは気にかけたりしません。でも、そうしたら、こんどは一体なにがなくなっていくのかわたしは心配なんですの。このお屋敷ですか？　それとも、もっとべつのものですか？」

ますます顔を顰めて父は黙り込んだ。

わたしの父、樺谷忠道《ただみち》は樺谷子爵家の三代目である。一男三女があって、長男であるわたしの兄は海軍にいる。長姉は昨年、箕島という伯爵家に嫁いだ。もともとわたしの筆箱や文鎮を使っていた次姉は、地震で亡くなった。母は、震災後の心労に耐えかねて、知人をたよって田舎で療養中である。三女のわたしは、今年の春になんとか女子学習院を卒業し、いらい家にのこっている。

これから自分がどうなるのか、わたしは知らない。

爵位を継ぐ兄は、南方だとか、外国に行くこともあるから、父はきっと万一のことを考えている。そのときには、わたしに婿をとらせて後継にするはずだったのだ。

しかし、そんな父の目算も、借金のせいで怪しくなってきたのではないかとわたしは疑っている。

父はよく、次姉が生きていればとこぼしていた。わたしは詳しく知らないけれども、次姉には名家との縁談があったらしくて、それが無事に成ったなら相当の結納金が見込めたらしいのである。

次姉が亡くなって、縁談はご破算になった。

だからいまは、借金を帳消しにできるような結婚相手がいないかと、父はわたしの縁談を待っている。もしかしたら探しているのかもしれない。商売の才覚などないことはもう十分思い知っただろうから、そんなことに望みを抱くほか、仕方がないのだ。

父が威厳をつけて黙りこくっているので、わたしはもう一度訊いた。

「お父さま、おうちのことに口出しするのがはしたないことはわかっています。でも、わたしと関わりあることなら、そろそろ聞いておいたほうがいいと思うんです。そうしたら、わたしだって覚悟ができるわ。今日は、一体どうしたんですか？　何をそんなに心配しているの？」

覚悟なんていうのは嘘である。わたしが縁談を持ち出されて、すぐにこころを決めることなどできないのはわかっている。

「――いつもと同じことだ。ただ、今日はどんな方が来るか分からないから、きちんと出迎えねばならない」

「どなたが来るかわからないって、どういうこと？　もちろん、お金のことに関係があるんでしょう？」

父はようやく観念して、ことの次第を語り始めた。

「鞠子、一年ほど前から、私は晴海《はるみ》商事の社長に金のことを相談している。今日はそのことで話をしに来るというのだ」

「ハルミ商事って、あの、横浜の晴海商事ですの？」

「そうだ」

わたしだって知っている。日本で三本の指に入る貿易商社である。

その晴海商事の社長といえば、地震のときにずいぶんたくさんの寄付をした話が新聞に出たのを憶《おぼ》えている。よもや、そんなひとにまでお金を借りているとは思わなかった。

「晴海氏に、催促に応じられないことを手紙で詫びた。そうしたら、使いを寄越すから、その者と話をつけるようにと素っ気ない返事が来た。使いが万事解決をつけるというのだよ。今日の午後の予定になっている」

「お使いのひとって、どんなひとかお聞きになったんですか？」

「手紙でそんなことをわざわざ教えてはこん。詰まるところ、そんな仕事を任されている人間がいるのだ。晴海氏なら当然誰かを雇っている」

つまりは借金取りだ。

晴海商事の社長というのだから、まさか高利貸しみたいな真似はしないはずである。父がこれほど神経を張り詰めているのは、きっと借りた金額が莫大なのだ。樺谷家の命運を握っている大口の借り口で、取り立てを容赦してもらえそうにもないのだろう。

父が、わたしを使って借金のかたをつけることを考えているのはまちがいない。そう確信した。そうでなくて、わざわざ取り立ての次第を明かすことはなかったはずだ。わたしが「覚悟」だとかを口にしたのをいいことに、いざというときにわたしと結納金を引き換えにする説得の下準備を始めたのだ。

わたしは生簀《いけす》に囲われているようなもので、その中では何をしてもいいけれども、いつそこから掬《すく》い上《あ》げられるのかは、わたしには何も関わりがないのである。

まだ、父も決心をつけてはいない。取り立て人の訪問を前にして、言っておかずにはいられなくなったらしい。父が、子爵の身分に世の人びとが思い起こすのとは似ても似つかない小心者であることをわたしはよく知っている。わたしも、その性質をしっかり受け継いでいるのだけれども。

わたしの想像は先走ってゆく。取り立て人はきっと、例によって面白くもない着物を着て、ふくみ笑いを隠すみたいにしてやってくる。父に、なぜお金を返すことができないのかを説明させて、そんな事情が約束を破るのを許すわけではないこと、それは華族も平民も変わりないことを意地の悪い教師みたいに説くのだ。いままで通りなら、そんな具合にことが進む。

そして、——それから、どうするのかしら?

父の言ったなかに、気がかりなことがある。晴海商事の社長は、使いの借金取りが万事解決をつける、と知らせてきたというのだ。

「晴海さんていう方は、ただ催促をするんじゃなくて、借金のことで何かお考えがあるのかしら?商社の社長さんなんて、普通のひとがまるで知らないようなことをご存知でしょうから——」

急に不安が重みを増した。今日これから、商人式の強引な方法で借金の解決が図られるのかもしれない。もちろん、わたしに無関係でない方法だ。

わたしがまだほんの小さいころ、ある男爵家の息女が書籍の販売員になって世間を騒がせたのを思い出した。

それとも、震災後に孤児となったひとに、遊郭に身売りしたものが相当あったという話がある。

どちらも、わたしにとっては同じくらい縁遠くて恐ろしい。

しかし父は、これ以上、わたしを前に憂慮の気配をみせるべきではないと考えたらしかった。

「鞠子がそんな心配をして何になる？　晴海氏の使いと話をするのは私だ。お前は万一にも粗相のないように大人しくしていなければならない」

父がそう言った、そのときだった。玄関が、なんの前触れもなく、小刻みに鋭くたたかれた。けたたましい響きにわたしも父も思わずとびらから一歩引き下がった。すると、間髪を容《い》れずに玄関の向こうのだれかは大声を張り上げた。

「こんにちは！　おかね返してもらいに来ました！」

少女の声である。

二

父は、女中を呼んで玄関を開けさせるか迷った。しかし、やっぱり自分で訪問者の正体をたしかめずにはいられなくなったようすで、そっと玄関に歩み寄り、一言も発さず、息を殺すようにしてとびらの把手《とって》をまわした。

声の通り、訪問者は少女だった。少女はとびらが開くなり敷居《しきい》を踏み越えて言った。

「こんにちは。あたしユリ子です。樺谷子爵さん？」

「私が樺谷だが――」

ユリ子と名乗る少女は、少女にはちがいないけれども、舞台でも活動写真でもみたことのないような、奇妙な少女だった。

背は、五尺足らずのわたしよりも低い。千羽鶴でも着ているのかと思うような、和服でも洋服でもないどこかの国の民族服を纏《まと》っている。

丸顔で、痩せていて頰が少しこけている。頭には、やしの繊維みたいな髪の毛が好き放題に生《は》え、まるで酒屋の杉玉である。両耳には貝殻を削った大きな耳飾りをつけている。瞳は、ムクロジの実のように黒々として大きい。

父は、百貨店の雛人形が迷い込んできたみたいな顔をしてユリ子を見下ろした。わたしを部屋に追い返すのも忘れている。

「――君は伝言に来たのか？　晴海さんの使いがいらっしゃると聞いているのだが、来られなくなったのかね？」

「ちがいます。あたしがお使い。晴海のおじいさんに、おかね取り返してこいって言われたの。はいこれどうぞ」

少女はおもむろに民族服の胸もとに右手を差し入れると、くしゃくしゃの封筒を父に差し出した。

わたしは便箋を広げた父の手もとをそっと覗いた。いわく『貴公の相談に応じる時間を持たないことをお詫び致します　以後の折衝は全てユリ子が行います　この者と返済について取り決めを行うようお願い致します――』云々《うんぬん》とある。

「確かに、晴海さんは君に一切任せていると書いてあるが――」

「そうなの？　あたしそれよめないからしらないの」

　ユリ子はこともなく言って、父はますます訳のわからない顔をした。父は、書状の結びにあった『晴海兼明《かねあき》』という署名をじっくりあらためたが、確信を持てることは何もみつからなかったようだった。

「君、申し訳ないが少しこのままで待っていたまえ」

　父は玄関を出て行った。

　どうやら、電話を掛けに行ったらしい。わたしと奇妙な少女だけが、向かい合わせに玄関ホールに取りのこされた。

　少女はわたしに小首を傾《かし》げた。

「あなた、お名前なあに？」

「わたしは子爵の娘の、樺谷鞠子です」

「鞠子ちゃん？　そう。あたしユリ子」

　少女はもう一度名乗ると、乱杭歯《らんぐいば》をむき出しにしてにこりと笑った。

　珍しい格好のせいばかりでなく、ユリ子はどこか、まるで知らない遠くの国からやってきたように思われた。こんな少女は、貧民窟にも華族会館にも、どこにもいるとは思えない。わたしの想像のまるで及ばないどこかで人生を過ごしてきた、そんな気配がした。

　うっかり軽蔑はできないと思って、わたしは慎重に訊いた。

「ユリ子さん？　わたしにはよくわからないのですけど、あなたは一体何をなさってるの？　晴海さんの会社で働いてらっしゃるの？」

「まさか、あたしはそんなおつとめはできないの。あたしのお仕事は、晴海のおじいさんからおかねを借りたのに返さないひとから取り立てること」

　それだって、まさか、である。

　訪問者はやっぱり、晴海氏に雇われた借金取りだった。しかし、その風貌は、想像していたのとすべてがちがっている。

「どうしてそんなことをしているの？　――あなたは、晴海さんとご親戚なのかしら？　だからかわりを頼まれたの？」

「ぜんぜん親戚じゃないわ」

「そう。じゃあ、いつからその、執達吏《しったつり》みたいな仕事をなさってるの？」

「地震のあったあとから」

「それなら、地震のまえには何をなさってたの？」

「まえはサーカスにいたの」

　サーカス！　何かに筋が通った気がした。ユリ子の謎めいた気配は、たしかにそんなところに由来していそうである。連れて行ってもらったことがないから、翻訳の小説に書いてあるくらいしかサーカスのことは知らないけれども。

「――それじゃあユリ子さんは、天幕に張った綱を渡ってみせたりとか、空中ブランコをやったりとか、お馬の曲乗りをしたりしてたんですの？」

「そう」

「それが、どうして晴海さんのお金の番をするようになったの？」

「あたしサーカスから逃げて東京にきたの。そしたらちょうど地震があって、なんにもなくなっちゃったわ。そのとき晴海のおじいさんに会ったから、あたしのお仕事ないですかってきいたら、おじいさんの知り合いの衆議院議員のひとがおかね返さないから取り返してこいっていわれたの」

どうやら、晴海商事の社長というひとは、このユリ子と同じくらい、何かがおかしい。どんなことがあったら、世に聞こえた商社の社長が、災禍の焼け野原をうろつくサーカスの少女にそんな仕事を任せようと思うのか？

ユリ子は、洋服の自慢でもするみたいに楽しそうに言う。

「晴海のおじいさん、もう七十四歳だから自分でそんなことやりたくないの。だけど、あたしいままで一回も失敗したことないのよ。おじいさんに頼まれたのは、ぜんぶ取り返したわ。でもあたしがすごいんじゃないの。

おじいさん、別に返してくれなくてもいいひとか、そうじゃなかったら必ず取り返せるひとにしかおかね貸さないのよ。だから、鞠子ちゃんちのもぜったいに返してもらうわ」

不敵なユリ子の口振りには、悪意も敵愾心《てきがいしん》もまるでない。正月の前に、お友達の家に双六《すごろく》を返してもらいにやって来たみたいである。

玄関が開いた。ユリ子はパッと振り向き言った。

「あら子爵さんおかえりなさい」

「うむ――」

戻って来た父はこと問いたげにユリ子を眺める。やはり父は、ユリ子が持ってきた委任状の真贋《しんがん》をたしかめに、晴海商事に電話を掛けに行ったのだった。

父はさっぱり得心のいかない顔をしたまま、応接室にユリ子を招き入れた。電話で何を話したのかわからないが、ともあれ、このサーカスの少女が、借金を清算させるべく晴海商事の社長に差し向けられたのだという信じがたい話は、本当なのだと納得せざるを得ないらしい。

「こちらで話をさせて貰おうと思うが――」

「はいはい。鞠子ちゃんいっしょにどうぞ」

ユリ子は当然のようにわたしの右手首をつかんで応接室に引っ張っていく。

三

「お姫さまのお友達でございますか」

給仕にやってきたしのが怪訝に言う。借金取りがやってくると聞いているのだ。

「ええ、そうなの」

わたしも父も黙っているので、ユリ子は勝手にそう答えた。そして、しのがテーブルに置こうとした緑茶の湯呑みを、蝶々でもつかまえるみたいに両手でさっと奪って、どうもありがとう、と言い口をつけた。

ユリ子はしばらくテーブルの茶菓子を漁っていたが、わたしも父も湯呑みやお菓子に手をつけないのをみてとると、ボロ布みたいなかばんからキャラメルの箱とドロップの罐を取り出し、茶菓子の盆のとなりに並べた。

「いかが？」

「いや結構だ」

「そう？」

ユリ子は自分のキャラメルを一つつまんだ。

父は痺れを切らし、悠然とお菓子を頬張るユリ子に向けて口を開いた。

「ユリ子君、私は晴海さんから、この件については一切君に任せきりなのだと伺った。つまり、私と君の間で話が成ったなら、晴海さんはもう何も言うことはないと仰るのだな。

無論晴海さんがそう仰るのなら、私に異議がある訳ではないが、こういう問題を話し合う以上は、君のことを信用させて呉《く》れねばならないと思うが——」

「あら、そんなこと思っちゃいけないわ。あたしを信用しようだなんて大まちがい。子爵さんっておひとがいいのね。おかねを返せっておうちにやってくるひとたちまで信用しようとしてるの？借金取りが子爵さんのために何をしてくれるかなんて、考えたってしかたないのよ。

返せないのにおかねを借りるんなら、どうしたら返さなくてすむのかちゃんと考えとかなくちゃいけないわ。むやみにひとを信用するから、こんな借金まみれの困ったことになっちゃうの」

ユリ子は笑顔で言う。父はぬいぐるみで顔面をはたかれたみたいな、妙な面持ちになった。

「君は返済の催促に来たのだと聞いたが――」

「もちろんそう！　いまのはあたしが子爵さんだったときのはなし。あたしだったらそうするってこと。こうなっちゃったからには、どうしたっておかねは返してもらうしかないわ。はい！　じゃあどうするか決めましょ。子爵さん、いくら返さなきゃいけないのかちゃんとご承知ですか？」

しかめっつらの父は、テーブルに伏せてあった借用書の写しを、なるべくわたしにみせないようにしながらユリ子に差し向けた。

「これにある通りで間違いないのだろうね？」

「それみてもあたしわからないの。あたし字がよめないのよ」

「読めない？」

父はいよいよ困り果てたようすである。

確かに、ついさっきユリ子は、自分は晴海さんにたくされた手紙が読めないのだと話していたけれども、それは、文字がまったく読めないという意味だったのかしら？

大人しくしているつもりだったけれども、思わずわたしは口を出してしまった。

「ユリ子さん、文字が読めないって、かたかなもひらがなも、あなたは何にも読めないっておっしゃるの？」

「ええ。なんにもわからないの。だから、あたしのお仕事借金取りしかなかったの」

そんなはずはないように思うけれど。

文字が読めないということは、ユリ子は学校に行っていないのだろうか？　サーカスに居たというのなら、そんなことがあっても不思議ではない。

　ユリ子は、本当に読めないことをたしかめるように、差し出された借用書の写しを一瞥した。そして、異人さんに無効の外貨を突き返すみたいに、父の手もとに押し返した。

「でも、おはなしをするのには、あたしがそれをよめるかどうかはぜんぜん関係ないはずだわ。あたしちゃんと、樺谷さんちのこと晴海のおじいさんにきいてきたの。

　子爵さん、一年前に、おじいさんから一万円借りたんでしょう？」

「うむ――」

　父はしぶしぶ頷く。

　きっと、本当は金額だとかの細かなことをわたしの耳に入れずに話を進めたかったのである。そもそも、父はわたしがこの話し合いに加わることを喜んでいない。わたしだって、なぜユリ子がわたしを応接室に引っ張ってきたのか、理由はさっぱりわからない。

「それで、利息が年に五分。一銭よりしたは切りすて。毎月、返してもらうのは二百円と利息をあわせたぶん。だから、四年と二か月かけて返してもらうって約束だったのね。

　だけど決めた通りにちゃんと返してもらったのはさいしょの三か月だけ。そのあとはしばらく利息だけもらってたわ。さいきんの四か月はなんにもなし。だから、子爵さんに返してもらうおかねは、のこり九千五百五十八円と三十八銭。あってるでしょ？」

「ああ。そのくらいのはずだな――」

父の言葉があやふやになると、ユリ子は続けて言った。

「ええ、おかねってただの数字だからわかりにくいのよね。九千五百五十八円と三十八銭だから、キャラメルだったら九万五千五百八十三個と十六粒。ドロップの罐だったら十九万千百六十七個と半分ちょっと。やきいもだったら九十五万五千八百三十八本。それだけ返してもらわなきゃいけないわ。

そう子爵さん、鎌倉《かまくら》にもうひとつおうちをお持ちだったんでしょ？　おじいさんに、もし払えなくなったらそれを売って返すって約束してたのよね。

でも、こないだそのおうち勝手に売っちゃったでしょ？　ほかのひとに厳しく取り立てられて我慢できなかったのね」

鎌倉の別荘をすでに売り払っていたのは、わたしには初耳だった。

まさか、ばれていないと思っていたのではあるまいけれども、そんなことに通じているように見えないユリ子が当然のように暴露を始めたので、父はうろたえた。

「いや、確かに、それは申し開きのしようがない。こちらからお知らせするべきだった。勿論晴海さんには、他の方法で埋め合わせをさせていただくよりあるまいが――」

「いいのいいの。晴海さんべつに怒ってなかったわ。そんなことだろうと思っていたがな、って言ってたわ。でも、ほかの方法っていうのが、困ったことねえ。子爵さんって、ほかにも一万二千円くらいおかね借りてるでしょう？　晴海さんがしらべたの。

晴海さんのと合わせて二万千五百五十八円と三十八銭。あんぱんだったら八十六万二千三百三十五個。

樺谷さんの大きな財産は、鎌倉のおうちを売っちゃったから、あとのこってるのはこのお屋敷だけね。でもこれも、もう抵当権が二つついてるのね。お屋敷が一万二千五百円の評価だから、それで一万二千円は返せるけど、五百円しかのこらないわ。晴海さんのぶんには全然足りないの」

途中から、ユリ子はわたしに向かってしゃべった。

面倒な数字や、リソクだのテイトウケンだのの用語をユリ子はよどみなく口にするが、あまりに風態と不似合いなせいで本当にわかってしゃべっているのか疑わしくなる。しかし、父がこめかみに手を当てて考え込んでしまったようすからして、この少女がしゃべっていることは正確で、けちをつけることはできないらしい。

　わたしも、これまで父が思いつくだけの手段を使って、きっとみっともないまねもしてお金の工面をしてきたことは、なんとなしにわかっている。だから、一時は十万円以上になっていたらしい借金が、なんとかそれだけになったのだ。

　これ以上は、きっと父も手が打てない。この二万円ばかりが、樺谷家の命運のかかる、抜きさしならない借金ということらしかった。

　父は情けない声で言った。

「もちろん、約束を違《たが》えたのはこちらが悪い。しかし、お借りしたとき、晴海さんには私の窮状を十分に理解していただいたように思ったのだが——、晴海さんは、お急ぎなのかね？　私が早く返済を済ますことをお望みなのか」

「ぜんぜん急がないわ。ちゃんと返してもらえるんならいつでもいいの。でも、はやくしたほうがいいわ。利息がはらえないんじゃ、これから苦しくなることはあっても、楽になるはずがないって晴海さん言ってたわ。だから行ってこいってあたし頼まれたの」

「——それは、君は何か考えを持っているということかね？　その、私が如何にして晴海さんに返済を行うべきかについてだが」

「ええ。あたし考えがあるわ」

　ユリ子は、不機嫌な子供にあとのお楽しみをほのめかすみたいな口ぶりである。真意は、わたしも父も量りかねた。

「それは、どういう——」

「もちろんおはなしするわ。でも、あたしそのまえにこのお屋敷のなかをみせてもらいたいわ。だって、もしここに九千五百五十八円三十八銭ぶんの品物があったら、あたしが考えてるみたいな、たいへんなことはしなくてもいいの。

　それに、今日はぜったい、担保をおあずかりしなくちゃならないわ。鎌倉のおうちのことがあったから、なんでもいいから差し押さえてこいって晴海さん言ってるの」

四

かびん、掛け軸が三幅、すずり、螺鈿《らでん》細工のくし、反物、わたしの振袖もある。

さっき、父が慌てて隠させた品々である。北の隅の六畳間にて、ユリ子がそれらをあっさりみつけだしたとき、わたしはどの借金取りに会ったときよりもみじめな気分になった。

父が取り立てから守ろうとしたこれらの値打ちものは、売り立てをやってほとんどの貴重な家財を手放してしまったなかで、最後にのこされた品々だった。

ユリ子は、六畳間の真ん中の畳の縁が少し浮いているのに気づいて、そこに爪先を乗せたまま、ヒョイと父のほうに振り向いた。父が動揺したのをみてとると、さっさと畳を持ち上げ、隠し財産を暴いてしまった。

「あら！　すごいわ。いろいろあるのねえ」

そんなことを言いながら、ユリ子は畳にぺたりと座り込んで品物を一つ一つあらためてゆく。

父はこんな品々を華族の誇りの具象化したものみたいに考えて、必死で守ろうとしているけれども、床下に隠したそれらをサーカスの少女にみつけられ、品定めをされているいまの光景をみると、誇りなんて、とっくにどこかに失くしてしまっている。

「これ立派ねえ。それに何か書いてあるわねえ」

それは、掛け軸だから書いてあるのに決まっている。ユリ子が広げているのは明治天皇の御宸筆《ごしんぴつ》だけれど、その値打ちを知っているようにはとてもみえない。

結局、ユリ子は一通り隠し財産をながめ終えると、畳のうえに品物をならべ、膝の埃《ほこり》を払ってすっくと立ち上がった。

「これまた床下にかたづけますか？」

「――いや、そのままで構わない」

「そう？　それじゃつぎのお部屋にいきましょ」

ユリ子が先頭を行きかかったので、父は慌ててその先に立った。

御宸筆はそう簡単に処分することもできまいけれど、床下の品々は、ぜんぶ合わせれば千円くらいの価値はあるはずである。しかし、担保に持って行くことをユリ子は考えないらしい。


めざとく床下の品物をみつけはしたが、執達吏ユリ子の仕事ぶりはずいぶんいい加減である。ひとしきり調度を見物すると、水族館でもめぐっているみたいにどんどん次の部屋へ進んでいく。

やがてユリ子はわたしが使う四畳半のふすまに手をかけた。ささやかながら、お部屋のなかに秘密をかかえているわたしは、鼓動が高まった。

「ねえ、ここ鞠子ちゃんのお部屋でしょ？」

お部屋をひと目みるなりユリ子は言う。

「ええ、そうですのよ」

「あらこれすてき」

ユリ子は文机から、姉の形見のみかげ石の文鎮を取り上げた。そうして、わたしの表情をうかがうと、意味ありげな笑みをみせて、文鎮を文机のうえに戻した。

「ご本がいっぱいねえ。あたし何にもわからないけど」

本棚には、いままでにわたしが買ってもらった小説本がみんな収まっている。父は、西洋の大家の翻訳物ばかり読ませたがる。

ようやくわたしは、お屋敷をみてまわりながら、ユリ子は、品物を差し押さえる以外のことを考えているらしいと察しがついた。

何のためだかわからないけれども、どうやら、家探しをしてわたしたちの生活ぶりやこころのうちを探ろうとしている。わたしは、ユリ子が父の前でたんすの下に隠した藁半紙をみつけ出すのではないかとそわそわしていたが、この奇妙な少女にはそんな心配を見抜かれているような気がしてならなかった。

ユリ子はバチンと音を立てて、読めもしないツルゲーネフの短編集を閉じ、本棚にしまうと後ろ手を組んでわたしと父に向き直った。

「はい！　もうぜんぶみたわ。あんまりいいものなかったわ」

がらくた市を覗いてきたみたいな言い草である。

「ふうん、そうかね。晴海さんのご意向に添えないのは申し訳が立たないが、君は、何か約束を形にして持ち帰ることになっているのだろう？」

「ええそう」

「一体どうする気かね？　ユリ子君は最前、考えを持っているように言っていたが――」

父は恐る恐る訊く。この無学な少女は、本当に、わたしたちの想像の外の方法で借金を返させるちからを持っている。そんな疑いが少しずつ強まってきたのである。

ユリ子はにんまりと笑って一歩わたしたちのほうへ歩み寄った。

「それじゃ、どうやって樺谷さんにおかねを返してもらうかおはなしするわ。ねえ子爵さん、このおうちにあるものをぜんぶ競売に出したって、晴海さんが貸したぶんを埋め合わせるのにはぜんぜん足りないわ。それに、ほかの財産だってみんな使いつくしちゃってるんでしょ？

だったら、いくら子爵さんにかじりついて、おかね返してくださいって言ったって、あたしがだだこねてるみたいなものだわ。子爵さんのところにはおかねないんだから、そこを探してもしかたないの。だから、もっとべつのところを探すことにするわ。そうしておかねをみつけたら、それを子爵さんに返してもらうことにするわ」

「別のところ？」

わたしは意味がわからなかった。

しかし、父はユリ子の言葉にこころあたりがあるらしい。

「もしかして君は何か噂を聞いたのかね？　金を探し出すというのは、もしやそのことか？」

「ええ！　あたしうわさをきいたわ。とってもすごいうわさ。子爵さんの九千五百五十八円三十八銭なんて、なんでもなくなっちゃうようなおはなし」

「誰から聞いたんだね？」

「晴海のおじいさんから」

そう聞いて、父は諦めた顔つきになった。自嘲気味に父は言った。

「晴海さんは最初からご存知だったのか。それだから、私のような貧乏華族に、ろくな担保もなしに大金を貸して呉れたのかね？」

「さあ？　そんなことあたししらないわ。でも、あたしまだくわしくきいてないけど、晴海さんが言ってるんだからただのうそばなしじゃないはずだわ」

「ねえ、あなたは一体何のお話をなさってるの？」

わたしは父でなくユリ子に訊いた。そちらのほうが、まだわたしにも立ち入ることが許されている気がする。

「そう、鞠子ちゃんにも教えてあげないといけないわ。鞠子ちゃん、絹川芳徳《よしのり》ってひとごぞんじ？　きっとごぞんじだわ」

「あなたは絹川子爵のことをおっしゃってるの？」

「ええそう。子爵さんの絹川さん」

それなら、もちろん存じ上げている。

絹川家といえば、母の縁戚である。わたしも、当主の絹川芳徳子爵をおみかけしたことくらいはある。山陽のほうに出自がおありの、武家の御家系だと聞いている。

いまごろになってその名をユリ子の口から聞いたのは意外だった。絹川子爵は、二年近く前にご逝去なさっているのだ。それは、子爵だけではない。

「わたし、絹川さんのご一族は、大震災のときにみんなお亡くなりになったってうかがったわ」

「その通りだよ。子爵御一家は皆亡くなった。絹川家の跡を取る方は居なくなってしまったのだ」

　父はそう言った。

　二年前の九月、まだあたりの火事の消えきらないときに届いた、絹川家が途絶えたという噂を聞いたときは、わたしは上の空だった。わたしは、遺体のみつからない次姉のことであたまがいっぱいだったのだ。やがて混乱が落ち着いてから、それが本当だと知った。

「ええ、絹川子爵さん。そのひとのことなの。絹川さんのおうちには、すごい宝物がいろいろあったんですってねえ。おかねにしたら百万円よりもっとするくらい」

　それも、お話には聞いたことがある。あまり世間に知られてはいないけれども、絹川子爵のところには、書画や陶磁器、宝剣、仏像など、大変な財宝が受け継がれていたという。

「でも子爵さん、十何年かむかしに、その宝物をだれにもみつからないところに隠しちゃったんですって。だれも、どこにあるかわからないの」

　これは初耳だった。

　となりをうかがうと、父は知っていたらしい。気乗り薄にわたしに言った。

「私は付き合いをなるべく遠慮していたのだが、絹川さんは、少々神経質な、あるいはまあ粋狂な気質をお持ちだったのだろう。身近なところに家宝を置いて、四六時中盗まれる心配をするより、いっそ、どこかに秘蔵してしまった方が面白いとお考えだったのではないかと思う」

「きっとそうなんだわ。いままでは、宝物を探したいひともどうにもできなかったの。絹川さんがいきてたから、あちこち掘りかえしてたらあやしいし、なんにも手がかりがなかったのね。

でも、地震があったから、ぜんぜんはなしがかわったの」

「――つまり、絹川子爵のご一族はもういらっしゃらないから、いま、その財宝はだれのものでもないっておっしゃるの？」

「そんなふうにかんがえてるひともいるみたいだわ。でもそれだけじゃないの。地震のあとで、こわれた絹川さんのおうちから、隠した宝物の場所を書いた紙がみつかったらしいんですって。でも暗号になってて、それを解かないとどこにあるかわからないの」

「本当に詳しいな。君は」

父は訝《いぶか》る。

「べつにくわしくないわ。あたし晴海さんにきいただけ。晴海さんがしらないことは何にもしらないの。おかねを返してもらう相手のことだから、これくらいはしらべなきゃいけないわ。子爵さんのほうがよくしってるはず。宝物のこと、ちゃんとごぞんじだったでしょ？」

「絹川さんとは、親戚であったのには違いないからな」

「じゃあ、ほかの親戚のひとがやってることもおききでしょ？　絹川さんとかかわりのあったひとたちが、宝物をみつけ出そうとしてるの」

「それも、聞かないではないがね――」

父はユリ子の下品な野次馬ぶりを諫《いさ》めたいのだろうけれども、機嫌を損ねるわけにもいかないから、困っている。

そのうえ、わたしにも少々野次馬心が芽生えつつあった。わたしの知っているひとが、絹川さんの隠した財産を探しているのかしら？

　そう考えていると、ユリ子はわたしに言った。

「ほら鞠子ちゃん、箕島さんってしってるでしょ？　伯爵さんの。箕島さんは、宝物をみつけようとして必死になってるらしいんですって」

「箕島伯爵が？」

　箕島家といえば、長姉が嫁いでいるところだ。

「そう。箕島さんって土地を売ったり買ったりするお仕事してるんでしょ？　そのために、どうしても百万円の宝物がほしいみたいなの。

そんなひとたちがほかにもいるらしいわ。百万円ですものねえ。おまんじゅうだったら一億個」

「ユリ子君、君の考えていることは分かった。要するに、埋蔵金探しをやろうという訳なのだね？それが見つかれば、私の九千五百円などは簡単に片付いてしまうということかね」

「ええ。そう」

「しかし、絹川さんの御遺産だ。仮に見つけたとして、私が勝手にどうこうして良いものでもないだろう」

「ええ。でも、みんながひとつのこしのお菓子みたいにえんりょして、洞窟の奥かどこかで宝物がくさっちゃったらもったいないわ。

　もちろん、そんな心配はいらないけど。子爵さんでなくてもきっとだれかがみつけるわ。それで、ぜんぶ自分のものにしちゃうかもしれないの。おかねがほしいひとってたくさんいるわ」

たしかに、百万円もあれば、わたしたちの借金はそのたった五十分の一である。姻戚関係もあるのだから、本当にみつけたなら、それくらいの権利は主張したって良さそうだと思う。

「だが、探すといって、私は何も手掛かりを持っていない。絹川さんが財宝を秘匿しておくのに使われそうな場所に心当たりなどない。ユリ子君だって、噂を聞いたにすぎないというではないかね？　そんな物をあてにしようというのは、あまり空想的すぎるように思うが――」

「あら、へんなの。返せるあてもないのに一万円借りるよりも、どこかにあるはずの百万円を探すほうがずっとまともだわ」

そう言われては、父に返す言葉はない。

「それにそっちがずっとおもしろいわ」

「いや、私は面白がる気にはなれない」

「べつにいいのよ。おもしろくないんならしかたないわ。子爵さんはしなくてもいいの。あたしがやってあげる！　あたしが、子爵さんのかわりに宝物をみつけてあげるわ。みつけたら、借金はぜんぶ帳消しにするわ」

ユリ子は馴染みの店にお使いにいく子供のような、自信に満ちた顔で言った。

「君が自分で探すのかね？　それはまた、話が妙だが――」

「ええ、もちろんおかしなおはなし。だって、子爵さんが返さなきゃいけないおかねだもの。でも、こんどだけ特別であたしが探してあげるの。子爵さんに任せてたってみつからないし、そうでもしなきゃ借金が取り返せないんだからしかたないわ。

どうしますか？　それでいい？　もしいいなら、みつかるまでは利子も払わなくていいことにするわ。だから、いまの、九千五百五十八円と三十八銭だけ！　それだけ返してもらったらいいの。遅れたぶんの損害金もおまけするわ」

「本当に、晴海さんに断りなしに、君が勝手にそんなことを決めて良いのかね？」

「いいの」

　言葉通りに受け止めるなら、ばからしいくらい都合のいい話である。返済はすぐさませずともよく、利子もこれ以上は払わなくてよい。そして、借りぬしのこちらが何もせずとも、ユリ子が元本のお金まで探してきてくれるというのだ。

「君は――、いや、晴海さんは確証を摑んでいるのかね？　絹川さんの御遺産の行方についてだ」

「つかんでないわ。確証。いまから」

「しかし、その、返済の約束は今結ぶのだね？　返済は、絹川さんの御遺産によって行うことにして、それまで利息は発生しないとこの場で取り決めるということだね？」

「そういうことだわ」

「君がそうすると言うのなら、私も無理に異議を唱えるべきではないだろうが――」

　もとよりお金を返す手立てなどなく、今日は、どうやったら取り立てを先延ばしにしてもらえるだろうかと考えていた父なのだ。

　父は勿体をつけて黙り込んだ。絹川子爵のご遺産をあてにすることのうしろめたさや、晴海さんのぶんだけでなくすべての借金を帳消しにできるかもしれない誘惑、そして、どこにあるとも知れない財宝をみつけ出すことにユリ子がどうしてこれほど自信ありげなのか。そんな考えが、父のあたまの中でぶつかりあって、ウィンドチャイムのように鳴り響いているはずである。

　ユリ子は、父やわたしの困惑を何もかも見抜いているか、それとも何も考えていないかどちらかの顔をした。

「じゃあ、あたしが宝物をみつけるっていうのでいい？」

「うむ。そうだな」

「じゃあ決まり。——でも、それならもうひとつだいじなことがあるわねえ」

「何だね？」

「担保のこと」

　やはり、ユリ子は何かをお屋敷から持っていく気らしい。

「そうかね。確かに晴海さんには何かお預けするべきだろうが、あいにく相応しい手頃なものは無いようだ。君にも見てもらった通りだが——」

　父は、ユリ子が気を変えて、六畳の床下の品々を徴発《ちょうはつ》してゆくのではないかと心配になったようで、言葉尻が不明瞭になった。

「ええ、てごろなの何にもなかったわ。でもいいの。あれは念のためみただけ！　何にもないってことはさいしょからわかってたし、あたしが何を担保にもらっていくかもさいしょからきまってるわ」

「最初から決まっていた？」

「ええ！」

するとユリ子は、たったいまそこに現れたひとを指差すみたいに、唐突にわたしに人差し指を向けた。

「鞠子ちゃん！　あたし担保に鞠子ちゃんをあずかっていくわ。そうして、宝物がみつかったら子爵さんにお返しするわ」

そう言い放つと、ユリ子は決まったことのように、背後にまわりこんでわたしの両肩に手を置いた。

わたしを担保にする？　自分の身になにが起ころうとしているのかわからなかった。

父は色を変えた。

「何を言うか！　そんな、物のように気軽に貸したり返したり出来るものか。道理を弁《わきま》えろ！」

「子爵さんこそ、ものわかりよくなってもらわなくちゃいけないわ。だって、ちょっと考えたら、そうするほかにないってことがわかるはずだわ。

子爵さん、返す約束をして返さないで、担保も勝手に売っちゃって、これからもどうしていいかわからないっておっしゃってるのよ。それで、あたしが子爵さんになんの損もないおはなしをしたら、異議を唱えるべきじゃない、なんて気取ってらっしゃるわ。

もちろん、おかねを借りるのに、なんの損もなしにすむはずがないの。そんなことはだれにもいわれなくたってわかってるはずだわ。

ほかになんにもないんだから、鞠子ちゃんをあずかっていくしかないの。そんなこと、さいしょっからわかってることなの。異議を唱えるべきじゃないの。鞠子ちゃんならやきいも九十五万本のねうちはじゅうぶんあるわ」

油断しかかったところで、ユリ子は借金取りの顔をみせた。それこそやきいもみたいに、わたしの肩をしっかりと握っている。その手はやさしいが、なんだか粘りついて簡単には振り払えない感じがする。

ユリ子は、おもちゃみたいにわたしを揺すりながら言う。

「いわなくたって、あたしが鞠子ちゃんを連れていくしかないってことはわかってるはずだわ。あたし文字がよめないんだもの。借金取りなら文字がよめなくてもできるけど、宝探しはそうはいかないわ。暗号文なんてあたし往生しちゃうわ。でも、鞠子ちゃんがいたらだいじょうぶでしょ？　こんなにいっぱいご本よんでるんですものねえ。

あたしが宝物をみつけるのでいいんでしょ？　ほら、鞠子ちゃんを連れていくほかないって、だれが考えたってはっきりしてるわ。ねえ？」

「わたしが、ユリ子さんと一緒に財宝を探すんですの？」

「そう！」

そう聞くと、波立ったわたしのこころが、わずかに浮き立った。

しかし、一緒に行きたいとか嫌だとか、わたしが何かを言うわけにはいかない。もらわれる前の子犬の気分で、わたしは父がなんと答えるか、それを待った。

「――しかし、何がどうでも、鞠子に危険なことをさせるわけにはいかない。まだ、鞠子は私の娘だ。君は一体責任が取れるのかね？　これから何をするのかも分かっていないのだろう？」

「へいき。鞠子ちゃんは、このおうちにいるよりあたしといっしょのほうが安全なくらいだわ。もちろん、あたしは約束をまもるの。鞠子ちゃんを借りるのは宝物がみつかるまで。みつかったら、そのときには元どおりにお返しするわ。なんにも心配はいらないの。

はい！　これがあたしの解決。ほかの解決はなんにも持ってきてないの。ご不満なら、子爵さんにかわりの解決を用意してもらわなきゃいけないわ。どうしますか？　もう猶予はできないわ」

五

「お着物そんなに持っていかなくてもいいのよ。あたしいっぱい持ってるから貸してあげる」

「いえ、わたし、やっぱり自分のを持っていこうと思うんですの」

「そう？　それでもいいわ。すてきなのがあるのねえ」

たんすをさぐるわたしの手もとを、ユリ子は興味津々で覗いている。ユリ子の格好をみたところ、自分のを用意しないと、とんでもないのを着せられそうである。

父は廊下にいる。結局、はっきりした返事はしないままである。ユリ子はもはや父を無視して、当分お屋敷に帰らないつもりで荷造りをするようわたしに命じたのだった。

「――わたし、ご本を持っていってもいいのかしら？」

「もちろん！　いっぱい持ってったらいいわ」

わたしは本棚から十冊を選んで、包みかけのふろしきのうえに加えた。

それから、たんすのしたの藁半紙を、障子の向こうの父を気にしながらそっと取り出した。ユリ子にはこれが何だかわからないはずだけれども、やっぱり、わたしが何かを隠していることは感づいていたみたいである。

少し迷ってから、わたしは次姉の形見の文鎮や、気に入っている万年筆も一緒に包んだ。

「これでは重すぎるかしら。ひとりでは持ちきれないわ」

「だいじょうぶ。さあ行きましょ」

三つにもなったわたしのふろしき包みの、一番大きいのをひょいとつかむとユリ子は障子を開けた。わたしも、のこりの二つをかかえて続いた。

父は何か言いのこしたことがあるようすで、口に出しかけた言葉を戻して噛み締め、なんだか分からない呟きをよだれのように垂らしている。

「それでは、お父さま、いってまいります」

玄関までやってくると、疾《やま》しさと情けなさで、わたしのあいさつは少しおざなりになった。

「連絡はつくのだろうね？」

ようやく父はそれだけ言った。

ユリ子は、わたしに用があるときは晴海さんのご自宅に知らせるよう教えた。

本当に、これからユリ子と一緒に宝探しをするのかしら？　霧の小径《こみち》を、突然あらわれた不思議な少女に腕をとられて、どこか知らない脇道に連れていかれるようである。わたしは、ほんの一時間前まで思いもよらなかった、胸に生まれた期待を、あまり膨らませないようにとこころにめいじた。

2

十四年前の密室

一

玄関を出て、何歩も歩かないうちに、わたしはさっそく思いがけないものに遭遇させられた。お庭の梅の木にそれは留《と》められていた。

馬である。それも、わたしがこれまでにみたどんな馬よりも大きくて、美しい馬なのだ。

全身が黒曜石のような光沢の黒一色で、背はわたしの頭よりもはるかに高く、もたげた首はおうちの屋根を見上げるようである。たてがみも尾も地につくくらいゆたかで、たてがみは丁寧に三つ編みにされていた。筋骨隆々として、まるで黒檀《こくたん》の大樹から削り出したような馬だと思った。金の鋲《びょう》を打ったピカピカ光る手綱に、中東の絨毯《じゅうたん》みたいな派手な鞍《くら》をつけられている。

昔のお屋敷には馬車を置いていたけれども、それを曳《ひ》いていた馬たちにも、これほどの気品はとてもなかった。

「これ、ユリ子さんのお馬？」

「ええそう。荷物持ってもらいましょ」

ユリ子はわたしのふろしき包みをみごとな黒馬に積んだ。わたしがよっこら運んできた荷物を背に、馬は毛布でもかけられたみたいな顔をしている。

「鞠子ちゃん乗せてもらう？」

「いえ、遠慮しておくわ」

乗馬なんて、怖くてやったことがない。

ユリ子は手綱をとり、馬と並んで門のほうへ歩き出した。わたしは慌ててあとを追う。

「——もしかしてこのお馬さん、あなたと一緒に、サーカスから来たんですの？」

「ええ！　そうなの。あたしこの子に乗せてもらって逃げてきたの。この子とってもちからが強いのよ。それに足もはやいの。競馬のうまほどじゃないけど」

「お名前は？」

「かつよさん」

「——かつよ？　あら、そうなの。ご婦人だったのね。ユリ子さんがつけたんですの？」

「ええ。仲良くしてもらったらいいわ」

わたしだったら、リザヴェータとかブリュンヒルドとか、そんな名前をつけたくなる馬である。もちろんユリ子は、そんな名前は思いつかないだろうけれど。

かつよは歩きながらときどき首を曲げ、長い睫毛のクリクリした眼でこちらをうかがい、見知らぬわたしを値踏みした。

昼すぎの、静かな街並みである。わたしはこの、たったいまサーカスから逃げてきたばかりみたいな格好をしているお馬と少女に並んで歩くのが恥ずかしくて、行き交うひとがいると顔を伏せ、なるべくかつよの陰に隠れた。

あたりをみれば、何も知らない異国のひとなら、つい二年もたたない前に、ここが震災で壊滅しかかったことなど想像しないだろうと思われた。

元どおりではない。家々は、簡単な板張りの、間に合わせみたいな造りのものが多い。瓦礫こそきれいに片付いているけれど、ところどころ家がなくて歯抜けしたみたいになっている。活気はあっても、あの災禍で失くしたものの取り返しがつかないことを忘れさせてくれるわけではない。うら寂しさがまだ消えずに、煙の匂いのように立ち込めている。

「ユリ子さん、どこに向かっているの？」

なんだか、お馬任せに進んでいるみたいなのである。かつよは行きさきを承知しているみたいに、ユリ子は、ときどきその背をポンポン叩きながら、閑雅な足どりでのんびり歩いている。

「晴海さんの会社に行くの。あたし、晴海のおじいさんに、担保にあずかってきたものみせるって約束したの」

「ああ、そうですか。——みせられるのね。わたし」

やっぱり、わたしにとってこれは哀れな行進にちがいないのだ。

「鞠子ちゃんておいくつ？」

「わたしは、今年十八歳です」

「そう？　それじゃあたしも十八。よろしくね」

ユリ子は勝手にそう決めた。正しい自分の歳を知らないのかもしれない。

本当はいくつなのかしらと思ってその顔をまじまじ観察すると、わたしはユリ子の耳飾りの金具が、耳たぶを貫いているのに気づいてぎょっとした。するとユリ子は空いている左手で自分の耳をつまんだ。

「これ？　大きな耳飾りをつけたまま宙返りすると外れちゃうの。だからあたしこうしなくちゃいけなかったの」

「それ、痛くはありませんの？」

「もういたくないわ」

ユリ子は満足げに耳たぶをさする。わたしは、痛々しくて間近にみることができなかった。

「失礼かもしれませんけど、ユリ子さんは、ご家族はいないの？」

「さあ。いたのかしら？」

いなかったはずはないと思うけれども。

わたしが口を噤《つぐ》むと、ユリ子はこんどは自分の番だとばかりに言った。

「ねえ、鞠子ちゃんっておはなしを書いてるんでしょ？」

唐突に言い当てられて、わたしは動悸がした。もちろん、勘の良さそうなユリ子だから、わたしの部屋のようすから、それくらいのことは見抜かれていても不思議ではなかった。

「――実は、そうなの。よくおわかりですことね」

「ええ！　子爵さんには教えたくないんでしょ？　鞠子ちゃん小説家になるの？」

「まさか、そんな簡単になれたらたまらないわ」

それでも、日がな一日お話を書いて暮らすのは、わたしにとって、何もわからない将来の、いくらかはっきりした像をもった幻想だった。もちろん、子爵の令嬢にはあまりふさわしくない幻想だけれど。

小説を書いていることは、亡くなった次姉にしか明かしたことがない。ユリ子が字を読めないのは幸いのような気がした。この少女がどれほど利口なのかいまひとつわからないけれど、ぜったい、わたしのこころの一番奥まで踏み込んでくることはできないのだ。

二

横浜にあった晴海商事の本社は、バロック風の、丸っこくて装飾の豊富な四階建てのビルだったらしいけれども、例にもれず震災で無残に崩れたときいている。

震災後には東京の拠点の重要性が高まって、晴海商事は品川《しながわ》にも新たに大きな社屋を構えた。わたしが連れてこられたのは、その、真新らしい四階建ての混凝土《コンクリート》造りのビルで、装飾は最近流行りの簡素なものになっている。

建物をみたとたんに、チンドン屋みたいな一行に連れられていたせいで忘れていた緊張がわたしを襲った。まるでおかしな成り行きだが、これから引き合わされるのは日本でも指折りの商社の社長なのだ。

ユリ子は建物の裏手にある厩舎《きゅうしゃ》にかつよを待たせた。そうして、わたしの腕をつかんで、慣れきった足取りで会社の正面玄関を抜けた。

受付があったが、ユリ子は無視する。廊下で幾人かの社員とすれちがうと、かれらも、ユリ子の派手な装束など目に入らないかのように振る舞った。この少女は、たしかに社長の私設執達吏の特権を持っているらしい。

　昇降機《エレベーター》で四階に上がるとまっすぐ社長室に向かい、ユリ子はきつつきみたいな叩き方でとびらを叩いた。

「あたし担保あずかってきたの！」

　そう叫ぶと、ろくに返事も待たず、わたしにこころを決める時間も与えずにユリ子はとびらを開けた。

　晴海さんは、社長室の奥、デスクの脇に立っていた。

　陰影のないきれいな白髪白髯《はくぜん》で、流木で作った杖をついている。晴海さんご自身にも、あちこちの荒波に洗われ、鈍い光沢をもった流木のような風情があった。

　ユリ子はわたしの両肩に手を乗せると、晴海さんのほうに突き出すようにした。

「ほらこの子！　鞠子ちゃん。樺谷さんのとこの子。あたしがあずかったの」

「判った。判ったから座れ」

　晴海さんは、杖で乱暴に安楽椅子を示した。子供がまた捨て犬を拾ってきた、とでもいうような調子である。

　ユリ子ははあいと返事をしてわたしをそちらに引っ張っていく。さっきから、わたしは雪上のソリみたいに引きまわされている。

　晴海さんはわたしの向かいの安楽椅子に座ると、前屈みになって不機嫌そうにわたしの顔を覗いた。健康そうな身のこなしだが、少し痩せすぎているのと、眼窩《がんか》が落ち窪んでいるのが、お歳にふさわしい印象である。

「儂《わし》が晴海だ。樺谷子爵のお嬢さんだそうだが」

「わたし、樺谷忠道の娘の鞠子と申します。その、父が晴海さまに不義理を致しているようで、申し訳なく思っております」

「そうかね。まあ、自分の事ではないのだから、君は申し訳なく思おうが思うまいがどちらでも好きにしたらいい。

問題なのは君の親父《おやじ》殿が金を返さん事だ。ユリ子は君を人質にする事にしたみたいだが、儂はこいつのすることに責任を持たずにもおれんから訊くぞ。

君は何か不服があるかね？　金を返す算段がつくまで君は家に帰れん事になりそうだがな」

担保がわたしだと聞いても、晴海さんはさっぱり驚かない。

もしかすると、晴海さんは、ひとの家の娘を強引に連れ出してきたユリ子を叱りつけて、わたしをおうちに帰らせるのではないかと思っていたけれども、そんなことはなかった。やっぱり、この世に広く知られた財界の大人物は、ユリ子を借金取りに雇うだけの奇人なのだ。

「いえ、でもわたし、自分がどうしてよいのかわからないものですから――」

「それなら仕方あるまいな。ユリ子の言う通りにすることだ。金を取り戻す事は全てこいつに任せているから、儂はそれしか言えん」

晴海さんは、そう言うとくたびれたように安楽椅子に凭《もた》れて眼を閉じた。

きっと、気難しいばかりのひとではないのだろう。となりで能天気にニコニコしているユリ子をみてわたしはそう思った。

「その、晴海さまは、ユリ子さんのことを信頼してらっしゃるんですのね。むずかしいお仕事もきっとやり遂げるって」

「何、儂はもう他人が信頼出来るだの出来ないだのを気にする歳ではないのだ。しかし、家族がおらんからそろそろ死ぬまでの始末を考えないといかん。あまり打算の利く奴に任せると余計な事をして鬱陶《うっとう》しい。ユリ子みたいな、ものの分からん奴にやらせるのが一番後腐れがない。

　こいつが信頼出来るかは君が自分で決めろ。ユリ子、用事はこれだけかね？」

「まだあるの。おじいさん、絹川さんの宝物のことといってたでしょ？　あたしそれ、鞠子ちゃんといっしょにみつけることにしたわ！　だから、もういっかい晴海さんのおはなしを聞くことにしたの。しってることを洗いざらいはなしてもらうわ」

　ユリ子はお芝居かなにかで聞きかじったような言葉遣いをする。晴海さんはフンと鼻を鳴らして、話をはじめた。

「君は絹川子爵の隠し財産のいわれをどれだけ知っているのかね」

「あまり詳しいことは存じません。さっき、少しだけユリ子さんにお聞きしました」

「なら一から教える。この話は、君の親父殿に金を貸してから調べたのではない。
儂は先代と当代の絹川子爵に会っているし、美術品に関わる知人が多いから、絹川家の財宝の事は何十年も前から聞いておる。

　実物を拝見した事は無いが、大昔に先代の子爵に財宝を見せて貰った骨董商の話では、その価値は間違いなく百万を下らんそうだ。

しかし、後胤《こういん》の絹川芳徳が心を病んだ。彼は家宝が他家に狙われていると考え、それらをどこか絶対他人に見つからない所に隠すつもりだと公言し始めた。明治四十四年に入ったころだな。

もしかすると家宝を狙われていたのは本当かも知れん。明治四十四年の十月に、絹川子爵の別荘の番人が殺される事件が起きた。この事件は、絹川家の財産を狙っているものが起こしたかも知れんのだな」

そんな事件があったとは知らなかった。わたしがまだ、ほんの子供のころだ。

「事件の一月くらい後に儂は夜会の席で絹川子爵と会ったが、番人が殺されたことはあまり気にしとらんようだったな。ついに財産は隠してしまった、間に合ってよかった、とはしゃいでおった。何に間に合ったのかは知らん。

そのうえ子爵は、隠し場所を暗号にして家族に託した、他所者《よそもの》には絶対に解けない代物だ、と親類に触れ廻っていた。盗めるものなら盗んでみろと挑発しているようでもあったな。鞠子君の耳には入らなかったかね？」

「いいえ、わたしいままで存じませんでした」

大人たちは、わたしの耳に入らないようにしていたのだ。大人がやることとしては子供らしすぎて、子供に説明のできないことである。

「そこまでするのは狂気沙汰だな。さっさと財宝を盗まれてしまった方が子爵の精神は健康だったかも知れん。それとも金に換えてしまえば良かったが、家宝だからな。絹川家はそればかりを名誉にしていたから、体面を考えれば、おいそれと手放すことも出来ん。馬鹿《ばか》な事をするものだが、どうあれ子爵は財宝を隠すのは上手くやったらしい。誰もそうそう手は出せんな。子爵か、家族を拐《さら》って拷問でもしなければ見つけられんのだ。しかし、二年前の地震で絹川家は全滅した。隠し財産を見つけようが、とやかく言う者は居なくなった」

晴海さんは、袂《たもと》からみたことのない外国の葉巻を取り出して唇に挟んだ。

「ここからは、隠し財産を探している者たちの噂が耳に入るようになってから調べをつけた事だ。そいつらがまず最初に手に入れねばならなかったのは、絹川子爵が遺した暗号だな。どんなものかは分からんが、それを見つけんことには始まらない。

儂は人を使って絹川家の近所の聞き込みをさせた。そうしたらだ、地震のすぐ後、まだ火も消えとらんし、屍体も纏められずにあちこち転がっている頃に、崩壊した絹川家の瓦礫を漁った奴らがいる事が分かった」

そういえば、さっきユリ子は、絹川家のお屋敷あとから暗号がみつかったらしいと話していた。その光景はたやすく想像できた。地震の日の晩、名家の跡地に、銀貨の一枚でも落ちていないかと羽虫のように群がるひとたちをわたしも目撃している。

「では、絹川子爵の暗号は、だれかの手に渡ってしまったんですの？」

「そのようだな。しかし誰が持っているかは大凡《おおよそ》分かっておる。聞き込みをしたときに、絹川家の瓦礫を漁っていたのが、長谷部家の長男と、箕島家の家従だったと分かったからな。

長谷部子爵と箕島伯爵を知らん事はあるまいな？　会った事はあるかね」

「はい。いくどかお会いしたことがございます」

箕島伯爵のことにはユリ子も触れていた。長谷部家は、やはり絹川家と縁のある家で、子爵が触れまわっていた隠し財産のことも承知のはずである。

それにしてもわたしは、両家を、華族の中でもお手本にするべき高潔な家庭と聞いて育ったのだ。その家に属する方がたが、火事場泥棒のまねをしていたというではないか。

「長谷部家の長男も箕島家の家従も絹川家に出入りをしていたから、近所の者が顔を知っていたのだ。二人が血眼で子爵の家を漁っているのを、表沙汰に出来ない書簡でもあるのだろうと思っていたようだな。このとき、長男が暗号を発見したらしい」

「どうしてそうわかったんですの？」

「震災以後、長谷部家の者があちこちの由ありげな場所に出向いて捜索をやっとるからだ。どうやら一族総出で財宝を探しておる。

あれこれ暗号文を解釈して答え合わせをしているらしく思えるな。しかし、どうせ当てずっぽうに近い解釈なのだろう。きちんと解読は出来ておらん。だから無闇に探し廻っている。

絹川子爵は、暗号は絹川家の者にしか分からんようになっていると言っておったからな。簡単には見つからん」

「でも、絹川子爵のご家族は、みんなお亡くなりになってしまったのでしょう？」

「そのようだな。家族のほとんどは東京市内で遺体が見つかった。次男だけは鎌倉に行っていたらしいがな。そこで火事に遭ったものと思われておる」

「それでは、財宝をみつけることなんてできるものですかしら」

「儂は知らん。ユリ子が考える」

「ええ。あたしが考えるの」

安楽椅子にふんぞり返ってユリ子は言う。まだなにも考えはないようで、しかしなにも心配していないらしい。

「そう、もしかして、絹川さまがお隠しなさったところが、地震の被害にあったということは考えられませんの？　貴重な品物がこわれてしまっている心配はございませんかしら」

「それは分からん。しかし、炎に捲《ま》かれたというのなら、どこかから財宝の残骸が見つかっとる筈だな。それに、子爵が隠すと言っていたからには、陳列棚に並べている訳でもなかろう。恐らく一つ一つ絹の切れにでも包んで函《はこ》に納めた事だろうな。それなら、全部でなくともあらかたは助かっとる公算が高い。刀剣だの黄金仏もあったというしな」

確かにそうだ。それに、隠し場所は関東近郊とも限らないのだ。

すると、晴海さんは思い出したように言った。

「箕島家には、君の姉が嫁いだのだったな。近状の便りでも貰わないかね？」

「――いえ、そういうことはございません」

一番うえの姉とわたしは、あまり仲が良くなかった。お手紙がくるとは、期待したこともない。

「そうかね。箕島伯爵は目立ってどこかを掘り返している訳でもないな。暗号文を手に入れとらんだろうから、捜索するにも当てがないのだ。

しかし、百万が欲しい事にかけては恐らく箕島伯爵の方が切実だ。伯爵の会社は今、土地の買収で躍起になっておる。人殺しでもやりかねんような気がするな」

物騒なことを晴海さんはおっしゃる。軽口を叩くひとではなさそうだけれども、本当にそんなようすがみられるのかしら？

不思議なのは、財宝探しに関心がないようにおっしゃりながら、晴海さんが財宝にまつわることがらによく通じていることである。

絹川子爵が財宝を隠した経緯は調べるまでもなく知っていたというけれども、それを探している人びとにまでこれだけ調べをつけているのはどうしたことだろうか。百万円という金額は莫大だけれど、晴海商事の社長ともなれば、眼の色を変えるほどのことはないのである。

もしかして、財宝が美術品であることが理由なのだろうか。晴海さんは、若い芸術家の支援者としても名が知れている。

恐る恐るそう訊くと、晴海さんはこう答えた。

「儂は今さら書画骨董と呼ばれるような大層昔の芸術品に構いつける気はないのだ。死にかけの年寄りがそんなものの世話をしたところで、幽霊が廃墟の手入れをしているのと変わらん。

いずれ問題は君の親父殿の借金だ。これは君の親父殿がどうしても返さねばならん。どうしたら返せるものか、儂が考えてやっているのだ。こういう調べ物はユリ子には出来んからな。

手間には見合わんが止むをえん。君の親父殿のは、どうしても片をつけねばならない借金だ」

晴海さんは面倒極まりないというふうで、こんな話をすると、あまり目につかない晴海さんの老いがあらわになった。遠慮がはたらいて、それ以上のことは訊けなかった。

「ともかくだ、他にも居るかも知れんが、目下隠し財産を狙っているのが明らかなのはその二家だな」

それを出し抜かねばならないのだ。わたしたちはだいぶん遅れをとっているようである。

「ユリ子さん、これからどうするおつもりなの？」

暗号文は長谷部子爵の手に渡っているという。どうやったら手に入れられるものか、見当もつかない。

「暗号のことはあんまりあせらなくていいと思うわ。どうせ長谷部さんだって、暗号を頼りに宝物を探してるのにぜんぜんみつけられてないんでしょ？

それに暗号って長谷部さんが持ってるほかにもあるかもしれないわ。絹川子爵さんがのこしたの、一枚だけじゃなかったかもしれないでしょ？　だから、まず昔の絹川さんのことからしらべることにするわ。

それじゃ鞠子ちゃん、そろそろかえりましょ。晴海さんおいそがしいの。なんでいそがしいのかあたしわからないけど」

ユリ子は唐突に話を切り上げると、わたしを立たせた。

「それでは、おじゃまいたしました。おいとまさせていただきます」

わたしが型通りに挨拶をすると、晴海さんは言った。

「鞠子君。絹川家の財宝を見つける気があるなら、うっかりユリ子から離れんようにしろ。こいつくらい利口な奴は、儂は他に三人くらいしか知らん」

三

晴海さんのおうちは麻布《あざぶ》にあった。

千坪余りの敷地は、日本で指折りの資産家であることからすればささやかである。万事に実際家の晴海さんは、必要以上に広大なお屋敷を欲しがらなかったそうだけれども、晴海さんに家族がいないこともその理由だった。

五年前に病気で奥さまを亡くしていらい、晴海さんは天涯孤独の身なのだという。二度結婚をしたけれども、子供を持ったことは一度もなく、養子を迎えることもしていない。だから跡継ぎもいない。

わたしの常識にはないことだ。これだけの成功をして、自分の死後に、それをなるべくかたちを変えずに遺しておきたいという気がないらしく、かわりにユリ子みたいなのの面倒をみているのである。

お屋敷はもともと純正の和式建築だったそうだけれども、例に漏れず地震で倒壊し、いまは和洋折衷に建てなおされている。ご家族がいらっしゃらないので、自動車で十分くらいにもかかわらず、晴海さんは会社に泊まって帰ってこないことのほうが多いそうである。

ユリ子は、このお屋敷のお庭に棲《す》んでいるのだという。

お庭に棲むとはどういうことかしらと思っていたが、ユリ子に連れられ、お屋敷の裏門を潜ると、それは一目瞭然だった。

立派なお屋敷の裏手に、粗《そ》末《まつ》な小屋が建っていた。震災のあとによくみられた、瓦礫から用立ちそうな板切れを探してつくった、二坪くらいの掘っ建て小屋だ。

「ここが、ユリ子さんのお住まいなの？」

「ええ！　これあたしが建てたの。おじいさんに、ここに建てていいですかってきいたら、いいって言ったのよ。地震のあとで住むとこなかったの。稲《いな》村《むら》さんにもてつだってもらったけど」

知らない名前が出てきた。きけば、稲村さんというのは震災のときにユリ子を晴海さんに引き合わせたひとで、このお屋敷の番をしているという。そのほかは、女中も置いていないそうである。

地震から月日が経って立派な建物が建つようになってからも、ユリ子はこのみすぼらしい小屋を気に入って離れずにいるのだった。

小屋の奥には、これまた廃材でできた厩舎があった。着くとすぐ、ユリ子は厩舎にかつよを連れていった。

「かつよさんどうもありがとう。ちょっと待っててね」

そう言ってユリ子は小屋まで戻ってきた。小屋のとびらには、どこかの洋館のものだったらしい、大げさな錠前がついている。

ユリ子がとびらを開けたとき、わたしは感嘆の声を上げた。

「まあ！　すごいのね。まるで——、失礼ですけど、難破した宝船みたいですのね」

粗末な小屋は、さまざまな道具で埋め尽くされていた。

そのほとんどが、度をこした装飾にみちている。床に敷かれているのは曼陀羅《まんだら》のような織り込みのされた中央亜細亜《アジア》の絨毯である。上等な品のようだけれども、隅がちぎれていて、やっぱり災禍に遭った家からもらってきたらしい。奥には、二坪の小屋には大きすぎる、鋳造のストーブがどんと置かれていた。

壁にしつらえられた棚には、いまユリ子が着ているような民族服がこぼれるように詰め込まれていた。棚がないところには、子供の本の挿絵や、映画雑誌から切り抜いた写真などがたくさん虫ピンで留められている。

またべつの壁には、柄にトラの姿が彫られた、立派な半月刀が二振りかかっていた。

わたしの視線に気づくと、ユリ子は刀を一振り取り上げ、サッと鞘《さや》をはらった。

「これ、サーカスから持ってきたの。あたしの刀。きれいでしょ？　とってもよく切れるのよ」

ユリ子は、棚のかごの中にあったいちじくを一つ手にとると、ひょいと空に投げた。そして、右手にぶら下げたダンビラを、パッとひるがえした。

眼の前に飛び魚が跳ねたような一瞬があったと思うと、ユリ子は左手で空をかっさらい、気がつけば、わたしに軸からきれいに真っ二つになったいちじくの実をさし出していた。

「ほら！　あたしちゃんとお手入れしてるの。練習もしてるわ」

「ええ――、すごいんですのね。わたし、こんなことができるひとがこの世にいるなんて知らなかったわ」

「あら、そう？」

わたしの賛辞を、ユリ子はあまり意味がわかっていないようなようすで聞いていた。

サーカスのことなど何も知らないわたしも、ユリ子が並の力量の曲芸師でないことはいまの一瞬ではっきりわかった。

それが、どうしたことかサーカスを逃げ出し、借金取りを始め、子爵家の娘のわたしを連れ出し宝探しをしようとしているのだ。無邪気に天才の技巧を披露してみせたユリ子は、自分がやってきたことに、何一つ疑問をいだいていないようにみえた。

日が暮れた。食事のしたくをするというので、ユリ子についてお屋敷の勝手口を入った。中は、西洋の最新式のしつらえのキッチンになっていた。ここでもわたしはびっくりさせられた。

「これ、電気冷蔵庫かしら？　わたしはじめてみました」

「ええそう。これ、氷がなくても冷たくなるの。なんでかしらないけど」

ユリ子は料理もとても上手だった。オムレツと鶏肉《とりにく》のフライ、それからコンソメのスープをつくるのに、わたしが手を出す余地はなかった。借金の形《かた》にされているわりに、使用人みたいなことをしなくてよいのにわたしは安心した。

キッチンのとなりには広い浴室があった。ときどきユリ子はかつよをお風呂にいれているが、晴海さんにはまだばれていないそうである。

夕食をすませてから、ユリ子はお掃除をしたりかつよのお世話をしているので、わたしは小屋で、持ち出してきた小説本を膝のうえに広げたまま、考えごとをして過ごした。

旅先ではいつでも、わたしはおうちにいるとき以上に内省的になる。奇妙な調度品に囲まれているせいか、戸棚が揺さぶられて落っこちてくるみたいに、はっきりしない思い出が、はっきりしないままによみがえってくる。

小さいころのわたしは、気まぐれで、癇癪《かんしゃく》もちで、底意地の悪い子供だったのだ。お付きの女中に、真っ透明で歪みのないおはじきが欲しいと駄々をこねたり、長姉の手鏡を勝手に持ち出したりしたことを憶えている。

道理が分からなくていけないだとか、大人の真似をしていけないだとか叱られたのだけれども、幼いわたしはそんなおはじきが売られていないことはわかっていたし、手鏡が欲しかったわけでもなかった。ただ、女中や長姉が困るところをみようとしたのだ。

家のものたちが、わたしのそんな性質に気づいたものかは知らない。大きくなるにつれ、いつのまにかそんな悪意をわたしは忘れていった。

それは、小学校に入って、勉強をして褒められることを覚えたからかもしれなかった。結局のところは、父母や、学校でほどこされた華族の子女たる教育が身についたのだ。いまのわたしをみれば、たいていのひとは、たしかに子爵の娘だね、と認めてくれる。

近ごろは一代華族論とか、華族不要論とかが議論されていて、この身分に多くの欺瞞《ぎまん》があることがしきりに訴えられていることは、わたしもなんとなしに承知している。そんな主張をはっきり否定する勇気もない。それでも、わたしが子爵令嬢であることを忘れて暮らすわけにはいかないのは、その装いをといてしまえば、幼いころの、ひねくれた、つまらない子供の自分を再発見するにちがいないからだ。

わたしは、ユリ子という不思議な少女は、欲しいといえば完全無欠のおはじきをみつけてきてくれるような気がした。なんだか、博覧会にやってきた気分だった。これからユリ子と何をすることになるのだか不安ではあるけれど、おうちで、ひとまかせの自分の将来を案じていたときよりは、形がはっきりしていて、しっかりと踏みしめられる不安にはちがいない。

しかし、うっかりすると、この少女にはわたしがまとっている華族という誇りをはぎとられてしまうような、そんな恐怖がちょっぴりあった。

九時をすぎて、ユリ子はハンモックに丸くなり、わたしは絨毯にお馬の鞍下用の毛布をしいて、そのうえに毛布をかぶった。わたしの考えごとはつづいていた。どうしたことか、文字の読めないユリ子と一緒にいるのに、自分がこの世で一番無知な人間のような気にさせられるのだ。

四

何をしているのだったかしら？　わたしはベンチに座って、由比《ゆい》ヶ浜《はま》を眺める。空はよく晴れて、春の海は凪いでいる。南のほうには江ノ島がみえる。釣り船やヨットがポツリポツリと浮かび、浜辺を散策するひとたちは、おだやかな陽気に遠慮して、ひそひそと声を落として言葉をかわしていた。

膝のうえには抄訳の『ジャン・クリストフ』が広げてある。わたしはようやく、女学校の春休みに、家族で鎌倉の別荘にやってきたのだと思い出した。

わたしはふたたび小説本に没頭しかけたけれども、ふと、一緒に来たはずの姉がどこに行ったか気になって、あたりをみまわした。

次姉の絢《あや》子《こ》さんは、ときおりなにかを拾い上げながら、ひとり遠くの波打ちぎわを歩いていた。しかし、すぐにわたしが探していることに気づいて、まっすぐこちらに戻ってきた。

「やっぱりご本を読んでいるのね。せっかくおそとに出てきたのに」

「ええ」

絢子さんがそんなことを言うのも無理ではない。わたしが海辺に行きたいとせがんだのを、女中の手が空いていなかったので父母は許さなかったのだけれど、絢子さんが一緒についてきてくれることになってようやく許しがもらえたのである。しかしわたしは、お散歩がしたかったわけではなく、ただ、別荘をはなれて読書がしたかったのだ。

絢子さんは、ほほえみを浮かべて、両手に集めていた、波に磨かれて真っ白くなった貝殻や、くすんで乾いた木の実をわたしにみせた。

「ほら、たくさんあったわ。鞠子ちゃんいる？」

「ええ、とても素敵だけど――、でもわたしはいいわ。おうちのお玄関にかざったらどうかしら」

「そう？　でも、お母さまはいやがるでしょうね」

絢子さんは、笑いながら貝殻や木の実を浜辺に放り出してしまった。わたしが欲しがらないことは、最初から承知していたみたいだった。

絢子さんがとなりに座り、読書をつづける訳にもいかなくなったので、わたしは『ジャン・クリストフ』を閉じた。

わたしが何を思っているのか、絢子さんは知りたそうだった。

おうちのひとはみんなわたしの考えていることを探ろうとする。わたしが黙っているときは、ふてくされているか、何かよくないことを考えているに決まっているからである。

しかし、絢子さんだけは、何の理由もなしにわたしのことを聞きたがった。

「お姉さま、じつは、サーカスの女の子にお金を返さなくてはいけなくなってしまったの」

「それは大変。がんばらないといけないでしょうねえ」

「その子、文字が読めないんですって」

「でも、鞠子ちゃんはとてもよく読めるでしょう？　だったらいいのじゃなくて？」

わたしは姉に促されて立ち上がり、波打ちぎわを一緒に歩いた。絢子さんはまた、貝殻を拾いはじめた。

それを眺めていたら、貝殻にまじって、浜に絢子さんの髪留めや、万年筆や文鎮が落ちているのをみつけた。姉はそれらを拾うと、さっきと同じようにわたしにみせた。

「鞠子ちゃん、これは？　いらないかしら？」

「いえ、それは――、いります。わたしが使います」

姉の持ち物をもらうと、わたしたちは父母のいる別荘に向かって歩きだした。

——眼を覚ますと、わたしは異国の絨毯の柄に戸惑い、そこにわたしの小説本がたくさん積んであるのをいぶかった。起きあがり、髪を撫でつけ、自分がユリ子の暮らす小屋にいること、絹川家の財宝をみつけようとしていること、別荘はもう売り払ってしまったこと、絢子さんは大地震で亡くなってもういないことをやっと思い出した。二年前の九月一日、絢子さんは、反物を見に入った呉服店で、崩れるビルの瓦礫に飲み込まれたのだ。

月日が経ってもわたしが納得ができずにいるのは、もちろん姉の死が理不尽であるからにちがいなかった。まして許しがたいのは、その理不尽があの何十万というひとが亡くなった災害の中に取り紛れてしまったことだ。

樺谷家のなかで、わたしが幼くみられていることは、いまも昔もあまりかわらない。それだから、わたしはいつでも、おうちのなかで自分だけが勘定に入っていないような気分になった。

それを慰めてくれたのは、小説本と、それから絢子さんだった。歳が一番近かったこともあって、絢子さんだけがわたしの話を真剣に聞いてくれた。ほかのだれでもない。

だれかが不条理な運命に襲われ、不本意な死を迎えるなら、そのとき世界は殉じて破滅しなければならないはずではないかしら？　しかし、現実には、世の中は絢子さんのことを忘れて地震から立ち直りつつある。それこそ、何よりも理不尽ではないか。

こんな考えにひたっているとき、わたしは際限なく無気力になることができた。

時計をみると、朝の七時だった。ハンモックは空で、どこに行ったか、ユリ子はとっくに起きているらしい。

寝巻きを着替えようかしらとぼんやりしていると、勢いよく小屋のとびらが開いた。

「あら鞠子ちゃんおはよう。はいこれ」

ユリ子はわたしの物思いを吹き飛ばすように、毛布をかぶったわたしの脚のうえにずしりとバスケットを載せた。

「これ、何ですの？」

「お弁当！　あたしつくったの。お出かけするわ」

「どちらへ？」

「青梅のおやま。絹川子爵さんがつかってた別荘があるところ。そこをしらべにいくの」

絹川家の別荘が、青梅の山奥に遺されているそうである。隠してしまう前、子爵はその別荘に財宝を保管していたらしいから、何か隠し場所の手がかりがあるかもしれないのだという。

「でもきっと、別荘はもう大勢のひとが調べているんでしょう？　いまごろになって、手がかりがみつかるものですかしら」

「どうかしら？　でもいいの。まだ、ほかにやることないから。楽しみねえ」

ユリ子は支度を進める。新聞紙やふきん、木製のコップ、いぐさのむしろ、どうみても調査ではなく、ピクニックの支度である。しまいにユリ子は、わたしのあたまに勝手に麦わら帽子をかぶせたが、わたしの着物と取り合わせると田んぼのかかしみたいなので、遠慮した。

　ユリ子に切符を買ってもらい、市電で新宿へ行き、そこから汽車に乗った。立川《たちかわ》で乗り換えて、二時間と少しで青梅駅までやって来た。空は雲ひとつなく晴れている。ピクニック日和なのはまちがいない。

　バスケットを下げて一時間以上も坂道を歩かねばならなかった。山あいを、埼玉県との県境のほうへ進んでいく。わたしはいいかげんくたびれたけれど、頭陀袋《ずだぶくろ》みたいな大かばんを肩にかけたユリ子が平気な顔をしているので、休みたいとは言い出せなかった。

　大きなカーヴを抜けると、ようやくユリ子は立ち止まった。そして路《みち》の左側の、小さな小屋を指差した。

「これ、きっと絹川さんの別荘の番小屋だわ」

　小屋の脇には、一本道があって、森の奥に続いている。

　わたしは持たされていた地図を引っ張り出した。晴海さんから預かった別荘の地図である。

　ひとづての話をもとにした聞き書きの地図だからいいかげんだが、たしかにここでまちがいなさそうだった。となりの一本道を進めば、絹川子爵の別荘に着くのだ。

　丸木でつくられた番小屋は、ひと目でだれも居ないことがわかるくらいに毀れていた。路の側に傾き、窓の硝子は割れ、穴の空いた屋根にはつたが絡んでいる。

「地震で毀れてしまったのかしら？」

「きっとそうね。でも、地震の前からもうずっとお手入れしてないみたいねえ」

とびらが潰れて開かないので、ユリ子は身軽に割れた窓をくぐり抜け、小屋の中に入り込んだ。けがをしそうなわたしは外に留まって、窓からユリ子が室内を捜索するのを見守った。

調度は大してない。小さな棚と、机と椅子があるだけで、そのうえにあったであろう、古そうなコップやお皿や便箋などはみんな床に散らばっていた。

ユリ子は四冊ばかりあった雑誌を拾いあげた。

「これなんのご本？」

「貸してくださる？　――これはみんな、古い総合雑誌ね。男のかたがよく読むんですの。『中央公論』だとか」

調べてみると、一番最近のは、明治四十四年六月発行の『太陽』だった。

「それじゃ、新しそうなものはなんにもないのねえ。番人のひとがころされちゃってから、ずっとほったらかしだったのね」

そう言われてどきりとした。

晴海さんは、絹川子爵が財産を隠す直前、明治四十四年の十月に、別荘の番人が殺害される事件があったとおっしゃっていた。それがこの小屋の番人だったのなら、ここにあるものはみんなその遺品かもしれない。ここが犯行の現場ということもあるかもしれないのだ。

わたしは慌てて雑誌をユリ子に返した。

「では、明治四十四年の事件いらい、絹川さんは番人を雇わなかったのかしら？」

「きっとそうねえ。だって、宝物はみんな隠しちゃったんでしょ？　もう、だれかにみはってもらわなくてもよくなったのね」

「ねえ、まだ何かすることがあるの？　そろそろ行きましょう」

「そうね。これは、元どおり散らかしときましょうね」

そう言って、ユリ子は四冊の雑誌を、寸分違わず正確に、落ちていたところに置きなおした。

今度は、番小屋の脇の一本道を進んでいく。この先にあるのは、絹川子爵の別荘だけである。道はゆるやかに降っていた。谷間へ向かっているようである。半町くらい歩いて、立派な西洋建築がみえた。

「あら、すてきねえ。こっちはあんまりこわれてないのね」

ユリ子の言うとおり、小屋にくらべれば別荘は綺麗なままだった。壁は漆喰《しっくい》の白色で、ところどころに張り出し窓が穿《うが》たれ、屋根はとんがり帽子のような三角屋根で、玄関にはチョコレートのような焦げ茶色のとびらが嵌まっている。

しかし、よくみればたしかにこの別荘にも地震の衝撃が及んでいるのがわかった。屋根の洋瓦はまばらに剝がれ、割れてあちこち地面にころがっていたし、玄関前のペーヴメントの煉瓦はでこぼこに乱れていた。

それに、屋根にはところどころ苔が生《む》している。ここも、やはり絹川家のご一家が亡くなっていらい打ち捨てられているらしい。

ユリ子は遠慮知らずな手つきで玄関とびらの把手を揺さぶったが、それは開かない。

「閉まってるわ。はいれないわねえ。まわりをみてみましょ」

別荘の周囲を巡ってみることになった。

右側に進むと、地面は奥に向かって急に降っていた。建物の中ほどまで来て、別荘が斜面に建っていて、二階に玄関がある構造だとわかった。

土面はなだらかではなく、うっかりすると転びそうになる。

わたしはユリ子に手を取られるようにして、ようやく傾斜を下りきった。ここまでくると、別荘の奥に川が流れているのがみえた。流れは穏やかで、手漕ぎの舟なら浮かべられそうな川である。

川に面した壁にひとつ、ようすのおかしい窓があった。

そこだけ、鎧戸と、すりこぎ棒のような鉄格子が嵌まっていた。少し錆びているけれども、とても頑丈である。半開きの鎧戸から室内を覗いてみると、部屋の四方に飾り棚があって、しかし品物は何も置かれていない。窓の向かいには鉄製の重々しいとびらがみえた。

「きっと、絹川子爵が財宝を保管なさってたのはこの部屋でしょうね」

「そうね。ほんとに何にもないのね」

それから、別荘の反対側をまわって玄関のほうにもどった。

途中に、窓硝子の割れた部屋があった。足もとをみると、乾いた土に踏まれてめり込んだ硝子のかけらがあって、よほど前に割れたのがわかる。

「これ、内側から割れているわ。だれかが外から割ったんじゃないのね」

「あれがたおれかかったのね。ほら」

部屋の中ほどには帽子掛けが転がっていた。地震のときに、それが倒れて硝子を毀したようである。

背伸びをして、窓のしたの床を覗くと、足跡がいくつものこっていた。すでに、幾人ものひとがここから別荘に侵入しているようであった。

「あたしたちも、ここからはいりましょ」

ユリ子は身軽に、バッタが跳ねたみたいにあっという間に別荘の中に飛び込んだ。

玄関にまわってとびらを開けてきてくれないかしらと思ったが、そんなことは思いつきもしないみたいに、ユリ子はわたしが窓枠を這いのぼるのを助けた。気後れしながらも、わたしは別荘へ侵入を遂げた。

ユリ子は部屋をみまわしながら言った。

「りっぱねえ。ほんとに西洋のおうちみたいね。あたし映画でみたわ」

ここは、客間のようである。地震でいくらか傷んではいるが、天井の、シャンデリアのような電燈や、四脚のキルト生地のカバーのかかった安楽椅子は無事のまま置かれている。とびらつきの棚に納められた茶器も、ほとんどが無傷だった。

わたしは床の、数人分はありそうな足跡を観察しながら言った。

「ねえユリ子さん、こんな立派な品物が盗まれていないということは、ここに忍び込んだひとたちはみんな、財宝の隠し場所の手がかりを探しに来たのでしょう?」

「そうね」

やはり、財宝を探しているひとはたくさんいるのだ。いまごろやってきて、手がかりなんてみつけられないのじゃないかしら？

ユリ子はどこからか、スリッパを二足みつけてきた。

「はい！　じゃあどんなものだか拝見してみましょ」

妙な日本語でユリ子は言った。

二階には客間のほかに、厨房や食堂、使用人の居室があった。必要なものはちゃんと揃っていて、装飾品はあまりない、別荘らしいしつらえがされていた。

一階は、寝室が五部屋あった。どれも、かなり広くつくってある。

そして、一階も二階も、廊下にすこし変わった壁紙が貼られている。落ち着いた焦げ茶色の壁紙だが、触ってみると、表面にしわのような膨らみがあちこちにある。職人が上手ではなかったのかと思ったけれども、しわにしては真っ直ぐだし、どこにもまんべんなくあるので、そういう趣向の壁紙だとわかった。別荘は明治の中頃の建築だけれども、この壁紙はもっと最近に貼り替えられたようだった。

そして、一階のいちばん奥にあるのが問題の鉄扉の部屋だった。鍵は開いていて、難なく入ることができた。

「晴海のおじいさんの知り合いがいれてもらったのはここでまちがいなさそうねえ。一階のお部屋に、宝物が満杯だったって言ってたから」

「ここにいっぱいだったなら、絹川子爵も運び出すのは大変だったでしょうね。自動車や馬車では運びきれないくらいですわね」

もしかしたら、財宝はここからそう遠くないところに隠されたのかもしれない。


しかし結局、隠し場所がわかるような手がかりは何もみつからなかった。ただ、財宝がここにないことを確認しに来たようなものである。

ユリ子は失望したようなようすもない。

「そろそろお昼にしましょ。どこでたべる？」

「ええと、おそとに行きませんか？」

故人の別荘に勝手にはいりこんで、食事までするのはあまり図々しすぎるように思った。

わたしたちは二階に上がり、玄関からお庭に出ようとした。

階段を上がりきろうとしたとき、突然ユリ子がわたしの腕をつかんだ。何ごとかと思うと、耳を澄ますように合図を送ってきた。

玄関で、カチャカチャと物音がしている。

「何の音かしら？」

「玄関の鍵をこじ開けようとするおと」

侵入者！　よりにもよって、わたしたちと同じときにやってきたのだ。何が目的だろうか？　物盗りか、それとも財宝のことを調べているだれかだろうか？

わたしはユリ子の洋服のひだを引っ張った。

「――ユリ子さん、一階の窓から逃げましょうよ」

「ちょっとまって」

ユリ子は慌てもせずにようすをうかがっている。わたしは怖くて足がすくんだ。

やがて、玄関とびらが開く音がした。わたしとユリ子は、廊下の柱時計の陰から侵入者の人相を見きわめる。

入ってきたのは、五十歳前後とみえる、小柄で人相の悪い男だった。

ひと目みてわたしは犯罪者にちがいないと思った。男は一歩一歩を探るように、慎重に歩いてくる。そして、わたしたちが侵入した客間のとびらを開け、キョロキョロと周囲を見まわしながら入っていった。

「ねえ、泥棒だわ！　ユリ子さん、どうするの？」

「あたしごあいさつしてくるわ。たまたまいっしょになったんだから、ごあいさつしなきゃおかしいわ」

呆れる間もなく、ユリ子はスタスタと客間のとびらのほうへ歩いてゆく。

ちょうど侵入者の男は、客間から廊下に戻ってきた。いつの間にか近寄ってきていたユリ子に気づくと、驚いて眼を剝いた。

「こんにちは！　あたしユリ子です。なにしにいらしたの？」

「うわあっ――」

男は悲鳴を上げると、玄関に駆け戻ろうとした。ユリ子はすかさずうしろから、振り上げられたその右腕をつかまえた。

「あたしききたいことあるの。あなた、絹川さんの宝物のことがしりたいんじゃないの？　探してるんですか？」

「し、子爵の財宝のことか？　——君は誰だ？　なんで、ここに居るんだ？」

男は、すこし抵抗するちからを弱めたようだった。

「だから、あたしユリ子。絹川子爵さんが隠した宝物を探してるの。あなたは？」

「隠した？　子爵が財宝を隠したのか？　どういうことだ？」

とぼけているわけではなさそうである。男は、本当に絹川子爵の隠し財産のことを知らないらしい。しかし、ユリ子の話に気を引かれているようすからして、財宝にまるで無関係なひとども思えない。

「鞠子ちゃんと、絹川子爵さんがどこかに隠した宝物を探してるの。——鞠子ちゃん！」

呼ばれて、わたしはすがたを現さないわけにもいかなくなった。顔が強張《こわば》るのを感じながら、ふたりのほうへ歩いていった。

「どうも、はじめまして」

男は、庭に放っておいた木箱にりすが棲みついていたのをみつけたみたいに、ユリ子とまったく異なるなりの少女がもうひとり出てきたのに面食らった。

　ユリ子は絶句した男に言った。

「ねえ、あなた泥棒さんでしょ？　こんなに器用に玄関の鍵を開けたんだからまちがいないわ。あたしお友達に泥棒さんがいるからしってるの」

「いや、それは――、今は、違う。ここにも、ものを盗みに入ったわけじゃねえんだ」

「そう？　あたしのお友達の泥棒さんも、もうやめたっていってたわ。じゃ、なにかしらべにきたのね。なにをしらべにきたの？　宝物がほしいの？」

「別に、欲しいわけじゃねえ。そんなものは俺には関係ない。どうにでもなればいい。俺が知りたいのはそんなことじゃない――」

嘘をついているらしくはないが、元泥棒だというこの男の目的はさっぱりわからない。よほど入りくんだ事情があるらしい。

「それじゃ、ゆっくり聞かせてもらいたいわ。あなたのお名前なんですか？」

「俺は、樫田だ」

男はそう名乗った。


別荘の裏にやってくると、ユリ子は、川岸のなだらかなところを探した。

「ここがいいかしらね？　ここにしましょ」

そう言って、ユリ子は持ってきたむしろを広げた。わたしと、元泥棒の樫田を座らせると、バスケットを開け、サンドイッチを並べ、水筒のお茶を注いだ。そして、なんとも居心地の悪いピクニックをはじめた。

「はいどうぞ」

サンドイッチを手渡された元泥棒は、アリスのかわりに不思議の国に迷い込んだ中年男みたいである。

わたしは軽侮心と警戒心が入りまじって、この樫田という男にあまり注目しないようにしていたが、するとかれのほうから口を利いた。

「あんた、絹川子爵と何か関わりがあるのか？　きれいななりをしてなさるが、――もしかして、あんた華族のお嬢さんですかね？」

「わたしの父は、樺谷忠道といって、子爵をいただいております」

「じゃあ、やっぱり華族のお嬢さんか。お公家《くげ》さんかね？　あんた、絹川子爵と何か関わりがあるんです？　それから、――織原家とは？」

樫田は唐突に、織原の名を挙げた。

織原家といえば、絹川家と同様に、震災で途絶えてしまった華族である。絹川家と同郷だったと聞いたこともあるけれども、織原家が隠し財産のことに関わりがありそうだという話は、これまでまったく聞いていない。

樫田は何を知っているのだろう？　わたしは慎重に答えた。

「どちらも、父とはお付き合いがあったはずですけれど、わたしは詳しく存じません」

「そうですかい」

「なあに？　あなた織原さんのことしってるの？　織原さんってだれ？」

樫田は困ったようすである。ユリ子の言葉には、いくら無邪気に聞こえても、いい加減にあしらうのが憚られるような響きがある。

「じゃあ、先に教えて貰いたいが、あんたら一体何者で、何をしようとしているんです？　それに、絹川子爵が財産を隠したとはどういうことなんだ？」

ユリ子はそれに応《こた》えて、絹川子爵が暗号を遺したことや、自分がサーカス出身の借金取りであること、わたしを担保にして、隠し財産をみつけ出そうとしていることを惜しげもなく話してしまった。樫田は信じかねる顔をしていたが、やがて、この奇妙な少女ふたりの取り合わせを説明するにはそれしかないと納得したらしかった。

「――しかし、財宝を探そうにも、まだ暗号すら手に入っていないのか。難儀な話だな。そりゃ」

「ええそう。だからこの別荘をしらべにきたの。なにかわかるかもしれないでしょ？　それで樫田さんに会ったからちょうどよかったわ。なにをごぞんじなの？」

少しずつ、ユリ子は樫田を、かれの知るなにかをしゃべらざるを得ないまでに追い詰めていた。

それにしても、何をしゃべっていてもこの少女はサンドイッチを齧《かじ》ることを忘れない。

「今となっては、話しちまってもまあ大丈夫だろう。どうせもう十年以上も前だ。あの、織原瑛広も死んでる。だが、話すからには秘密にして貰いたいんだ。それに、本当なら、絶対に華族のお嬢さんに話すようなことじゃねえんだが――」

「あら、平気よ。ねえ？」

ユリ子はわたしが平気だと決めて、樫田に続きを促した。かれは意を決して語り始めた。

「これは、明治四十四年の話だ。俺が泥棒を辞《や》めるきっかけの出来事で、それから、このことは誰にも漏らさなかった。今、初めて話すんです。

あんたらは、明治四十四年十月に、別荘の番小屋の番人が殺された事件を知っていますかね？」

晴海さんから聞いた。その直後に、絹川子爵が財産を隠したのだと聞いている。

「実は、俺はその殺人に立ち会ってる。番人を殺したのは、織原家の長男だった、瑛広です。俺は、織原瑛広に頼まれて、この別荘に仕舞われてた財宝を盗むのを手伝っていたんだ」

樫田の話は衝撃的だった。かれを敬遠したいわたしも、身を乗り出して聞き入るよりなかった。番人が殺害された事件は長らく謎のままだったが、あっさり真相がわかってしまった。華族青年の織原瑛広が、財宝を盗もうと試みて、そのとき誤って殺してしまったというのだ。

問題なのは殺人事件ではなかった。織原瑛広と樫田のふたりが盗み出そうとしたとき、財宝は、物理的に不可能としか思えない状況下で忽然と消えたのである。かれらが二時間余り別荘を留守にした間に、雨でぬかるんでいた周囲に何の痕跡ものこさず、財宝は消失した。

「俺も、あの華族青年も、どんな妖術だか訳が分からなかった。何はともあれ逃げるしかなかった。そんで、俺は口止めされて、金を貰ったんです。まあ、黙っているのには十分だったな。だから、それを潮にして、人《ひと》ん家《ち》に入り込む仕事を辞めたんだ。深入りしない方が良いからな、俺は財宝の行方を探ろうとは思わなかった。あの瑛広が、人殺しまでやっちまっていたものだしな。だから、絹川子爵が、暗号まで作って財宝を隠したなんてことは知らなかったんです」

織原瑛広の殺人が、消失事件の秘密を守ったのにちがいない。それだからこそ樫田がうっかり口を滑《すべ》らすこともなかったのだろうし、瑛広だって、いかに不思議であってもだれにも話すわけにはいかなかったのだ。

「でもな、事件からもう、ほとんど十四年も経った。それにあの地震があったでしょう？　そろそろ、この別荘の不思議が気になり出したんだ。だから、謎が解けるんじゃないかと思って来てみたんですよ。誰もいないと思い込んでたから、あんたらがいてそれはもう驚いた。

　俺も一応あの瑛広に義理立てしてたんだが、あいつも、その家族もみんないなくなっちまったから、もう織原家の名誉に遠慮することもないだろうと思ってな」

　法律にはくわしくないけれども、樫田は殺人にはまったく関与していないそうだから、かれの犯罪はもう時効が成立しているのだろうか？　どうあれ、財宝の持ち主の絹川子爵も、殺人犯の織原瑛広ももうこの世にない。地震は、かれらの企みをみんな粉砕してしまった。あの地獄のような災禍に、非業の死を遂げたであろうかれを過去の罪で責め立てる気力は、わたしにはない。

　いまさら樫田が責められることもないのだろう。何より、きっとかれはこの不思議をだれかにしゃべりたかったのだ。

　それで樫田はわたしたちに秘密を明かしたのだろうけれども、すべてをしゃべってしまうと、急にきまりが悪くなったようだった。

「とにかく、俺は今さら欲をかこうというんじゃねえんだ。まあ、それでも泥棒だったのには間違いないからな。あんたらからすりゃ賤《いや》しいのかもしれないが――」

「あら、あたしも子供のころ悪いことといっぱいしたけど、でもあたし自分が賤しいなんて考えたこともなかったわ。あなたえらいのね」

「子供の頃に？　あんたが？　ふうん。そうか」

それを聞いて樫田は妙に安心したようだった。

ユリ子が昔やった悪いことというのが気になったが、この少女はそんな話に構わず、わたしに言った。

「晴海さんが言ってたでしょ？　絹川子爵さんって、自分のとこの番人さんが殺されたのにかまいもしなかったって。たぶん、どうやって宝物をここから持ちだしたのか、だれにも教えたくなかったんでしょうね」

「もしも殺人の犯人がつかまってしまったら、財宝が魔法みたいになくなったことを世間のひとに知られてしまうかもしれなかったということ？」

「ええそう」

もちろん、財宝を消失させたのは絹川子爵にちがいないだろう。その方法がわかると、隠し場所を知られてしまうと子爵は惧《おそ》れていたのかもしれない。だから、自分の別荘の番人が殺されたにもかかわらず、警察の捜査に協力しなかったのだ。

「では、この別荘のどこかに隠し通路があるのかしら？　そうして、財宝が盗まれかかったときに、いそいでそこから運び出したのかしら」

独《ひと》り言《ごと》のように言ったわたしに、勢い込んで樫田が答えた。

「俺も、そうじゃねえかと思ったんです。あのときゃ慌てて逃げたが、冷静になってみりゃ、そんなこと起こるはずがない。この別荘中探せば、どっかに隠し部屋でもあるんじゃねえかとな。もしかすると、そこにそのまま財宝がごっそり遺されてるなんてことも、ねえこともねえだろう」

ユリ子が剝いたももを食べ終えてから、わたしたちはあらためて別荘の捜索に取り掛かった。こんどは、どこかにあるにちがいない秘密の抜け道を探すのだ。

二階を手始めに、壁や床のどこかに入り口が隠されていないか、樫田は叩いたり耳をつけたり、熟達者らしい手際でたしかめてゆく。わたしは真似をして、壁に耳をあてがってみたけれども、何もわからないのですぐにあきらめた。ユリ子も、この場はかれに任せることにしたらしい。

樫田は周到に巻尺を用意してきていた。室内と廊下をそれぞれ測り、壁に通路を隠せるだけの厚みがないかを調べる。請《こ》われてわたしたちはしばしばかれの仕事を手伝い、巻尺の端《はし》を押さえた。

やがて、樫田は二階に抜け道はないと結論を出した。

「まあ、それはそうに決まっているんだ。どうしたって二階より一階に造るのが当たり前だ。その方が建築に面倒がねえからな」

わたしはあまりかれに近づかないようにしながら、恐る恐る樫田に訊いた。

「あの――、財宝がなくなったのって、もう十年以上も前のことでございますでしょう？　そのあいだに、抜け道が埋められてしまったということも考えられるのではありませんの？」

「いや、それなら分かる筈です。この別荘はもう新しくねえからな。たぶん建ったのは明治の中頃、鉄道が通った時分だろう。後から細工をしたなら跡が残る。

廊下の壁紙だけは変えられてるな。俺たちが前に忍び込んだときも、これだけは真新しかった。

でもどうせ、廊下の壁じゃ薄くて隠し扉は造れねえ。あのときは、誰かが隠れていねえかは嫌というほど確かめたが、畜生、こんなことまでは気が廻らなかったな——」

　わたしたちは一階に下りた。

　ここから、さらに地下に通じる通路があるのではないか。斜面に建つ構造だから、建築の際に特別な細工をする余地があったかもしれない。

　手前の寝室から順に、二階よりも念入りに、どこかに仕掛けが隠されていないかを調べていく。

「俺は、絶対に見つからない隠し扉なんてのは無理に違えねえと思ってる。まるで隙間の無いようには出来ねえし、きちんと開くように造らなきゃなんねえんだから、触ってみりゃ、ちょっとくらい手応えがあるに決まってるんだ」

　家具の多い別荘ではないから、丁寧に調べても、掛かる時間は知れていた。五つの寝室に何もないことをはっきりさせると、最後にのこった、鉄扉の部屋に入った。

「やっぱりここか？　——この部屋は面倒だな」

　四方の飾り棚の背後や、分厚い絨毯の床を、舐めまわすようにして樫田は探った。

　しかし、それはついに徒労に終わった。この厳重な部屋は、みためどおりの八畳のつくりで、何の秘密も隠していなかった。

　つまり、この別荘には、隠し通路などありはしないのだ。

手入れのされない別荘のかび臭さに、次第に息が詰まりそうになったわたしたちは屋外に出た。

「こりゃおかしい。絶対そうだと思ってたんだが――、じゃあ、絹川子爵は一体どうやったっていうんだ？」

樫田は、わたしたちがかれの話を疑い始めたのではないかと気になりだしたようである。

もとより、隠しとびらを探すまえからわたしはかれを信用しきる気にはならなかった。しかしユリ子の表情をみると、まるきり素直に樫田の困惑に共鳴している。

「ふしぎねえ」

やはり、この謎には真っ向から取り組むよりないらしい。わたしは、思い浮かんだことをいくつか口にしてみた。

「この別荘のまわりは、森が切り開かれて、すぐ近くに木はないみたいですけれど、明治四十四年のときも同じようでしたの？」

「うん、この通りだったな。俺も、誰かが森の何処かから別荘の屋根にでも飛び移ったんじゃねえかと、そんなことを考えないでもなかったが、これだけ距離がありゃロープでも伝ってこなきゃならない。でも、この屋根にはロープなんぞ引っ掛けられないだろう。どんな曲芸師でも無理だな」

「そうね。むりね」

ユリ子が保証をする。

「では、――この別荘に、だれもいなかったことは本当にまちがいないんですの？」

「間違いねえな。散々確かめたんです」

「でも、なにか樫田さんたちに気づかれないようにする方法があったのではありません？　例えば、樫田さんが開けようとしていた、財宝のお部屋にだれかが隠れていたとしたらどうですか？　じつは別荘の中にだれかがいて、おふたりが、別荘のまわりをめぐっているあいだに、そのお部屋に隠れて鍵を締めたとしたら」

「いや、無理ですよ。あの部屋を開けようとするあいだに、内側の錠前の様子を確かめるために鎧戸をこじ開けたからな。そのとき部屋の中を覗いたから、誰かが居りゃ気づいた筈だ。品物こそ沢山あったが、人が隠れる隙間はなかった。一番大きい甕にだって、まさか人が入れやしなかったろう。

　俺もあれこれ考えてみたんです。乗って来た自動車に誰かが潜んでたんじゃねえか、とかだ。でも、自動車には屍体と揮発油《ガソリン》の罐しか積んでなかった。俺も一度、気になって屍体を調べたしな。

　いくら何でも隠れるのは無理だ。

　大体、俺たちの知らぬ間に別荘に入り込めたとして、それじゃまだ話が半分です。入り込んだ奴は、一体、どうやって財宝を持ち出したのか？　それが解決しなきゃ何にもならないんだ」

　そうにはちがいない。

　けれど、どう足掻《あが》いたってそんなことは不可能に決まっているのだ。なにか、よほど突飛な方法を用いたのだろうか？　わたしは、鉤縄《かぎなわ》を垂らした飛行機がペーヴメントに置かれた財宝の包みをかっさらっていく妄想を振り捨てた。

謎は解けなかった。ユリ子は、川辺のむしろを畳んで、帰り支度を始めた。

樫田は、これ以上わたしたちに付き合う気がないらしい。

「それじゃ、後は俺は勝手にやりますよ」

片付けをするわたしたちを置き去りにして、樫田は行ってしまった。

「いいんですの？」

「かってにするならしかたないわ。お手伝いしてもらおうかと思ったけど」

しかし、ほんの十分あまりののち、思いがけずわたしたちは樫田に再会することになった。

空のバスケットをさげて、ユリ子に並んで一本道を引き返していったときだった。道の半ばで、男がふたり言い争っているのがみえた。

ひとりは樫田である。もうひとりにも、わたしは見憶えがあった。

「ユリ子さん、あのひと、長谷部子爵のご家族だわ！　たしか、ご次男だったかしら？　名前は思い出せないけれど――」

財宝を探す長谷部家の青年が、別荘にやって来たのだ。かれは、胸ぐらを摑まんばかりにして樫田を詰問していた。

「あのひとは、鞠子ちゃんをしってるの？」

「ええ、あちらもわたしを憶えていても不思議はないわ」

「そう。とぼけたってだめなのね。じゃあいきましょ」

ユリ子は足取りを少しも変えずにふたりに歩み寄ると、垣根越しにご近所に挨拶するみたいに白々しく声を掛けた。

「こんにちは！　どうなさったの？」

長谷部家の青年はひとしきりユリ子を怪しんでから、わたしをみて嘆声を上げた。

「あっ、君は、樺谷子爵のところの女の子だな」

「そう！　この子は鞠子ちゃん。あたしユリ子。あなたは？」

わたしがいるから、かれは身もとを隠そうとはしなかった。

「——僕は、長谷部隆二郎《りゅうじろう》だ」

「長谷部隆二郎さんね。隆二郎さんは、このあやしいおじさんに何のご用？」

ユリ子は樫田の脇腹をつつきながら言った。

「勿論、不審だから、何の用があるのか誰何《すいか》していたんだ。泥棒かもしれないじゃないか」

「ええ、あやしいから当然だわ。でも、ほんとはこのおじさんあやしくないの。あたしたちといっしょにピクニックして、帰るところだったの。このおじさんが不審なら、隆二郎さんだって不審なのはおんなじ。でも、あたしはあなたよりこのおじさんのほうが三時間くらい長くしってるから、あなたのほうがあやしいの。

さあ、長谷部子爵の息子さんの隆二郎さんは、ここにいったい何をしにいらしたの？　教えてくださる？」

長谷部青年は、ユリ子をみず、声も聞こえなかったように装って威厳を保った。わたしを眺め、値踏みしながら、独り言みたいに言った。

「そうか。樺谷子爵も財宝を探しているのか。——しかし、なぜ君がわざわざこんなところに来ている？　子爵は許したのか？」

ユリ子は、わたしに答えさせない。

「ちがうわ。ゆるしたのは子爵さんじゃなくてあたし。あたしたちまだ何にもわかってないの。だから、きょうはただのピクニック。

あなたは何がわかってるの？　長谷部さんは、暗号文を持ってるんでしょ？」

長谷部青年は、ユリ子をいい加減にあしらうわけにいかないことに気づいた。かれは我々三人の奇妙な取り合わせの意味がわからず、本当はわたしたちが何を知っているのか心配になり始めたらしかった。

「君はなにか、取り引きがしたいのかね？」

「なあに？　取り引きって。なにくれるの？」

青年は、ユリ子からなにかを聞き出すことを諦めた。

「——まあいいや。今日は、喧嘩するのはよしとこう。君、失礼した」

そう言って樫田の肩を叩くと、わたしたちをその場にのこし、隆二郎は別荘へ歩を進めた。

「僕も、君の言うピクニックに行ってくる！　君たちが何か、譲ってもいいと思う情報を得たのなら教えてくれ給《たま》え。相談に乗りたい」

「ありゃ、織原家の瑛広に似てねえでもなかったですよ。華族の息子ってのはあんな、お高《たけ》え芸妓《げいぎ》みたいに高飛車なのばっかりか」

「そんなことございません」

この元泥棒が、本質的にとても気の小さいことがわかってきたので、わたしは、少しだけかれに慣れた。

樫田は大きく息を吐いた。

「まあ、とにかく助かった。あんた変に口が廻るな。曲馬団で習うのか？」

「サーカスであんなお口上したらおこられるわ」

「そりゃそうだな。――今日はこれ以上調べまわるのはやめといたがいいですよ。あいつがうろついてるからな」

「ええ。そうね」

樫田がユリ子と交わした言葉で、今日話したことについて、お互い秘密を守る約束ができた。

五

帰ってきたのは夜の七時を過ぎていた。

「楽しかったわね。晩ごはん作りましょうねえ」

ユリ子は小屋にかばんをおろすと、疲れたようすもなく、お屋敷のキッチンで夕食の支度を始めた。例によって手伝う隙はなかったので、わたしはサンドイッチの包み紙にされていた新聞を広げて読んだ。

古いものから順に使っているので、五年も前の、大正九年のものである。震災の昔が懐《なつ》かしくなって、わたしは読み耽った。

浅間光枝《あさまみつえ》という舞台女優のことを書いた記事があった。このひとは、新派劇を語ればたいがい筆頭に置かれる、わたしでも知っている大女優である。

光枝女史《みつえぢよし》の新生活《しんせいくわつ》は新《あたら》しき女《をんな》の暮《く》らしか否《いな》か

豫《かね》てより報《ほう》じられてゐた新劇女優浅間光枝《しんげきぢよいうあさまみつえ》と實業家大島稔氏《じつぎやうかおほしまみのるし》の離婚《りこん》に伴《ともな》ひその歸屬《きぞく》が爭《あらそ》はれてゐると傳《つた》へられた大島氏《おほしまし》が光枝《みつえ》に贖《あがな》ひたる洋館《やうくわん》は以後《いご》光枝《みつえ》一人《ひとり》が權利《けんり》を持《も》つと決《き》められたとか。離婚《りこん》の理由《りいう》は一様《いちやう》に大島氏《おほしまし》の不品行《ふひんかう》に歸《き》すとされるが、さりとてそれを根據《こんきよ》に夫《をつと》を厄介拂《やくかいばら》ひし立派《りつぱ》な洋館《やうくわん》まで奢《おご》らせた光枝《みつえ》の手練手管《てれんてくだ》は多《おほ》くの現代婦人《げんだいふじん》の羨《うらや》むところであらう。その上《うへ》、舞臺《ぶたい》にも私生活《しせいくわつ》にも離縁《りえん》の悲哀《ひあい》を一切《いつさい》たりとも滲《にじ》ませぬ邊《あた》りは正《まさ》に當代隨一《たうだいずいいち》の女優に相應《ふさは》しく、新《あたら》しき女《をんな》と稱《しよう》されるものたちより相當《さうたう》の喝采《かつさい》を浴《あ》びてゐる。——

記事はまだ続いていたけれども、下品だったので読むのをやめた。

『人形の家』だとかの最近の芝居を観るのは許されないけれども、わたしはいくつかのシェイクスピアの劇で浅間光枝を観たことがある。その演技は、日本人が西洋の芝居をする滑稽さがほとんど感じられない優れたもので、大いに感動したのを憶えている。

その女優の、こんな露骨な離婚劇をいきなり知ることになってわたしは少し戸惑った。

おうちにいたなら、きっとわたしの眼に触れることはなかった記事だ。ひとつ幻想がやぶられた気がした。わたしの一生と、ぜったい交わるはずのないひとのお話なのだけれど。

わたしはいったん新聞紙を畳んで膝に置いた。

「いいわねえ。文字がよめたら退屈しないでしょうね」

ユリ子の言葉に嫌味はこもっていなかったけれど、わたしはなにも手伝わずにキッチンに座っているのが恥ずかしくなった。

「ユリ子さんも退屈なんてなさるの？」

「あたし退屈なんてしたことないわ。でも、文字がよめたらもっと退屈しないはずだわ。それにしても、長谷部さんってご熱心なのねえ。きっと、暗号文が解けないから、手がかりを探しに別荘にやってきたんでしょ？　何度もあそこに通ってるんでしょうね。なにかないかって」

長谷部家が暗号を手に入れたのが震災の直後だから、もう二年近くもそれと格闘しているのだ。いまだにあの別荘を漁らないといけないということは、謎解きにほとんど進展はないのではないかしら？

「ユリ子さん、わたし暗号が出てくる物語をいくつか読んだことがありますけど、たいていの暗号って、辞書のページだとか、何か別のものとを照らし合わせて解けるようにするんですって。だから、それがなかったらどう頑張っても解読できないの。

絹川子爵は、暗号はご家族にしか解けないっておっしゃってたんでしょう？　だから、照らし合わせないといけない別のなにかが、ご家族の頭のなかだけにあるものなら、もう、だれにも解けないのかもしれないわ。絹川家のかたは、みんな亡くなってしまったんですから」

ユリ子は馬鈴薯《ばれいしょ》を刻みながら答えた。

「暗号文が手にはいってないのに、まだそんな心配することないわ。長谷部さんが先にみつけちゃったらこまるんだから、かんたんに解けないほうがいいの」

「ええ、そうなのかもしれませんけど。でも、暗号文ってどうしたら手に入るのかしら？」

何かの情報と引き換えに暗号文をみせてもらうよりないように思うが、しかし今日のようすでは、長谷部家のものは簡単には応じそうにない。

「暗号文はいいけれど、あたしたちも今日大事なこと教えてもらったでしょ？　明治四十四年に宝物が魔法みたいになくなったって」

わたしたちがほかのひとに先んじているのは、いまのところ、そのできごとを知っているということのみである。しかし、本当にこの謎を解決することが、財宝をみつける役に立つのかしら？

ユリ子はマカロニの鍋を煮立たせている。わたしは、また別の新聞紙を取り上げ、見出しを眺めた。

「あらま」

それは、大正十年七月十五日の朝刊であった。

浅草《あさくさ》にて　曲《きよく》馬《ば》團《だん》大《だい》盛《せい》況《きやう》

今月朔日《こんげつさくじつ》より淺草公園《あさくさこうゑん》にて興行《こうぎやう》を行《おこな》ひおる天童曲馬團《てんどうきよくばだん》は大變《たいへん》な客入《きやくい》りだ。豫《かね》てより我國《わがくに》の曲《きよく》藝《げい》は世界《せかい》にも類《るい》を見《み》ぬものと名高《なだか》く開化《かいくわ》の時《とき》には異人《いじん》を大《おほ》いに驚《おどろ》かせたものだが、天童曲馬團《てんどうきよくばだん》は西洋型《せいやうがた》の曲藝《きよくげい》を佛蘭西《フランス》や亞墨利加《アメリカ》の一流《いちりう》にも劣《おと》らぬ妙技《めうぎ》で演《えん》じてみせると評判《ひやうばん》が評判《ひやうばん》を呼《よ》び連日《れんじつ》の盛況《せいきやう》である。別《わ》けても凄《すご》いのがユリ子《こ》といふ少女《せうぢよ》でこれが空中《くうちう》ブランコから馬《うま》の曲乗《きよくのり》から次々《つぎつぎ》衣裳《いしやう》を替《か》へては何《なん》でもこなしてみせる。他《ほか》は餘所《よそ》で觀《み》られても、このユリ子嬢《こぢやう》だけは見逃《みのが》さないのがいいといふのが眼《め》の肥《こ》えた曲藝好《きよくげいず》きの見立《みた》てである。

ユリ子が居たサーカスは天童曲馬団というのだった。そこで大変な評判をとっていたのである。いま、このサーカスはどうしているのだろう？　震災には遭わなかったのだろうか？　そして、ユリ子は、どうしてここから逃げてきたのかしら？

「なあに？　どうしたの？」

紙面に熱中していたわたしに、ユリ子が笑顔で訊いた。

「いいえ、ちょっと面白かったものですから」

「そう？　面白いならよかったわねえ」

自分でつくったサンドイッチの包みに、自分の記事が出ていることなどユリ子は知る由もない。考えてみれば、この少女も、本当ならわたしの一生とはぜったい交わるはずがなかったのだ。そう、わたしは思った。

3

鉄格子の奥

一

わたしがユリ子預かりの身となって、十日がたった朝である。小屋で慣れないパンの朝食をいただいていると、とびらが叩かれた。

訪問者ははじめてだった。あわてて膝をととのえなおしている間にユリ子がとびらを開けた。外には晴海さんが立っていた。ご在宅だったことに気づかずにいたのでわたしはびっくりした。晴海さんは敷居をまたごうとせず、キラキラした小屋の中をしかめつらで眺めて、戸口で言った。

「ユリ子。それに鞠子君もだ。少々妙な事になっている」

「なあに？」

「昨日、鞠子君の親父殿から電話があった。箕島伯爵から、申し出があったというのだ」

「箕島さまからですの？」

「そうだ。君の親父殿は色々廻りくどい話をしおったが、必要な事を抜き出せばこういう内容の申し出だ。『樺谷子爵の三女である鞠子を、金一万円と引き換えに箕島家に養女として迎え入れたい。応じるなら、嫁ぎ先など鞠子嬢の将来に箕島家が全て責任を持つ』。そう伯爵は言っておるらしい」

意味がわからず困惑していると、晴海さんは、はじめていくらか優しさのこもった眼差《まなざ》しでわたしをみた。

わたしが養女？　それも箕島伯爵のおうちのである。財産探しの好敵手で、姉が嫁いでいる箕島家が、わたしを欲しがっている。

「いったい、どうしてかしら？　箕島さまがそんなことを考えてらしたなんて――、絹川さんのご遺産と関係があるのかしら」

おうちにいたころなら、こんな詮索的なことを言ったらひどく叱られたろうと思った。

「箕島伯爵は理由を一切説明しなかったそうだ。しかし、儂は財宝探しと無関係だとは思わん。伯爵は今、金を集める事の他には何にも頭が廻らん有様だ。裏にそれが関わっていない筈はないな。君を欲しがっているのは財宝を見つけるためだろう」

「では、ユリ子さんやわたしが財宝を探すのをやめさせたいとお考えなのかしら？　競争をしなくてすみますものね」

「そうではあるまいな。どうしても金が欲しいというときに、伯爵は樺谷子爵に一万円を払うと言っておるのだ。そのうえ君の面倒も見ねばならない。

宝探しをやめさせるためだけにそんな金を出すものではない。ユリ子を一目見て、こいつに行方知れずの百万の財宝を見つける能力がある事を見抜ける奴は、そうはいない」

もっとも至極である。ユリ子のじゃまをするためだけに、そんな大金を出すはずはないだろう。すなおに頷いているユリ子は、自分の話とわかっているのか怪しい。

しかし、一万円ものお金を払って、わたしを欲しがる理由などほかにあるのかしら？

「――ともかく、おはなしどおりわたしが箕島さまのおうちの子になって、一万円のお金のご都合がついたら、父の借金は、半分くらいきれいになりますのね。ぜんぶとはまいりませんけれど、少なくとも晴海さまには、お義理をはたすことができますのね」

「そうだな」

「だめ」

ユリ子はぴしゃりと言った。

「鞠子ちゃんはあたしがあずかってるの。質権がついてるのといっしょ。かってにひとに持っていかせるわけにはいかないわ」

そうは言ったって、いま晴海さんとしているのは、わたしを差し出せば、質権をつけねばならなくなった元凶の借金を返済できるという話なのである。

「――わたしだって、もらわれに行きたいって思ってはいませんのよ。でも、これはわたしのおうちの問題です」

「おうちの問題だなんてあんまりごりっぱなこと言わないほうがいいわ。そんなこと言ってじぶんを追い詰めたら、あとで、ありもしない覚悟があるみたいなふりをしなきゃいけなくなるの」

ユリ子は、わたしの葛藤をみんな見透かしているようなことを言う。

なにか言い返したいと思ったけれども、その前に晴海さんが口を開いた。

「ユリ子が先に権利を持っているというのは、まあ筋が通っとらん事もないがね。しかし、ならば仕方ないと伯爵やら鞠子君の親父殿やらが納得する訳でもない。どうしてそんな話になっとるのか分からんが、聞く耳を持たずにつっぱねる事も出来んな。

それでだ。親父殿は、直接君に話をさせてくれと言ってきておる。今日の午後、ここに来るそうだ。儂は立ち会えん。何を言う気かは知らんがお前らが話を聞いてよくよく考えろ」

晴海さんは、それだけ言うと会社に行ってしまった。

ユリ子の小屋で、わたしは父を迎えた。

十日ぶりに会う父は、もちろん父にはちがいないのだけれど、なんだか、よく似た他人なのではないかしらと思われた。やつれた訳でもみすぼらしいなりをしているでもないのに、すっかり威厳をなくしていたのだ。父に異変があったのか、それともわたしのなにかが変わったのだろうか？父に会ったせいで、かえって心細くなった。

父は、わたしがこんな奇妙でみすぼらしい小屋に寝起きしていることをひとしきり嘆いてから、話を切り出した。

晴海さんに聞いたことのほか、父は何も事情を知らなかった。唯一、晴海さんのお話になかったのは、こんなことだった。

「——箕島さんは、一万円を負担してくださるばかりではなく、屋敷の抵当権を抹消しても良いと言ってくださっている。そして、返済は気長に考えれば良いと仰っているのだよ」

聞けば、実は、父は箕島伯爵からお屋敷を担保に六千円を借りているのだという。伯爵は、晴海社長に次ぐ大口の借り口だったのだ。

抵当権を抹消するというのは、六千円を当面請求しないということらしい。そのうえ、一万円が手に入る。だから、父は大いに心を動かしているのだった。

伯爵の思惑を知らないままに、父はこんな話ばかりした。

「紀子《のりこ》が嫁いだから、お前も箕島家を知らない訳ではないだろう。不思議に縁があるとも言えるのだな。とても由緒のある家だよ。そこの娘になるとなればもちろんお前だって名誉に思っていい」

紀子というのが、長姉の名前である。

「もちろん、伯爵のことだから、お前の将来もきちんとしてくれるだろう。とりあえずは養女にということだから、ひとまずお前は箕島家で武家の作法を学んだらいい。そうしたら、きっと伯爵は良縁を見つけて下さる。もちろん華族の、お前に相応しいだけの家格の相手だ」

「ねえ、なんで養女なの？」

出し抜けに、ユリ子は父に問うた。

「――なんだね？」

「だって、それじゃ鞠子ちゃんがどこにおよめにいくかまだ決まってないんでしょ？　なんで決まってないの？」

「我々には、物事を簡単に運ぶ訳にはいかないさまざまな事情がある。君に理解出来るようなことではない」

父は鬱陶しそうに言った。やっぱり、わたしとの話し合いにユリ子が同席することに納得がいかないのだ。

しかしだれが聞いたってユリ子の疑問はもっともだし、父はそれを傲慢にごまかしたにすぎない。

姉が伯爵の三男に嫁いで、伯爵のご子息たちはみな所帯を持っている。だから、箕島家はいま花嫁を欲しがってはいないのだ。なのに、わざわざわたしをいったん養女にして、教育をつけてからどこかの良家に嫁がせてやろうだなんて、そんなおかしな話があってはたまらない。

箕島伯爵がわたしを欲しがるのには、裏の事情があるのに決まっている。

それくらいのことは父にもわかっていて、どうするべきかを迷っている。一万円というお金は、借金をすべて埋め合わせるには足りないが、ユリ子が隠し財産をみつけ出すよりはずっと現実味のあるお金だ。伯爵の目的は謎だが、すでに長姉を嫁がせた箕島家のものが無茶なことをするとは考えたくない。

父はわたしを説得しようというよりは、ただ自分の願望を語っているにすぎなかった。

「まあ、お前の将来のことだ。まず自分でよく考えてみなさい」

それだけ言って、父は帰った。

「お姉さんがおよめにいったのはいつのこと？」

「一年くらい前。ですけど、地震の前から縁談は決まっていたの」

だから、長姉が箕島家に嫁いでいるのは偶然で、今度のこととは無関係のはずである。伯爵が財宝をみつける計画を立てたのは、地震のあとのことなのだ。

「そう。鞠子ちゃんほんとにこころあたりない？」

「そんなの、あるはずがないわ」

少し不機嫌に返事をした。

ユリ子はこんなことを言う。隠し財産をみつけるために、なにかわたしが重大なことを知っているのではないか。伯爵がわたしを欲しがっているということは、わたしが隠し財産をめぐる鍵なのではないか。

いまのところ、そうとでも考えねば辻褄《つじつま》が合わない。他に、嫁がすあてもないままわたしを養女にしようとする理由はみあたらない。

でも、わたしが一体何を知っているというのか？　絹川子爵をおみかけしたことがあるだけで、そのご家族のこともろくに知らない。財宝のことだって、ユリ子に初めて聞かされたのだ。

だから、わたしの知るなにかが謎を解くのに必要なのだとしても、それは、一見して隠し財産とは関係がないことなのかもしれない。それなら、いくら智慧《ちえ》を絞ったって、答えがみつかるはずもない。

「ほんとは、伯爵さんにきいてみるのがいちばんいいのよねえ。わからないことって、考えてもしかたないわ」

「訊いたって教えてくれるものですか。財宝を独り占めしようとなさってるのに」

自分のことなのに、わたしはなにもわからない。廻転《かいてん》木馬のそばに立ち尽くしているみたいに、いろいろなひとたちがそれぞれの思惑を抱えて、わたしのまわりをぐるぐるしている。

苛立つわたしを、ユリ子はなだめるでもなくニコニコして眺めていた。

二

それから三日、ユリ子は遠出をすることなく、ただお馬のお世話をしたり、珍妙なサーカスの道具で遊んだり、わたしに小説本の朗読をさせたりして過ごした。

「ねえ、あたしお手紙書きたいの」

そう言って、ユリ子は筆と和紙をよこした。手紙を書くには厚手で、ごわごわした紙である。

「なんて書くんですの？」

「『こんにゃくがはいってます』」

「こんにゃくが入ってます？　それだけ？　どなたに出すの？」

「まだ決まってないの」

釈然としないまま、それでも精一杯丁寧に、わたしは言われた通りの文句を記した。

「あと三枚くらい書いて」

ユリ子は間抜けな文面の手紙の束を受け取ると、両手で掲げ持って喜んだ。

「ありがとう！　そろそろ、これを用意しといたほうがいいのよねえ」

財宝をみつけることをユリ子はすっかり忘れたみたいだった。今後の方策を考えているのかもしれないけれど、ユリ子には考えごとをする表情というのがなく、常にはつらつとして活動的なので、そのようすから心中を察することができない。
　わたしはとても、ユリ子のように呑気にしていることはできなかった。

養女になるのとひきかえに借金のかたをつけ、樺谷家の名誉を守る。わたしは、箕島家の娘として教育を受け、いずれふさわしい結婚をする。——これが、父が夢想していることである。

　もちろんこれは、簡単には現実にならない。箕島伯爵の目的はわからないし、一万円では借金を埋め合わせするにはまだ足りない。しかし、伯爵が父の交渉に応じ、借金の全額を請け負うと言ったら？　そのときはきっと、父は箕島家に行くようわたしを説得する。

　そうなったら、わたしは一体どうするだろう？　華族の名誉、これに対抗できるようなもの、それだけの思想や才能をわたしは何も持ち合わせていない。いじけて小説を書いているだけの文学少女にすぎないのだ。父が「樺谷家のためであり、ひいてはわたしのためでもある」のような理屈を持ち出せば、父がやっているのと同じように、それが正しいのだとわたしも自分に言い聞かせるだろう。

　悩むうちに、わたしの物思いはふたたび亡くなった次姉のことに立ち返った。

　絢子さんが生きていたらよかったのにと、わたしは幾度考えたかわからないことを考えた。絢子さんに身がわりになって欲しいわけじゃない。どうせなら、震災で死ぬのは、絢子さんではなくわたしがよかった。

　一番うえの姉、紀子さんはあまり似ていないが、わたしと絢子さんは顔立ちがよく似ていた。勉強はわたしのほうができたと思うけれど、絢子さんは社交家だった。わたしがうっかりだいじな湯呑みを割ったときなどに、最初に打ち明けるのは絢子さんで、絢子さんはそれを母に詫びるようわたしをさとしたり、あるいはかわりに話してくれた。自分の身分のことなど忘れていい相手は、わたしには絢子さんしかいなかったのである。

　ユリ子におうちから連れ出されるときに心が高揚したのは、ユリ子が、わたしが華族の娘であることなどまるで気にかけていない奇妙な少女だったからだ。この子の生活にお相伴《しょうばん》した二週間は、わたしにとっては遊園地にでもやってきたみたいなもので、ここは決してわたしの住《す》み処《か》にはならない。どうせ、遅かれ早かれ、自分の暮らすところに帰らなくてはいけないのだ。

　――もしかして、ユリ子は、わたしを助けようとしているのかしら？

　そんな風に感じるふしがある。本当は、絹川家の財宝なんてみつけられるとは思っていないのではないか？　わざわざわたしをおうちから連れ出したのは、こんな事態が起こると予見していたからなのではないか。

　そうして、みたこともない曲芸をみせてくれたり、一生訪ねることもないようなところに連れて行ってくれたりして、世の中にどんなおもしろいものがあるのか教えているつもりなのではないかしら？　だからこそ、わたしが養女に行くのを、自分が先に質権をつけたなどと無茶な理屈をつけて止めようとしているのだ。

　そう考えると、わたしの中の華族の誇りが疼いた。こんな、学も品もない、得体の知れない少女にわたしが世の中のことを教えてもらう道理はない。ユリ子のような、無手勝な生き方は通用しないのだ。

「鞠子ちゃん、お馬のおけいこしましょ」

ユリ子は、小屋で小説本を開いているわたしを呼びにきた。

どういうわけか、ユリ子はわたしに乗馬をおぼえさせたがった。暇があるとわたしを呼んで、かつよを使って馬術を指南する。お稽古と言われると、怠けることを教えられていないわたしは素直にお庭に向かい、ユリ子の指導のままに練習をした。

はかまを穿いて小屋を出ると、今日も鞍をつけたかつよが準備万端で待っていた。

乗馬についてはわたしはあまりおぼえが良いほうではなかったけれども、ユリ子は教えるにも根気がよかった。二週間もあったから、乗る前には先に名前を呼ぶようにし、お馬をびっくりさせないようにすることとか、うっかり足を揺らしお馬のおなかをつついてはいけないことはそろそろ身についている。

「――だいぶじょうずになってきたわねえ。そろそろあたしが横にいないで、お庭をすきに歩いてみたらいいわ」

「いえ、でも、わたしまだ少し不安ですの」

ユリ子によると、かつよほどやさしい馬は滅多にいないのだそうである。しかし、わたしを背にしたとき、ことさらにのっそりと余裕しゃくしゃくで歩を進めるかつよに、わたしの臆病さは見抜かれているような気がした。ユリ子がうしろに乗って手綱を持っているならともかく、一人でお馬に乗るのはおっかないばかりで、さっぱり楽しくならない。

「そろそろおしまいにする？　かつよさんお水ほしそうだから」

「はい」

気づけば、二時間あまりもわたしは稽古をつけられていた。下馬すると、手綱をユリ子に渡し、あとのお世話をまかせた。

わたしは厩舎を離れて、襟を持ち上げ鼻を寄せ、着物の匂いをたしかめた。洗わずに着まわしているから、次第に、堆肥《たいひ》のような、けもののような臭いがしみついてくる。洗濯屋さんに持っていけばいいのだろうけど、わたしはお屋敷にやってくる御用聞きの洗濯屋さんしか知らない。だいたいわたしは、生まれてこのかた列車に乗るときのほかにお金を持たせてもらったことがほとんどないから、なんと言ってお願いするのかわからない。

嫌だ。こんなきたない暮らしは——

いままでも胸の奥に隠していたそんな考えが、融解点を超えたように、もくもくとわたしの中に広がった。とにかく、少しのあいだ、ここを離れたい。どこに行くというのではないけれど、ひとりきりになりたい。

ユリ子に見咎められれば、きっと止められる。ようすをうかがうと、厩舎の中でなにか仕事をしているらしかった。

わたしは裏庭の門をそっと抜けだした。

こころが決まっているわけではない。ただ、養女の話や、だんだんからだの奥にまでしみてくるような臭いをいっときでも忘れたいのだ。

わたしはお屋敷の近くばかりをぐるぐると歩きまわった。遠くに行く勇気はない。

しばらくして、近所の路地に一台の自動車が停まった。

幌《ほろ》のかかった立派な自動車である。見憶えのある気がして、わたしは足を止め、しばし記憶をたどった。

しかし、何も思い出さないうちに、自動車から二人の男があらわれた。

男たちは、わたしと手もとの何かを見比べた。そして、足早にこちらに向かって来た。

不穏な気配を察してお屋敷に駆け戻ろうとしたが、男たちはあっという間に近づいて来て、塀を背に、わたしは追い詰められた。

「樺谷子爵の御息女の、樺谷鞠子さんだな？」

「そうですけれど――」

「ここに居てはいかん。一緒に来て貰わねばならない。君に大事な話があるのだ」

わたしに大事な話？

そのとき、わたしは幌つきの自動車のこころあたりに思い至った。

あれは、箕島家の自動車だ！　わたしを養女にしようという、箕島伯爵がこの男たちを差し向けたのだ。

「お話って、いったい？」

男は無視してわたしの腕を摑んだ。ユリ子さん――、と、叫び声が出かかったとき、もう一人の男がわたしの口を押さえた。二人は、もはや有無を言わさずわたしを自動車に連行した。

発車したとき、わたしは振り返った。ユリ子がかつよに乗って追いかけて来てくれるような気がしたが、背後には人影ひとつなかった。

三

わたしが入れられたのは、四畳半の陽のあたらない部屋である。調度はお布団と座椅子だけで、あとは寝巻きや着替えが用意されているほか、古い少女雑誌や、いいかげんに選ばれた小説本が投げ込まれている。

あてつけなのか、他意はないのか、バアネットの『小公女』も置いてあった。こんな境遇におちいるとは夢想だにしない、幼いころにわたしは読んでいる。

ふすまには、そとからつっかい棒で鍵がかけられている。力まかせにけとばせば毀せるだろうけど、そんなことをしたらすぐにだれかがすっ飛んできて、わたしを取り押さえるに決まっている。お手洗いに行きたければ、大声を上げて女中を呼ばなければならない。部屋を出て、用をすませ、戻ってくるまでずっと監視をされる。

一つだけある窓には、ご丁寧に鉄格子が嵌まっている。にかわが滲んでいて、つい最近しろうと工事で取り付けられたみたいだが、さすがに、わたしが揺すったくらいでは外れそうにない。

窓からみえるのは、草刈りだけはされている殺風景な庭、ブロックに漆喰を塗った簡素な塀。その向こうにはひたすら木々が生い茂っている。いくら大声を上げても、だれにも届かないだろう。ここまで、自動車は二時間近くも走った。べつに目隠しをされていたわけではないが、知らない町を走って、人気のない森を抜けて、山奥にやってきたことしかわからない。

はっきりしているのは、ここが、箕島伯爵がひと知れず建てた別宅ということだ。こっそり建てたために、普請はよくない。邸内にいるのは、みんな伯爵の息のかかったひとたちである。

軟禁されてからしばらくは、何も起こらないまま時間が過ぎた。

邸内には使用人だけで、箕島家のものはいないらしい。わたしを引致した男たちとちがって、邸の使用人たちは貴人の子女をもてなすにふさわしいうやうやしさで、またそれと同様のよそよそしさでわたしに接した。決して、わたしが誘拐されてきたのではないことを納得させようとしているらしかった。

「すこししたら、箕島伯爵があなたに会いにまいります」

「樺谷子爵は、あなたがここにいることをご存知です」

いくら言葉を変えて訊いても、これ以外のことは、使用人たちからは何も聞き出せなかった。

連れてこられて三日目の夕方のことだった。女中が、わたしを呼びにきた。

「御前様《ごぜんさま》が参りました。お会いいただきます」

身なりをととのえさせられ、女中に連れられて、わたしは玄関近くの小さな応接間に向かわされた。

箕島伯爵は気楽な着流しで、座卓に肘《ひじ》をついて待っていた。わたしをみると、すっと座りかたを正した。

「樺谷鞠子でございます」

「箕島だ。座りなさい」

伯爵は、座卓の向かいにわたしを座らせた。睨みつけてはいけないと思って伏し目がちになる。いままで、箕島伯爵には、夜会や姉の結婚式で、大勢の客人にまぎれた中で顔を合わせたことがあるだけで、差し向かいになったのは初めてである。六十ちかい歳で、口髭《くちひげ》をたくわえ金の丸眼鏡を掛けたすがたはいかにも伯爵の身分にふさわしいと思っていたけれども、真近に対峙して印象が変わった。

伯爵が纏っているのは華族の気品とは少しちがっていた。油粘土のような肌や、纏わりつくような目つき、酷薄な口もと、それらは、華族の誇りなどより、何か実際的なことに気をとられているあらわれに思えた。わたしは、画集の絵の実物を美術館で眺めて、年月を経て傷んだ作品に失望するような気分になった。

「急にここに来る事になって驚いたと思うが、何か不自由はないかね？」

ひとをさらって閉じ込めておいて、不自由はないか、とは馬鹿にしている。日本海のずわい蟹《がに》と岩がきが食べたい、とでも言ってやりたい。

「——いえ、何も、ございません」

「そうか」

「ですけれど、わたしがこちらに居らねばならないわけは、箕島さまが説明してくださるとうかがいました」

「そうだ。そのために私は態々《わざわざ》来たのだ。ともあれ今度の件はまったく突然で、私もこのような事をせねばならないとは思いもよらなかったのだ。しかし、どうしても急いで君と話をする必要が出来た。君に訳を飲み込むのは難しかろうが、事情を説明してあげよう。それが親切というものだ。

まず問題は君の父上の事だ。樺谷子爵はお気の毒だ。無法な借金で大変苦労をなさっている。私も僅かばかり、六千円ばかりだが樺谷子爵の金策を手伝っているのだ。無論利息は戴《いただ》いていない」

たしかに、父は箕島伯爵からもお金を借りていると言っていた。

「しかし、それしきでは子爵の窮状を救うには足りなかったらしいな。借金の一番の大口は晴海商事の社長だそうだが、これは一万円くらいだと聞いている。

晴海商事の社長には、特に強く返済を迫られているそうだな？」

「いえ、それは——」

「そうだろう？　だから、君までが巻き込まれねばならなくなったのじゃないのかね？　君は借金の形にされたというではないか。借金を返すまで家には帰さないと言われたのだろう？」

それは、その通りである。思い返せば、わたしはそのことをあまり深刻に考えていなかったのだ。

「無茶苦茶な話だ。だから、晴海社長は自分で動く事をしなかったのだろうな。浮浪少女みたいなのが訪ねてきたそうではないか？」

「はい——、浮浪少女にしては、異国のお祭りみたいなかっこうをしてましたけれど」

「少女を使えば、人攫いのように思われる事を避けられる。しかしこれは、事実人攫いと変わらない事だ。一万円ぽっちの金を楯に華族令嬢を拐《かどわ》かしたのだな。

無論晴海商事の社長が相手だから、穏便に事を運ぶに越した事はない。だから君の父上に、私の申し入れを晴海氏に伝えるよう頼み、その通りにして戴いた。そうして、晴海氏と話し合いをして問題を解決するつもりでいたのだが、氏からは返答がなかった。

悠長にしていれば、君に何が起こるか分からない。取り返しのつかない事になる前に、何より君を保護せねばならなかった訳だ」

わたしは、保護されたことになっているのだ。たしかに、ユリ子以外の多くのひとは、伯爵のほうに理があると考えるだろう。

「取り返しのつかないことって、なんですかしら」

「うん？　説明せねば、自分に危険が及ぶかも知れなかった事が分からないのかね？　君だってご両親や、学校で十分な教育を受けただろう。ああいう商人には、我々の習慣や美徳が通用しないのだ。だから、野蛮な少女に平気で君を預けたりする」

野蛮？　しかし少なくともユリ子は、おうちからわたしを連れ出すのに、口を押さえつけて無理やりかつよにまたがらせるようなことはしなかった。

「わたしは、習慣や美徳は、そとからみただけでは理解しがたいのが当然だと思います。塀越しにひとのおうちを覗いて、あそこの離れはつくりが良くないなんて批評していたら、本当は、それはにわとり小屋だった、だなんてことがありますから」

わたしの消極的な反論に、伯爵は眉を吊り上げた。

「うん？　まさか、君は、あの少女に連れ廻される生活に何か未練があるのかね？」

「それは――」

当然、わたしにそんな未練があるはずがないのだ。父にとっても、箕島伯爵にとっても。

わたしが正しく樺谷家の息女であるのなら、サーカスの少女と一緒に、馬に乗って遊びまわる生活に憧れるようなことは決してない。あるはずがない。あってはならない。

とぼけたように伯爵はそれを念押ししている。念押しすれば、わたしがそれ以上反撃をしないことも承知している。生まれてからずっと、父や母や、その周りのひとたちは、そんな姑息な口ぶりでわたしを試すことによって、わたしの華族の誇りを強固にしたのだ。

箕島伯爵は、わたしの口答えなど聞かなかったような顔をした。そして、まるで関係のないことを話すかのように切り出した。

「そういえば、晴海商事の社長について、君が知らないだろう事がある。これも、教えてやるのが良いだろう。

君は、あの少女と一緒に絹川家の隠し財産を見つける事になっていたのだろう？　少女は、隠し財産の話を晴海氏から聞いたそうだな。

晴海氏が、なぜ隠し財産の事を知っていたのか不思議には思わなかったか？　勿論晴海氏は財界の重鎮で、地獄耳の人物だ。しかし、それにしても、震災後に財産を探している者たちの事まで晴海氏が調べをつけているのを妙に思わなかったかね。晴海氏はその理由を君に話したか？」

「父の借金を取り戻すためだとおっしゃっていました」

「まあ、そんな事を言っただろうな。それは本当の理由ではない。晴海氏が、高々一万円の借金のためにそんな手間をかける筈がないのだよ。本当の理由は、氏は君に教えたくないだろう。

晴海氏には、私が絹川家の財産を手に入れると困る訳がある。だから、財産探しの動向を子細に調べているのだ。

それはな――、君は渋谷《しぶや》の、朝倉侯爵《あさくらこうしゃく》の屋敷を知っているかね？　敷地が四万坪に及ぶ広大な屋敷だ。最近侯爵はそれを手放す事を決断された。震災後はどこもかしこも物入りだから仕方あるまい。

この土地の取得を、私は晴海氏と争っているのだ。晴海商事の関連会社がそれを手に入れようとしている。渋谷は今後一層の発展が進むから、取得すれば間違いなく、大きな利益が見込める。

私もこれに手を挙げている訳だ。先祖より伝わる土地だから、朝倉侯爵は、まるで縁故の無い商人などよりは私に譲りたいとの御意向だ。

しかし、晴海氏の資金は潤沢だ。かなりの金額を侯爵に提示しているようだ。

まともにやり合えば勝負にならないが、そこで晴海氏が気掛かりにしているのが絹川子爵の財産なのだ。これが私の手に入れば、晴海氏に見劣《みおと》りしない額を提示出来る。そうなれば、土地は間違いなく私が取得出来るだろう。

晴海氏はそれを妨げて、あわよくば自身で隠し財産を見つけてしまいたいのだ。朝倉侯爵の地所を手に入れるためにな。君は、その途中で上手く利用された訳だよ。情報を集めるのに、君を使おうという訳だ」

この事実に、果たしてわたしは動揺したか？　箕島伯爵はそれを見極めようとする目つきをした。わたしは表情を動かさないようにつとめた。

「――でも、絹川さまのご遺産をみつけることと、わたしとにどんな関わりがございますの？　わたしは絹川さまのことなんて、何にも存じません。わたしが居ても居なくても、ご遺産を見つけるのには、何もちがいがないのではありませんか？」

「無論君自身はそう思っているだろう。しかし、そうではない。絹川子爵の遺産を手に入れるには、君の存在が極めて重要なのだ。まあ、晴海氏がその事に気づいているとは、いくらなんでも考えがたいのだが――」

「わたしが重要とは、どういうことですか。わたしが、ご遺産の隠し場所について何かを知っているというんですの？」

「それを今教える訳にはいかない。追々きちんと説明をする事になるだろう。

さあ、これが私の提案だ。君を晴海氏のところから保護して、箕島家のものになって貰う。それと引き換えに、君の父上が苦しんでいる借金を肩代わりする。絹川氏に申し訳がないと思うかもしれないが、しかし無事に遺産を手に入れれば、朝倉侯爵のお屋敷を商人の手に渡さずに済むのだ。

私は誰も不幸にしないつもりだ。当然君もだ。いずれどこかに嫁いでいくのだろう？　それには、率直に言って君の父上より私の方が良い判断が出来ると思うね。だから、私の家のものになる事をあまり深刻に考える必要はない。樺谷さんの所に居るときと、君のする事はさほど変わらないだろう。

君に言っておくべき事はこれで全部だ。今、私に何か返事はしなくともよい。近々、樺谷子爵がここにいらっしゃる事になっているから、君は父上と話をして、自分の身の置き方をしっかり考え給え」

それからまた何日か、わたしは陽のあたらない四畳半に放っておかれた。

癪だからと手をつけずにいた本や雑誌を、退屈に耐えかねて広げてみては、やっぱり集中できずに放り出す、ということをいくども繰り返した。

晴海さんの会社が、箕島伯爵と土地を取り合っているという。絹川家の財宝が、その競争の結果を左右するのである。

この話は、きっと本当なのにちがいなかった。晴海さんは「箕島伯爵は資金集めに躍起になっている」と言っていたのだ。

結局、晴海さんは、何を考えていたのだろう？　伯爵が隠し財産をみつけることを防ぎたいのはまちがいない。すると、伯爵が言うように、ユリ子が借金の形にといってわたしをおうちから連れ出したことは、それと関係があるのだろうか。

わたしは財産をみつけだすのに重要な鍵を握っているらしい。しかし、伯爵によれば、晴海さんはそのことに気づいていないという。なら、わたしを連れ出したのは、やっぱりユリ子の考えなのか。では、ユリ子はいったい何を思っているのか？

ユリ子は、晴海社長の命をうけて仕事をしているのだ。その目的は父の借金を取り返すことではなくて、絹川家の財宝が、箕島伯爵の手に渡らないようにすることなのかしら？　晴海さんにしたら、たかだか一万円にみたない樺谷家の借金よりも、四万坪の土地のほうがずっと重要なのだ。

箕島伯爵は、晴海さんが決して親切でわたしを世話しているのではないこと、その背後にまさしく商人的な目的があることを教えたら、わたしは晴海さんの善意を見損なって失望すると考えていた。わたしを幻滅させることが、伯爵が手の内を明かした目的だったのだ。

見当ちがいというものである。商社の社長が商人の仕事をしたって、わたしはがっかりしない。失望するとしたら、ユリ子なのだ。もしもユリ子が、わたしに秘密のまま、晴海社長の土地の争奪戦の補佐人をやっていたのだとしたら？　そう考えると、ひどく寂《さび》しくなった。

わたしをあちこち勝手に連れまわすユリ子は、なにか打算以外のもので行動していると信じていた。だから、箕島伯爵の提案に異議を唱えたユリ子が、わたしを助けようとしているなどと考えて、わたしは傲慢にもそれを見下げていたのだ。いまは、あのサーカスの少女のやさしさが、正真正銘の無邪気なものであって欲しいとこころから願っていた。

箕島伯爵は、わたしを、養女になるよう説伏する気があったのだろうか？

伯爵の言葉をあたまの中に反芻するにつれ、次第にわたしの怒りは強く、明確になった。

あの会話の中で、伯爵が使った偽善、欺瞞、虚偽、そのたぐいの言葉は枚挙にいとまがない。わたしを攫ったことを保護したと称するのにはじまり、朝倉侯爵の土地の買収競争に勝つことを、華族の誇りを守るかのように言ってみたり、養女になることをわたしの幸福と決めつけてみたり、ほかにも伯爵の語った中にはわたしを瞞着するための言葉がたっぷりと詰め込んであった。

伯爵がわたしの身の上を案じていたわけがないし、朝倉侯爵の土地に、特別な敬意を払うはずもない。伯爵がいう幸福なんて、お仕着せの衣装みたいに、幸福と書き殴った着物を無理やり着せるだけのことにちがいないのだ。

そんな気配を伯爵はまるで隠さなかった。本当に、こんな言葉でわたしを納得させられると、騙せると考えているのかしら?

思い至ったのは、畢竟《ひっきょう》、箕島伯爵にはわたしを納得させる気などないし、騙す必要などないということだった。伯爵は、華族の体裁を取《と》り繕《つくろ》ったのだけれども、この「体裁」というのは、破れさえしなければ、どんなに不格好で、縫い目があらわでもかまわないというものなのだ。そのいびつさに気づいていたって、わたしは従うよりほか、どうしようもない。反逆のし方など教わっていない。わたしにも、体裁以上に大事で、守らなければならないものはないのかもしれない。

伯爵はよくわかっている。わたしには、あんな程度のことをいえば十分なのだ。

口惜《くや》しさが込み上げてならない。後悔まじりの口惜しさで、しかしわたしは人生のどこから悔《く》いればいいのかがわからない。

いったいわたしは何を知っているのかしら？　財宝をみつけるため、箕島伯爵がこんなにもわたしを欲しがる理由は何なのか。きっと伯爵は、わたしがいくら考えてもわからない自信があるのだろう。だんだん、あたまを働かせるのが億劫になって、一度研《と》ぎ澄《す》ませた怒りは鈍くなった。

四

伯爵の言った通り、父がわたしを訪ねてきた。

またも四畳半から応接間に引き出されて、二人きりで向かい合った父は、ますます威厳をなくしていて、刑務所に入った娘に面会に来たかのようだった。

「箕島さんと、詳しい話をした。前には一万円と仰っていたが、箕島さんは、私やお前が困らないようにすることが目的なのだから、一万円という金額に特に拘《こだわ》るつもりも、商取り引きの如く、幾らか、否幾らだ、と細々交渉をしようとも考えてはおられないそうだ」

「それは、箕島さまが、借金のすべてをご負担くださるということですの？」

「そうだ。まあ、お前次第ということなのだが――」

予期していた通りである。

百万円の隠し財産を手に入れようというのだから、そんなはしたみたいなお金のことでお話が沙《さ》汰《た》止《や》みにはならないのだ。それも樺谷家のためということにして、伯爵は徹底的に恩に着せるつもりらしい。

「急な話だ。お前を戸惑わせたのは悪かったよ。それに、あの晴海氏の使いにお前を連れて行かせたのも良くなかったな。私が毅然としているべきだったのだ。しかし、急ではあったが、その分話が早くなったのでもある。お前も、いつ迄とも知れずに人質にされている必要も無くなった訳だ。

これは、決して家のためにお前を犠牲にするということではないよ。勿論家も助かるが、お前のためにもなる。ずっと先になれば、良かったと考えるようになることだろう。

しかし、今のお前の気持ちも聞いておかねばなるまい。お前はどうしたいかね？　箕島家に入ろうという気はあるのかね」

父の猫撫で声に耳をふさぎたくなったわたしは、うっかり、反射的に答えた。

「わたし、いやです」

父は、わたしが芝居中に台本外のことをしゃべり出したみたいな、苦々しい顔をした。

「嫌か。そうかね。では、お前は一体どうすればいいと思うのだ？」

わたしは、何も答えられない。

「まあ、もう少し考えてみなさい。箕島さんは、急ぐことはないと仰っている。ここには、当分居て構わないそうだ」

また、四畳半でわたしは考え込んだ。

きっと、わたしが思う以上に事態は差し迫っているのだ。わたしが財宝探し競争に必要となれば、父に伯爵の提案を断ることはできない。父は、伯爵にも借金をしているから、伯爵が強制力を行使すれば、父にはなすすべがない。言いなりになるよりない。

ここは山奥で、叫び声をあげようが、だれにも聞こえることはない。養女に行くことを受け入れねば、わたしはこのお屋敷から出ることができないのだ。

そう、何日もこのお屋敷に閉じ込められて、わたしはある奇妙なことに気づいていた。

まず、建物のつくりがおかしい。四畳半を出るのは応接間に行くときとお手洗いとお風呂を使うときだけで、いつも付き添いが居るからお屋敷ぜんたいをみてまわることはできないけれども、この建物が素直な設計でつくられてはいないことははっきりわかる。

玄関を入ると、廊下が奥に向かってではなく、左右にはしっている。右も左も数間、同じだけ延びると、奥に向かって曲がる。わたしは右側しか通してもらえないけれども、こちらの廊下は、しばらく行くと今度は左に曲がって続いてゆく。

これからして、このお屋敷には、きっと中庭がある。それを正方形の長屋が取り囲んでいるのだ。管理のものたちの行き来を観察しても、こんなつくりになっているのはまずまちがいない。

しかし、それにしては、廊下に中庭を見通す窓がみあたらないのである。中庭をつくるなら、それを眺められるようにしておきたいものではないかしら？　かわりに、廊下の一番奥には、覗き窓のない頑丈なとびらがついていて、それが中庭に通じているらしいのだ。

ほかにも、奇妙なのは、女中が朝昼晩の食事を運んでくるとき、わたしの分のほかに、もうひとつ弁当包みのようなものをぶら下げていることである。このお屋敷にいるのは使用人ばかりだと聞いたが、この弁当包みは使用人のだれかのためのものだろうか？　しかし、ひとつだけ弁当にして持ち運んでいるのが不審である。

　疑惑を決定的にしたのは、ある晩、石油ランプを消したわたしが寝付けずに布団に丸まっていたときに、廊下から漏れ聞こえた男ふたりの会話だった。

——俺はもううんざりした。いい加減ここであいつの世話をするのには飽きたよ。

——仕方あるまい。百万の金が掛かってるんだ。それさえ片付けば、もうこんな所で番をしている必要はないんだ。

　最初は「あいつ」というのがわたしを指しているのかと思ったけれども、いくら考えても声の主の男に世話になった憶えがない。このお屋敷の中では、ついていたのはいつでも女中だった。

　これらのことから、わたしはひとつの結論に思いいたった。

だれかがわたしのほかにもうひとり、このお屋敷の中庭に監禁されているのだ。そしてそのだれかも、きっと絹川子爵の財宝探しの重要人物なのだ。お屋敷のつくり、女中の弁当包み、男たちの会話、これらを繋ぎ合わせれば、答えはこれしかない。

　考えてみれば、箕島伯爵が建てたこのお屋敷じたいがおかしいのだ。人里離れた、特別眺めがいいということもないところに、伯爵の別荘にしてはつくりの良くない建物を建てたのである。これは、だれかを監禁するための建物としか考えられないではないか。

ここなら、不審なひとが出入りし、監禁されたものが騒ごうが、絶対にだれにも疑われる気遣いはない。財宝探しとなれば、いつまでかかるか分からないから、こんな監禁場所をわざわざつくったのだろう。

恐ろしくなった。監禁されているのは一体だれだろうか？　伯爵にしたがわなかったとき、わたしはどうなるのだろう？

ユリ子はいま、どうしているのだろう？　ユリ子の目的がどうあれ、わたしのことを気にしていないはずはない。そう願った。

しかし、箕島伯爵はこの場所を秘密にしているだろう。父には教えざるを得なかったけれども、晴海さんやユリ子にはくれぐれも知られないようにするはずである。

だいたいわたしは、もしユリ子がやってきたとして、あの曲芸少女が何をしてくれると期待しているのだろうか？

五

なにも進展のないまま、無為な日がさらに数日すぎた。

わたしはユリ子が助けに来るという希望をいいかげん捨てつつあったが、かわりに、思いがけないひとの訪問を受けた。

女中はふすまを開けてこう言った。

「箕島紀子さまがいらっしゃいました。あなたにお話があるそうです」

「紀子さま？」

箕島紀子――、箕島家に嫁いだ長姉である。それは考えつくなかで、わたしがいま、この世で一番会いたくない人物だった。

応接間まで引っ立てられていくと、訪問着すがたの長姉は取り澄まして待っていた。

「――お姉さま。おひさしぶりです」

「ええ鞠子さん、おひさしぶり。お座りなさい」

一年前に嫁いでいらい、長姉には一度も会っていなかった。校長室に呼び出した生徒がやってきたように、こちらをみつめるそのすがたをみて、姉がすっかり箕島家のものになったことをわたしはさとった。

「お父さまや、伯爵からお話を伺いました。大変な目に遭ったそうね。そのことで、鞠子さんに言ってあげなくてはいけないことがあります。だから来たの」

これは、はっきりと、彼女が父と箕島伯爵にわたしを説得するよう頼まれたという意味だ。そうでなくて、姉がこんな差し出がましい真似をするはずがない。

わたしは、紀子さんの冷気を帯びた眼差しを受け止めつづけることができず、思わず低頭した。それをきっかけに、姉は話し始めた。

「あなたはしばらく、サーカスから来た女の子と暮らしていたそうね。べつに、縛り付けられて、帰ってこられないようにされていたわけでもないのでしょう？　どうして、すぐに逃げ出して来なかったのかしら？」

「それは、お父さまの借金のために、そういうお約束になったものですから——」

「ええ、女の子に言い捲《まく》られて、そんなお話になってしまったそうね。そのことは聞きました。でも、鞠子さん。あなたは、そのおかしな約束のことをべつにしたって、おうちに帰りたくはなかったのではないかしら？　その子と一緒にいるのが楽しかったのではないの？」

「それは——」

楽しくなかったはずはない。当然のことだと思う。

「ええ、そうでしょう。憶えているか分からないけれど、あなたは小さい頃から、おもてにチンドン屋が通ればふらふらついて行ってしまうような子だったの。

もちろん、あなたが楽しいならそれは仕方がありません。しかし鞠子さん、あなたはそろそろ、樺谷家に生まれた責任ということをよく考えてみなければなりません。

自分では分かっているつもりでしょう。それに、たしかに樺谷家に生まれた誇りだけは、あなたはちゃんと持っているわ。でも、鞠子さんは今まで一度もそれに責任を持つことなく生きて来たのです。

絢子さんがいたから、そんな風でいられたのね。絢子さんはあなたにとても優しかった。面倒で、厄介なことは、みんな絢子さんがやってくれるような気でいたんでしょう。おうちのために尽くすのは絢子さんがすることで、自分の番がまわってくるなんて思ってもいなかったんでしょう？

違いますか？」

「――はい」

次姉の名前が紀子さんの口から発せられるたび、わたしのこころは揺さぶられた。異議を唱えたとき、絢子さんのことを何と言われるのかわたしは怖かった。それに、長姉の言うことを、見当ちがいだと言い切る自信もなかった。

「残念なことに、絢子さんは亡くなりました。もう、いなくなってしまったの。悲しいでしょうけれど、だから何にもやりたくないというのは通りません。あなたはもう、御本を読んだり、小説家のまねごとをしたり、そんなことばかりではいけないの」

姉が当然のように告げたことに、わたしはうろたえた。

「どうして、わたしが小説を書いていることを知っているの？」

ずっと秘密にしていたことである。絢子さんと、ユリ子のほかは、だれも知らないはずの――

「絢子さんから聞きました。あなたが内緒にしているつもりだということも知っています。お父さまやお母さまは、やめさせたほうがいいか、とても迷っていらしたわ。絢子さんは、あなたに才能があると思っていたみたいでしたけどね。

鞠子さん。あなたは、純粋なものや無垢なものに強い憧れがあるんでしょう。特別なことではありません。あなたくらいの年頃の子には当たり前のことです。自分だけには、そんなものがふさわしいと思っているのね。

きっと、あなたと一緒にいたサーカスの子も、性質の悪い子ではないのでしょう。ただ、物知らずで、しつけの良くない子だというだけ。そんな所にあなたが憧れているものがあるような気がしたんでしょう。

あなたのそんな憧れのために、お父さまをはじめに、たくさんのひとが大変な苦労をなさっていることを忘れてはいけません。あなたが読む御本や、小説を書いている万年筆や紙は一体誰に買ってもらったの？

いつまでもそんなことに憧れているわけにはいきませんよ。だいたい、そんな幼稚な性根で、ひとのこころを動かす作品なんて書けるものですか」

悔しさにうつむいて、しばらく言葉が出なかった。ずっと昔、紀子さんの手鏡を隠したのがみつかったときの記憶が鮮明によみがえった。姉はいま、あのときと同じ顔をしていた。きっと、幼いわたしの悪意は、とっくに見抜かれていたのだ。

もしも華族でなかったら、わたしはただのこましゃくれた小娘にすぎない。紀子さんはいま、それをはっきりとわたしに思い出させようとしていた。

姉が正しいのか、いわれのないことなのか、すぐにはわからない。胸を締め付けられる心地がするのは、ほんの少しであれ、こころあたりがあるからにちがいないのだ。

ようやく、わたしは言葉を絞り出した。

「お姉さまは、このお屋敷で箕島伯爵がなさっていることをご存知なの？　ここ、何だかようすがおかしいんです――」

ついに、姉は怒った。

「自分のことが何もできないのに、まだ、そんな他人のことばかり探っているの？　伯爵の提案を受け入れるのに、お父さまがどれだけ悩まれたか分かりませんか？　勿論伯爵とも十分におはなしをなさって、そうして決意したことです。なのにあなたは、探偵小説みたいな真似をして、ひとに疑いをかけるのに忙しくしているのね。

　さあ、鞠子さん、お父さまや、伯爵は、あなたに考える時間をくれています。絢子さんなら、勿論自分が何をしなければならないか分かっていたはずです」

「——はい。きっとそうです」

「では、箕島伯爵のご提案をお受けすることにしていいのですね？」

「——はい」

　反論が思いつかなかったわけではない。しかし、これ以上盾をついては、わたしの誇りに傷がつく。わたしの誇りは、父母や姉に従うまま、わたしが自分の中につくり出したものだからだ。

「分かりました。そう、お父さまにお伝えしておきます」

　そう言うと、姉は何の思いのこしもないようすでさっさと帰っていった。

　四畳半に戻った。

　ここで過ごすのは今日が最後かもしれない。わたしが養女になることを受け入れたと知った伯爵は、きっと明日にも迎えを遣《よこ》す。それから、どうなるのかは何もわからない。姉が言う、わたしの責任をはたす以外には、何も気にするべきではないのだ。

わたしがもはや抵抗する気力を失ったのは、自分の秘密を、家族がみんな承知していた事実を突きつけられたせいだった。

絢子さんがしゃべっていたのだ。内緒にするよう頼んでいたのに。

亡くなった姉を責めるようなことではないのだ。こんな境遇にいなければ、大して気に病むことではなかったにちがいない。絢子さんがわたしを認めてくれていたことには変わりがない。――そうやって、絢子さんの思い出を守ろうとすると、かわりにわたしは歯向かう元気をなくした。

結局、わたしの意志は、どこまでいっても樺谷家のために作られたもので、お話を書いたって、そこから逃れられるわけではない。

虚《むな》しさがからだに立ち込めて、眠たくなった。夕食をろくに食べずに、わたしは床についた。

六

頬に何かがあたった気がした。

眼を開けると、真夜中が近いようだった。開けたままの鉄格子の窓からは、満月を過ぎた月の明かりがうっすらと差し込んでいる。布団のうえには、キャラメルが一粒ころがっていた。

夢うつつにまぶたを閉じると、頬の、寸分違わぬところに、ふたたび何かがあたった。みれば、さっきのに並んで、キャラメルがさらにもう一粒。

おかしい。夢ではない。ようやくわたしのあたまは活動をはじめ、ゆっくりと毛布をはらった。

「あ！　おきた」

窓の外から、小さな、楽しげな声がした。

事態が、少しずつ飲み込めて来た。わたしはそっと布団を抜け出し、取《と》り縋《すが》るようにして、鉄格子の外を覗いた。

「ユリ子さん！」

立っていたのは、サーカスの少女だった。今日のユリ子は、黒ずくめの、しかし華美なレースのついたドレスを着込んでいた。

「鞠子ちゃんおねむだったのねえ。おきなかったらどうしようかと思ったわ」

「そうですけど、キャラメルを投げつけることはないじゃないの」

「でも、鞠子ちゃんがびっくりして大きな声だしちゃ困るの。世の中で、眠ってるときにぶつけられてもびっくりしないものの二番目がキャラメル。一番はマシュマロ。でも、マシュマロだとぶつけてもおきないから、キャラメルが一番。

鞠子ちゃんなかなかみつからなかったわ。あたし、伯爵のとこに出入りするひとみんなつけまわして、やっとここだってわかったの。それに、中のひとたちがどんなだかしらべてたから、今日までかかっちゃったわ。

いま、おやしきのひとみんな寝てるの。ちいさい声ならおはなしできるわ」

「――ユリ子さん、あなたはいったい、何のために来たの？　わたしを助けに来たの？」

「さあ、あたしどうしたら鞠子ちゃんを助けるってことになるかしらないわ。だからおはなしを聞かなきゃいけないの」

鉄格子の外のユリ子は落ち着きはらって、まったく焦っていない。わたしがどんな意外なことを言っても、顔色を変えずに受け入れるだろうと思われた。

「ユリ子さん、箕島伯爵はやっぱりとてもあやしいんです。わたしいろいろおかしなことに気がついたの――」

わたしは、伯爵やこのお屋敷に関する疑惑をみんな話した。それが、最初に話さなければならないことのような気がした。


「――なるほどね。鞠子ちゃん困ったわねえ。どうするの？」

「わたし、もう、お姉さまにお返事をしてしまったの。箕島伯爵のおっしゃる通りにするって」

「あら、お返事って、はい、って言っただけでしょ？ そんなの約束してないのといっしょ。ちゃんと紙にお名前かいたりはんこ押したりしないと約束したことにならないの。

あたし以外のひとのはなしだけど。あたしはそんなのしたことないけど」

ユリ子は、わたしの深刻さにまるで構う気がなさそうである。

わたしには、どうしても訊かねばならないことがあった。

「あのね、ユリ子さん、教えてくださる？ あなたは箕島伯爵の提案を聞いたとき、わたしには質権がついてるって言って、伯爵に渡そうとしなかったでしょう？ あれは、どうしてだったの？ 渡してしまえば、あなたの職分は果たせるはずですのに。晴海さんの会社のため？ あなたは箕島伯爵に財宝が渡らないようにしなくちゃいけないの？」

「晴海のおじいさんのお仕事なんてあたししらないわ。あたしのお仕事は借金を取り返すだけ。ほかのことは、やってもやらなくてもいいの。おじいさんは、あたしが箕島伯爵のじゃまをするって期待してるかもしれないけど、そんなの、明日は晴れるかもって楽しみにしてるのといっしょ。お天気はひとの都合なんて気にしないの。あたしはなんでも好きなようにしていいの。

　あたし、やりたくないことはサーカスから逃げてくるまでに一生分やったの。止めたのは、鞠子ちゃんが養女になったら取り返すのがたいへんだから。

　でも、こうなっちゃったら、もう鞠子ちゃんが自分で決めたらいいわ。だから、もしもそこから出たかったら、あたし出してあげる」

「わたし、ここから出られるの？」

「ええ。ちょっと大騒動しなきゃいけないけど、でも出してあげるわ。出ないんなら、箕島伯爵のおかねで借金返してもらうことにするの。それでおしまい。もう鞠子ちゃんにおせっかいはしないわ」

　あっさりとしたユリ子の口ぶりに、わたしはこころを乱された。この瞬間の決断が、わたしの一生を、比較にならないものに変えてしまうのだ。

「出たら、わたしはどうなるの？」

「いままでとおんなじ。あたしといっしょに百万円の宝探しをするの」

「ここから逃げたら、きっと、箕島伯爵に追われることになるわ。隠し財産を手に入れるのに、どうしてもわたしが必要だっていうんですから――」

「そうねえ。追いかけられるのは、あたしはべつにいいわ」

「それにわたし、勘当されてしまうかもしれないわ。お父さまはお怒りになるでしょうし、世間や、箕島伯爵に体面をつくるために、そうしなくてはならなくなるかも――」

「家族がいなくなっちゃうの？　あたしといっしょねえ。あたしは最初っからいないけど」

「ユリ子さんなんかと、一緒にしてもらっては困るわ」

　話をするうち、次第に涙が出てきた。どうしてもこの少女に、父や伯爵や長姉と対峙したときの苦悶を理解させたくて、わたしは嗚咽をこらえた。

「ユリ子さん、わたし、あなたとはちがって、何にもできないの。何の芸もなければ信念もないの。あるのは家柄の誇りだけ。本当にみっともない誇り！　知らないうちに、それにすがらないと生きていけなくなっていたんです。それをなくしたら、どうしていいかわからなくなってしまうの」

「あたしも鞠子ちゃんが文字をよむほかになにができるかしらないけど、どうせ、自分になにができるかなんて、自分できめることじゃないわ。いくら自分で曲芸ができているつもりだったって、舞台に立つかどうかは座長のひとが考えるの。

　それにね、あたし鞠子ちゃんを借金の担保にあずかってるの。担保だから、おかねを取り返したら、元どおりにしてお返ししなきゃいけないの。もちろん、あたしそうするわ。誇りがだいじなら、捨てる必要なんてないの。捨てたら、返したときに元どおりじゃなくなっちゃうから。

だいいち、鞠子ちゃんが勘当されちゃったら担保の意味がなくなっちゃうわ。樺谷さんが、もういらないっていうんですものねえ。そうならないようにしなきゃ、あたしのお仕事は失敗」

「うまく収めてくださるっていうの？　でも、あなただって、本当にうまくいくかなんてわからないでしょう？　わたしたち二人だけで、大勢のひとたちを出し抜いて、一番に財宝をみつけるなんて！　みつからなかったら？　勘当されてしまって、お針子か、夜店の屋台でも引いて暮らさないといけなくなったら？」

「そうねえ。お針子のことはなんにもしらないけど、屋台だったらあたし手伝ってあげるわ。あたしやきいもかカルメラ焼きの屋台がいいわ。

　はい！　そろそろどうするかきめましょ。箕島伯爵は、どうしてもあなたが必要だっていうんでしょ？　あたしはべつに鞠子ちゃんはいらないわ。でもあたし、どうせいらないものをいっぱい持ってるから、鞠子ちゃんのひとりくらいなんでもないの。だからあとはあなたが考えたらいいわ」

　ユリ子はわたしに、夕食の献立でも決めさせるみたいに言った。

　姉は、わたしがユリ子の純粋さに惹かれて、ふらふらとついて行ったのだろうと言っていた。それは正しいのかもしれないが、しかし姉は、ユリ子のことをまったく見誤っているのだ。

　この少女が持っているのは、決して無知の純粋さではなかった。きっとユリ子は、何かの壮絶な体験によって、貝殻の化石が特別な条件で宝石と化すようにして、この純粋さを手に入れた。子供の無垢さなどは、この少女には一番縁遠いものなのだ。子供とちがって、ユリ子は、こうなることを自分で選んだのである。

そうわかると、こころが決まった。

「ユリ子さん、わたしあなたと一緒に行くわ。ここから出してくださる？」

「ええ！　支度をするわ。ちょっと大きな音がするのよね」

ユリ子は満面の笑みでそう言った。

どうやってわたしを助け出す気なのだろうか？　大騒動をしなければならないというけれども——


ユリ子は窓辺からしばし姿を消したかと思うと、大きな、真っ黒い影をともなって戻ってきた。

それが何かわかるまで、わたしは数瞬《すうしゅん》かかった。

「——かつよさん？」

「そう！　この鉄格子、いいかげんについてるの。鞠子ちゃんを閉じ込めることにして、急いでつけたんじゃないかしら？　にかわと細い釘だけ。こんなのならなんでもないわ」

ユリ子は鉤爪《かぎづめ》のついたロープを二本、鉄格子に引っ掛けると、かつよの首輪につないだ。それまで静かにしていたかつよは、わたしに鼻息を浴びせてから、窓と反対に向かい足踏みを始めた。一気に緊張が高まった。

「あたしが合図したら、かつよさんが走り出すわ。鞠子ちゃんは、窓から出たら、いったん屋根のうえに隠れるの。支度はいい？」

あわてて四畳半をみまわした。持ち物などはない。

わたしはとっさに、布団のうえに転がっていた、ふた粒のキャラメルを口にほうり込んだ。はじめて食べたかのように甘い。

ユリ子の用意していた靴をはいて、窓のそばに待機し、脱出にそなえる。鉄格子が外れたらすぐに飛び出すのだ。

わたしに目配せをして、ユリ子は、パチンとかつよのお尻を叩いた。

かつよは猛烈な力でロープを引っ張り始める。地震のように、お屋敷が揺れた。

「かつよさんもうちょっと！　がんばって！」

ユリ子は、最初の一撃でできた鉄格子の隙間にかなてこを差し入れながら叫んだ。

勿論、お屋敷のものたちは眼を覚ましたはずだ。何が起こっているかを理解して、駆けつけてくるまでどれくらいかかるか？

しかし、かつよとユリ子はそれ以上時間を要しなかった。まもなく鉄格子は外れ、わたしははしたない格好で窓から飛び出し、ほとんど三週間ぶりに戸外の地面に降り立った。

「ああ！」

わたしはひとつ伸びをした。すぐにユリ子が、外壁の一角を指し示す。

「こっち！」

そこには太い竹棒が何本か、屋根に向かって立てかけられていた。ユリ子が押さえている間に、わたしは急いでそれをよじ登った。

足手まといになるといけないから、いったん屋上に隠れ、ユリ子とは別に、屋根をつたってこっそりと、正門のほうを目指す。そこで騎馬のユリ子とおちあい、お屋敷のそとに逃げるのだ。

瓦屋根の傾斜は歩きにくい。すぐにも動き出したほうがいい。——しかし、お屋敷の男たちが現れ、二方向からユリ子を取り囲んだので、わたしはその場に身を伏せ成り行きを見守った。

男は三人である。懐中電燈と、武器らしいものを持っているものもいる。

「誰だ！　貴様！」

「あたしユリ子！　この子はかつよさん！」

ご丁寧に名乗りをあげると、ユリ子は背負った鞘から左手で半月刀を抜いた。右手には、すでに何かを構えているらしい。

「——おい！　樺谷の娘が居ない！　どこへやった？」

「さあ？　森のなかにはしってっちゃったわ！　野いちごが食べたかったんですって」

余計なことを叫びながら、ユリ子は右手でつぶてを一人の男の手もとに投げつけた。

「うわっ！」

男が取り落としたのはピストルのようであった。

刀を掲げたまま、ユリ子はひらりと後ろ向きにかつよの背に飛び乗った。取りすがる男たちの手を、ダンビラの一振りで振り払った。

わたしは男たちにみつからぬよう背をかがめ、そろりそろりと正門のほうを目指すが、ユリ子の動向が気がかりで後方から眼が離せない。

逆馬《さかうま》のままかつよを走らせ始めたユリ子を男たちは追おうとする。

すると、馬上のユリ子は茶筒を取り出し、追手の前方に何か小石のようなものを振り撒いた。

「気をつけてね！　踏んづけたら痺れるわ！」

まきびしを撒いたのかしら？　わらじ履きの男たちが怯むと、ユリ子はかつよの足を速めた。

このまま行けば、ユリ子とわたしが正門側にたどり着くのがちょうど同時になりそうである。このぶんなら上手くいく――

そう思ったときである。わたしは自分の疑惑を思い出して、ユリ子たちがいるのと反対の側を向いた。

お屋敷のつくりはわたしが想像していた通りだった。建物が正方形をつくり、その中央にある中庭を隠しているのだ。中庭には、ブロックで固められた、牢屋のような小屋があった。あまり大きくない窓があって、太い鉄格子が嵌まっている。

その、鉄格子の奥である。わたしは、石油ランプを掲げた人影をみた。

表情はわからない。そとの大騒ぎをいぶかっているのかもしれない。

わたしはすべて正しかったのだ。このお屋敷には、もうひとりの人物が監禁されていた！

この発見に気を取られているわけにもいかなかった。

わたしは中庭の小屋から顔を背け、ようやく正門側にたどり着いた。それとほとんど同時に、ユリ子とかつよはわたしの眼下にあらわれた。

「ここ！」

小屋に閉じ込められた人影に、後ろ髪を引かれるような気がした。が、それを振りはらって、意を決すると、ユリ子が指し示したあたりを目掛けわたしは飛び降りた。

両足が痺れた。うずくまる暇もなく、ユリ子は曲乗りの体勢で馬上から身を乗り出し、わたしの襟首をつかまえた。そして、わたしがかつよの背に這い上がるのを助けた。

「いきましょ」

ユリ子はかつよを促し、森をくだる逃げ道を向いた。かつよはするどく嘶《いなな》くと、ひづめを響かせて、真っ暗闇の山道へ駆け出した。

振り返ると、懐中電燈を掲げた三人の男は、門の前に立ちつくして、茫然とわたしたちを見送っていた。

4

中庭

一

「ねえユリ子さん、あのひとたちには自動車があるはずなの！　自動車で追いかけられたら、かつよさんでも逃げきれないのじゃないかしら？」

わたしを抱えたまま、背後で手綱をあやつるユリ子に叫んだ。

「だいじょうぶ！　あたし自動車の排気筒にこんにゃく詰めといたの」

こんにゃくを詰めた？　自動車を動かなくするためか。

「そしたら、知らないでエンジンをかけたら自動車毀れちゃうでしょうね？」

「ええ！　だからあたし、ちゃんとお手紙のこしといたわ。排気筒のところに」

しばらく前にわたしが書かされたやつだ。あのときユリ子は、ちかぢか自動車を足止めする機会があると予見していたのだ。

「騙したわね。あの手紙、父がみたらわたしの筆跡だってわかっちゃうわ。わたしも共犯ね」

山道を抜け、しばらく進んで畦道に出るとかつよは速度をおとした。枝道に入ってしまえば、追手がかかる心配はほとんどしなくてよい。

「――まあ、べつに共犯だっていいですけど。どうせ逃げちゃったんですから」

まだ夜明けは遠い。ユリ子とかつよはすっかり夜に溶け込んで、わたしのキャラコの寝巻きだけがぼんやり明るい。通行人はまったくなく、人目につく気づかいはなかった。

「それにしても、あなた、まきびしなんて持っているのね。本当に痺れ薬を塗ったの？　そんなことして大丈夫なのかしら？」

「まきびしは持ってないの。足を止めてくれたらなんでもいいの。にんにくの球根投げといたわ」

「ああ、そうでしたか。にんにくなら、そろそろ植え付けの季節ね。たしかに」

周到なことである。

しばらく東へ進んで、やがて厚木《あつぎ》の町の大きな通りに出た。地理に疎《うと》いわたしは、ようやく東京を目指していることがわかった。

「これからどうするの？　どこに向かっているの？」

「あたしのお友達のおうち。晴海さんのとこだとみつかっちゃうかもしれないから、しばらくとめてもらうことにするわ。着くのは朝になっちゃうの。鞠子ちゃん、せっかくだから練習しましょ」

ユリ子はひょいとかつよの背を飛び降りると、わたしに手綱をたくした。

こんなときに、お馬のお稽古である。しかし、いまはその必要が身に染《し》みた。

お庭のそとで手綱を握るのは初めてだった。わたしの思惑はなかなか伝わらず、かつよは、となりのユリ子に合わせて早足になったり歩速をゆるめたりする。そうやって、わたしたちは夜の街道を帝都に向かって進んだ。

馬上に疲れるとユリ子と交代したり、ふたりで乗ったり、何度か休憩をした。気がつくと、空が白んでいた。東京市内に入ったのは朝の八時ごろだった。

わたしたちは麴町《こうじまち》の、晴海さんの所有するホテルに向かった。泊まるのではなく、厩舎にかつよを預けるためである。

「どうも、助けてくれてありがとう。かつよさん」

別れぎわにそっと声を掛けると、かつよはとりすましたお顔で、眼をパチクリした。

ユリ子の歩くままにやってきたのは、ホテルから近くの住宅街である。震災後に建てられた、真新しくて立派なのもあれば、倒壊を免《まぬが》れた古そうなお屋敷もある。

白い小さな洋館の前でユリ子は立ち止まった。

つたのような装飾の鉄の門扉の向こうに、芝生と花壇がみえ、千日紅《さるすべり》や鶏頭《けいとう》のお花が洋館を囲んでいた。もう夜が明けているにもかかわらず、二階の窓に明かりが灯っている。

「あらよかった。お留守じゃなかったわ」

呟くと、ユリ子は洋館の門を抜け、玄関の呼び鈴を使った。間を開けて三回鳴らしたのは、符《ふ》牒《ちょう》なのかもしれない。

ユリ子は、お友達のところにいくと言っていたけれども、この洋館にいるのかしら？　ユリ子のお友達が住むにしては、ずいぶんまっとうで、しゃれたおうちである。

リズムの良い足音に続いて、ピープホールを覗く気配がし、とびらが開いた。

開けたのは、三十歳よりすこし前とみえる女性である。

「ユリ子ちゃん！　突然ねえ。一体どうしたのかしら？　私、これから眠るところだったのよ」

このひとをみてわたしは驚嘆し、そしてユリ子のひとづきあいに呆れた。玄関に立っている女性は、あの、資産家との離別が報じられていた、新派劇を代表する女優、浅間光枝だった。

光枝さんのすがたは、一日花が萎むときのように、夜更かしでくたびれてはいるが、しかし舞台で彼女をみたときの美しさは十分にうかがわれた。

お互い説明のないまま、わたしたちは応接室に招じ入れられた。

「――ユリ子ちゃん、この子はどなた？　わざわざ私のところに来るのじゃ、もちろん、ありきたりの用事ではないはずね」

この女優は、こんな妙な時間に、だれだかわからない少女のわたしを連れてきたユリ子のただならなさを面白がってはいるが、微塵も心配している気配がない。

ユリ子は財宝のことから、わたしを連れて箕島伯爵のところから逃げてきたことまでひとくちに説明した。

「――あたしたち、箕島伯爵から隠れてなきゃいけなくなっちゃったの。宝物がみつかるまで」

「なるほどねえ」

光枝さんは満足げに頷いた。ユリ子の話が期待通りだったらしい。両肘を抱えたまま、安楽椅子からこちらに身を乗りだした。

「それじゃあ私は、あなたたちに何をしてあげたらいいのかしら？」

「かくまってほしいの！　晴海さんのとこだと、伯爵にみつかっちゃうかもしれないの」

「そうねえ。私だったら、晴海さまとお知り合いだなんて、世間の誰も知りませんものね」

聞けば、光枝さんの女学校の同級生に、晴海さんが応援している画家の妻になったひとがいるそうである。ユリ子と出会ったのはその繋がりによるらしい。

ユリ子は当然至極の頼みごとをする調子だし、一方、光枝さんは笑顔だが、あんまり、承諾する気があるようにはみえない。この二人の仲は、まだ測れない。

「もちろん、このおうちならあなたたちふたりくらいいられないことはないわ。でも、女中が問題だわね。あなたたちのことは秘密にしなきゃいけないから、女中と一緒にはいられないでしょう？　しばらく女中は断ってしまわないとね。そしたら、誰かにおうちのことをやってもらわないといけないわ」

「あたしやるわ」

「ええ、ユリ子ちゃんができるのは知ってるわ。でも、そこの、鞠子ちゃん？　あなたは大丈夫？　お掃除とお洗濯とお料理。それから衣装をきれいにしたり、いろいろやっていただかなくちゃいけないわ」

光枝さんは、みくびるようにわたしを眺めた。

わたしの身分や境遇など、光枝さんは何にも気にかけていなかった。ただ、わたしに光枝さんのもとめる仕事がつとまるのか、それだけを訊かれているのだ。

こんなに、自分の価値をむきだしにされて、ひとに値踏みされるのは初めてだった。心臓の縮こまる気がしたけれども、わたしは感情を込めず、しかし丁寧に答えた。

「はい。わたしも、何でもいたします。きっと、しっかりやります」

「それならいいわ。それじゃ、私はすこし休まないといけないから、おうちのことはさっそく、みんなあなたたちに任せましょうね」

光枝さんは急に眠たくなったように立ち上がった。そして、去りぎわに、わたしがなにを思ったかをすべて見通しているような顔で、こう言った。

「鞠子ちゃん、もしも私が世間から隠れなきゃいけなくなったら、あなたのところに泊めてもらうわ。そのときは、あなたのおうちの女中仕事を何でもやってあげますよ」

二

光枝さんは料理の味や掃除の手順に容赦なく注文をつけ、わたしは懸命に応えた。幼いころから女中が一切の家事をこなしてくれる家に住むのが当然で、どんな将来を想像してもそれだけは変わらないと思っていたけれども、何か言いつけられるごとに確信は薄れた。いまや、わたしが女中なのだ。伯爵や長姉への怒りのおかげでみじめさはない。光枝さんの言いつけをできるだけ丁寧に守るのが、かれらへのあてつけになる気がした。

そして、暇をみつけては、ユリ子と、財宝をみつける計画を練った。

箕島伯爵には、ふたつのとても貴重なことを教えてもらったのだ。

ひとつは、財宝を手に入れるためにわたしが必要らしいこと、もうひとつは、財宝の鍵を握る人物がもうひとり、あのお屋敷に監禁されていることである。

それはもう疑惑ではないのだ。あの夜、屋根に上がって、中庭の小屋の窓に目撃した人影のことをわたしは話した。

これを聞いてユリ子も納得したようだった。ユリ子も、わたしを救い出すべくお屋敷を探っていた数日の間に、だれかが中庭に閉じ込められていることに察しをつけていたという。あの建物は、やはりだれかを監禁するために建てたとしか考えられないつくりなのだ。

「でも、そんな手間をかけて閉じ込めて、独り占めしなくてはならないひとってだれかしら？　わざわざお屋敷まで建てるのはただごとではないわ」

「そうねえ。伯爵って閉じ込めるのがすきなひとね」

中庭の人物の正体は、思案したところでわかるはずがない。

「――ユリ子さん、中庭に忍び込むしかないわ。そうして、閉じ込められているひとと会うのよ」

「そうね」

首尾よく監禁された人物と話をすることができれば、あるいは救い出すことができれば、わたしたちの財宝探しは大きく進展するかもしれない。

しかし、中庭に侵入するのは、あのお屋敷を逃げ出すのよりも難しそうである。

今回にかぎっては、強引な手段に出るわけにはいかないのだ。監禁の理由が不明だから、慎重に、痕跡をのこさないように忍び込まなければならない。

どうすれば、気づかれずあの中庭に入ることができるだろうか？

わたしとユリ子がお屋敷の内と外で見聞きしたことをつき合わせたところ、あそこに住み込んでいたのは四人で、ひとりは女中、ふたりは若い男で、もうひとりは耳の遠い老人だということがわかった。

ただしこれは、わたしが居たせいだろうと思う。きっと、わたしの世話をするために連れてこられたひともいただろう。ひとりを監禁するために四人では多すぎる。だから、いまごろは人員の編成はちがっているかもしれない。

そう、わたしが逃げ出したことによって、あのお屋敷の事情はまったく変わってしまったはずなのだ。屋根のうえを伝ったことはきっと気づかれているだろう。わたしたちに中庭の秘密を知られたとわかったら、監禁した人物を別の場所に移してしまうかもしれない。そうなれば、せっかくの手がかりを失うことになる。

それなら、なるべく早くあのお屋敷に行きたい。しかし、わたしが逃げたばかりの、緊張がとけていないうちに行くのは危険かもしれない。

「一週間待ちましょ。そしたら、もう一回あそこにいってみましょ」

ユリ子はそう決めた。

新聞が届くたび、気になって隅々《すみずみ》まで眺めた。

もしや、華族の子女の家出としてわたしのことが記事にならないか心配だったのだ。しかし、よくよく考えてみれば箕島伯爵がこのことを表沙汰にするはずはない。わたしが監禁された事実や、中庭の謎の人物のことを記者にでもしゃべられたら、伯爵にとっても面倒の種になるのだ。ことを荒立てずにおいて、わたしを取り返す方法を探すだろう。父も、きっとそれにしたがう。父にとっても娘の家出は恥なのだ。

「こんなこと言ってはなんだと思われるかもしれませんけど、わたし、追われる身になったと思うとちょっと嬉しいの。

だれかが、自分をみつけだそうと必死になっているなんて、こんなに自分の値打ちを考えさせてくれることってないわ。でも、これって不良少女が家出をするのとまったくおんなじ理屈ね」

わたしの子供じみた感興に、ユリ子は輪をかけて子供じみた合いの手をいれた。

「ええ。でも、おいかけられるのって鬼ごっこみたいでたのしいわ」

サーカスから脱走してきたユリ子のほうが、逃げることにかけてはずっと先達である。こうなれば、いままで以上に頼もしい。

ユリ子とはあまり議論の必要がなかった。いまや、するべきことは明白である。

絹川子爵の隠し財産をみつけ出すのは、もはや、父の借金を返す以上に、わたしのためなのだ。父や伯爵や長姉の、お仕着せの正しさをくつがえすにはそれしかない。かれらにできないことが、わたしにはできるとはっきりさせるのだ。


おそとを出歩くために、わたしはすがたを変えなくてはならなかった。

髪型や服装を普段とちがうものにするのだ。うっかり樺谷家の娘とみとめられないためである。

光枝さんとユリ子とが、わたしの全身をしげしげ眺めまわす。さあどうしてくれようか、とばかりに笑みを交わしている。

「やっぱり断髪にしましょ！　それで、きものもお洋服にするの。そしたら、だれだって鞠子ちゃんってわからないわ」

「ええ、それがいいでしょうね。お洋服はどんなのがいいかしら？　乗馬服にしましょうかしらね。それなら動きやすいでしょう。きっとよく似合うわ」

着物に日本髪のほかは自分に似合わないと決めていたわたしは、控えめな抵抗をこころみた。

「結い方を変えるだけでいいのではなくて？　それに、お洋服なんてすぐには手に入らないでしょう？」

「でも断髪はとっても楽よ。逃亡生活なんだから楽なほうがいいでしょう。お洋服は、私がいいのを探してきてあげましょうね」

抵抗は光枝さんに一蹴された。二匹の猫に毛繕いをされるうさぎのように、わたしはなすがままにされた。わたしを西洋の乗馬婦人の格好につくり変えてしまうと、ユリ子のとなりに並べて、光枝さんは満足げに言った。

「かわいい！　夏毛と冬毛の動物がいっしょにいるみたいね」

ボサボサ頭のユリ子と、櫛で髪を丁寧になでつけたばかりのわたしは、たしかに季節ちがいの小鳥のようだった。

ともあれ、これで支度がととのった。

三

翌日。ホテルの厩舎からかつよを連れ出し、その背に乗って、わたしたちは神奈川の山へ、伯爵の秘密のお屋敷を目指した。

自分が閉じ込められていたところに戻っていくのだ。こんな勇ましいことをするのは初めてである。馬の足では片道だけで一日がかりの道のりだけれども、自動車など乗れないし、いざというときの逃げ足になるかつよにまたがっていくのが一番いい。

厚木の町から、西の山へ向かって数粁《キロ》進む。

ユリ子は、逃走に使った山道のほかにもうひとつ、お屋敷への道をみつけていた。

お屋敷のあった近くに、ずいぶん昔に涸れてしまったらしい、細い沢のあとがある。沢がつくった谷間を進んでいくのである。すると、忘れられたような古い作業小屋みたいなのがあって、そこをしばらく行きすぎると、谷を登るつづら折りがある。つづら折りは、かつよも何とか通ることができる。

そして、登りきったところから、来た方角へ少し戻ると、伯爵の秘密のお屋敷に着くのだ。面倒だけれども、こちらの道のほうがみつかる心配が少ない。

着いたのは午後の八時ごろだった。

かつよを森の中に待たせて、そっとお屋敷の門を潜り、屋内のようすをうかがう。

まだ明かりは落ちていない。ときおり廊下を行き交う物音がするが、会話は聞こえてこない。

「ねえ、やっぱりわたしがいたときよりひとが減ったのではないかしら。あまり気配がしないわ」

「そうね」

この日は、それだけ探ると谷に降り、作業小屋に隠れた。夜を、ここで過ごすことになった。古いのこぎりやかなづちがあって、天井には捲き揚げ機がついていた。

わたしとユリ子は見張りをしながら、交代で莫蓙《ござ》にくるまり眠った。みつかるといけないので、かつよも一緒である。お利口なかつよは鳴き声をあげてはいけないことがわかっているみたいだけれども、大きなからだで立ったり座ったり横になったりして、ときどきいびきをかくのに悩まされた。

次の日の昼、今度は遠くからひとの出入りをたしかめ、漏れ聞こえてくる会話に耳を澄ませた。

前日に想像したとおり、お屋敷のひとは減っていた。いまいるのは、若い男と耳の遠い老人だけである。若い男が老人に大声で話す内容が聞こえてくるから、そのことははっきりわかった。

ふたりがのこっているということは、中庭のひとはやはりここに閉じ込められたままらしい。あんな大騒ぎがあったのに、どこかに移されたりしていなかったのは幸いである。

この日の夜。突として、侵入の好機がやってきた。

午後七時すぎ、食事が終わったころ合いである。若い男が、山道を徒歩で下っていった。

どこかへ遊びに行ったらしい。今夜は出かけるつもりだと、昼のうちに老人に話していたのだ。

すぐには帰ってこないだろう。もしかすると翌朝である。それなら、今夜は、お屋敷には耳の遠い老人のほかだれも居ないことになる。

午後九時を前に、お屋敷の明かりが消された。老人が眠りについたのだ。

ほんとうはもう何日かようすを探りたかったが、この機会は逃せない。わたしたちは計画を決行すると決めた。

侵入には、逃げ出したときと同じ手を使う。竹の棒を立てかけ、屋根によじ登るのである。なるべく振動が届かないよう老人の部屋と対角線上にあたる側を選び、屋根のうえに立ったら、竹棒は中庭の側にまわしておく。

ユリ子が先に、音もなく中庭に飛び降りた。そして、続いて降りるわたしを受け止めた。

中庭は手入れをされず、膝のしたくらいの高さの雑草がしげっていた。そちこちに、屋根瓦やトタン板、古そうなロープなどが散らかっている。真ん中に、問題のブロックの小屋がある。

ここまでは難なく来られた。問題は、監禁の人物だ。

明かりをつけずに、そっと小屋に近寄っていく。中のだれかを驚かせてはいけない。

鉄格子からは、仄《ほの》かにオレンジ色の明かりが漏れていた。眠ってはいない。

窓にそっと顔をつきだすと、ユリ子は、囁《ささや》き声で呼びかけた。

「こんにちは。あなただあれ？」

中の人物は男性らしい。粗末な椅子に座り、片手に石油ランプを掲げて本を読んでいた。わたしたちの存在に一言も発さず、ただ驚愕してしばらく硬直していた。

こちらで明かりを灯し、わたしたちの顔を照らしてみせた。鉄格子の外にいるのがふたりの少女にすぎないことがわかると、ようやくかれはランプを持ったままおそるおそる窓ぎわにやってきた。

老人ではなさそうである。しかし、ザンバラ髪と剃られていない髭、窶《やつ》れた肌のせいで歳ははっきりわからない。

「君たちは？　どうしたんだい？」

「あたしユリ子。この子は樺谷鞠子ちゃん」

「樺谷？」

男は、わたしの名に思いあたることがあるらしい。

「樺谷子爵のお嬢さんかい？」

「はい。わたしは、三女の鞠子です」

「——そうか。なぜ来た？　どうしてここがわかったんだい？」

「鞠子ちゃん、しばらくここに閉じ込められてて、一週間前にここからにげたの。あたしといっしょに」

「ああ！　すると、あの騒ぎの晩、屋根を伝っていったのは、もしかして君かい？」

あの騒動は、かれのところまで伝わっていた。

それにしても、かれはわたしのことを知らないわけではないらしい。わたしのほうには、かれに憶えはないが——

「それなら、なるほど、ここにやってきても不思議はないね。よくわかった。こちらのことを話す番だな。——僕は、絹川芳久《よしひさ》だ。絹川芳徳の次男だよ」

かれはそう名乗った。

絹川家の人々は、二年前の震災で皆亡くなった。

わたしはそう聞いていたし、世間のだれしも、そう信じている。だからこそ、財宝探しの競争が起こったのである。

にもかかわらず、絹川家の次男がひと知れずここに監禁されていたというのだ。

どういう訳なのか？　わたしたちのやっていることは、まったく覆《くつがえ》ってしまうかもしれない。

「君たちは僕のことを知っているのか？　それで、死んだと思っていたのかい」

「ええ、そのようにお聞きしていたのですけれど――」

驚き果てたわたしを前に、かれは、押し殺した声で事情を語り始めた。

「震災のとき、僕は鎌倉にいた。絵でも描こうかと思っていたんだ。家族は東京にいて、ひとりだけだった。鎌倉も大いに揺れて、建物は尽《ことごと》く倒れたし、大勢が死んだ。僕は家族が心配だったから、歩いて東京まで戻ったんだ。

着いたのが、九月二日の夜だった筈だ。屋敷は無残に壊れていた。誰か助かっていないか捜索しようとしたとき、僕は、箕島伯爵の、家従か？　箕島家のものに捕らえられたんだ」

「それは、何のためですの？　もちろん――」

「そうだ。財宝を手に入れるためだ。父が遺した暗号文を解読するのに、僕が必要だと考えたんだろう。父は、絹川家のものにしか解けないように暗号を作ったからね。

しかし、箕島伯爵は暗号を持っていない。だから、僕を幽閉して、必要になるまで貯蔵しておくことにしたわけだ。いざ暗号を手に入れたら、それを僕に解かせるために」

わたしは息を呑んだ。

箕島伯爵は、暗号を持たないかわり、もうひとつの重要な手がかりを手中にしていたのだ。

「この場所は、震災のどさくさで伯爵が手に入れた土地なんだろう。わざわざこんな屋敷まで建てて、僕を隠すことにしたんだ。僕は長持ちに詰め込まれて、ここまで運ばれてきたよ。

これは古い木こり小屋だったんだ。震災の直後、伯爵はひとまずそれに僕を閉じ込めた。それから外側をブロックで固め、鉄格子を嵌めたんだ。そして、小屋を囲むようにして長屋みたいな屋敷を建てた。看守の屋敷だね。そこまですれば僕の世話をするにも便利だし、見つかる恐れもない。震災の直後は建物の多くが壊れていたし、こっそり僕を隠しきるのは東京市内では難しかったろう。ここなら、いくら喚こうが、誰にも届くことはない。安心して、いつまでも僕を閉じ込めておける」

これは、木造の小屋を牢獄に改造したものだったのだ。箕島伯爵の、私設の牢獄である。

芳久は訊いた。

「君たちは知っているか？　僕の家族はどうなったのか――、箕島伯爵は皆死んでしまったのだと言うんだが、それは本当なのか？」

かれには、自分でそれを知る機会はなかったのだ。震災の直後から、いまに至るまでの二年近くを、ずっと幽閉されて過ごしてきたのである。

ユリ子より、わたしが言うべきだと思った。芳久の顔をみて、かれが覚悟を決めていることをたしかめてから、そっとわたしは言った。

「本当でございます。絹川さまのご家族は、震災でみんな亡くなったとうかがいました」

「そうか。やはり、みんないけなかったのか」

ため息まじりにかれは言った。少し、肩の荷を降ろしたようでもあった。

家族がみんな亡くなっているからこそ、だれも芳久を探さなかったのだ。箕島伯爵にとっては一切が好都合だった。

芳久はわたしに訊いた。

「君のご家族は？　ご無事だったのかい？」

「いえ。姉の、絢子が身罷《みまか》りました」

「そうか。――残念だったね」

かれは顔を伏せ、呟いた。

「君たちがここにきたのは、僕にとっては嬉しいことだが、目的は一体何だ？　危険を冒してわざわざ忍び込んでくるんだからな」

父の借金を返すために、絹川家の財宝をあてにしようとしている。絹川子爵の息子であるかれにそのことを話すのが憚られて、わたしは口ごもったが、例によってユリ子は何のやましさもみせず、事情を洗いざらいしゃべってしまった。

「――借金か。なるほどね。君も災難だね」

もとより、財宝を狙う箕島伯爵に監禁されているかれだから、このことに大して驚きはしなかった。しかし、かれは財宝にまつわる事柄に疲れ切っているようだった。

ユリ子が訊く。

「あなたは子爵さんが宝物をどこに隠したかごぞんじないの？」

「いや、知らないんだ。明治四十四年のことだろう？　財産を隠すのは、全て父が一人でやった。僕はまだ十二だったからな。家の事はよく分からなかった。自分であれこれ見当をつけようとしてはみたがね。伯爵に、隠し場所に心当たりがないのか訊かれたからな。あそこか、あそこかと答えてみたが、どこも違っていた」

「じゃあ、暗号文もあなた持ってないのね」

「持っていない。父は、暗号の書きつけを何枚か作った筈なんだが、僕は持たされなかった。秘書や兄は持っていたはずだ。

ただ、見たことだけはある。ありきたりの西洋紙に、意味の分からないひらがなの文字列が並んでいたな。しかし、それ以上は憶えていないんだ。何か少しでも思い出せればいいんだが」

「そう。暗号って、絹川さんのご一家のひとにしかとけないようになってるんでしょ？　どういうことかしら？　なんで絹川さんにしかとけないの？」

「それは僕にも分からない。父は暗号の解き方は教えてくれなかった。もちろん、解き方を教えるならそもそも暗号など作る必要はないのだからね。隠し場所を教えてくれればいい。とにかく、暗号文を見てみないことには、僕はなにも出来ない」

箕島家と長谷部家とは、財宝の手がかりを分けあっているのだ。長谷部家が暗号を持ち、箕島家がそれを解読する絹川家の人間を確保している。

もっとも、箕島伯爵のほうでは、長谷部家が暗号を持っていることを知っているが、長谷部家は絹川家の次男が生きてここに監禁されていることを知らない。そう考えてみると、箕島伯爵のほうが有利なのかもしれない。

「それから、あなたはごぞんじかしら？　明治のおしまいに、絹川さんの別荘から、宝物が魔法みたいに消えちゃったんですって」

ユリ子は、樫田の名は明かさず、元泥棒から聞いたことを芳久に話した。

財宝の消失の話に、芳久は大いに驚いた。

「そんなことがあったのか？　確かに、子供の頃に別荘の番人が殺される騒動があったのは憶えているが、それは知らなかった。間違いないのかね？　その泥棒の話は信じていいのか？」

「ええ。あたしは信じてるわ」

「そうか。まあ、わざわざ作り話をするのも妙だな。番人は織原家のものに殺されたのか――しかし、どうして財宝を消失させることが出来たんだろうな。恐らく父の独断でやったことだ。父は財宝の扱いの全権を持っていたからな。家族には相談しなかった」

絹川子爵の息子のかれすら、この謎の解答は持っていなかった。

ユリ子は質問をつづける。

「――ねえ、箕島伯爵が、宝物を手に入れるのに鞠子ちゃんがどうしても必要だっていうんですって。だから鞠子ちゃんをさらって閉じ込めたりしたの。なんでかしら？　あなたごぞんじ？」

「ほう？　そうなのかい？」

芳久はあらためてわたしの顔をじっくりと眺めた。

「分からないな。必要とはどういうことだろう？　君は、父と何か関わりがあったのかね？」

「いえ、わたし、なんにも知らないんですの。一体自分がなんの役に立つのか、こころあたりがまるでございません」

「おかしいな。暗号の解読に関わることか？　暗号文が手に入ってもいないのに、君が必要だと分かるのも不思議だが――

しかし、伯爵については分からないことばかりだからな。僕は訊かれるばかりで、向こうのことは何も教えてはくれない。僕も知らない何かを、伯爵は摑んでいるのかも知れない」

　この疑問は、あとにとっておかざるを得なかった。

　ユリ子は鉄格子を人差し指でつついた。

「あなたはどうしたらここから出られることになってるの？　箕島伯爵はなんて言ってるの？」

「それは当然、伯爵が財宝を手に入れるのと引き換えということになっている。そうすれば、僕は解放されるはずなんだが――」

「そう。ちょっと、信じていいか迷うわねえ」

　考えてみれば、その通りだ。首尾よく財宝を手に入れたとしても、芳久を解放するのは、箕島伯爵にとっては危険でしかない。

　まず、かれは絹川子爵の財産を相続する権利を持った人物なのだ。発見者が財宝を独占するには、かれの存在はじゃまである。

　それに、絹川家の生きのこりを攫って、二年に及び監禁していたというのは大変な醜聞である。世に知れたらただではすまない。かれを解放したら、伯爵はそのことが明るみに出はしないか、延々怯えていなければならなくなるのだ。いくら口止め料を払ったところで、そのお金はそもそもかれが手にするべきものなのだから納得のいくわけがない。

　財宝をみつけたあとに、伯爵はかれの進退をどうするだろうか？　約束を違えて、幽閉を続けるというのならまだいいが、それはあまりに大変である。

もっと簡単な方法があるのだ。かれを殺してしまえばいい。

そもそも、地震で死んだと思われているのだ。家族もない。屍体さえしっかり隠しおおせれば、あとになんの憂《うれ》いものこらない。

芳久は、極めて微妙な立場にいるのだ。解放されるためには、財宝の発見に協力するよりない。しかし、いざみつかってしまえば、いっそう危険に晒される。

「――君の脱走劇があったから、ここはしばらく騒がしかった。彼らは、君たちが僕の存在に気がついたか否かを酷《ひど》く気にしていた。屋根を逃げていった君に見られなかったかとしきりに訊かれたよ。慌てていたから、君には中庭のことを注意する余裕はなかった筈だと答えておいた。君が秘密に気づいた筈はないと、必死で否定したんだ。もし僕の存在が君たちにばれたとなったら、何をされるか分からないからね。幸い、おかげで今のところは特に変わりはないな」

「そうでしたの。わたしのせいで、あなたに大変な受難があったかもしれませんのね」

安全にひとを監禁できる場所は、そう簡単には都合がつかないのだろう。伯爵は、ひとまずはここで大丈夫と考えたのだ。

しかし、うかうかしていれば、別のところへかれは連れていかれてしまうかもしれない。

「ユリ子さん、どうしたらいいかしら？　このかたを連れて逃げられないの？」

「どうかしら。この小屋、とても頑丈にできてるのね」

さっきかれが話していた通り、内側は板張りだが、周囲にブロックが積まれ、窓には鉄格子が嵌められ、とびらは鉄製のものがつけられている。屋根も、鉄板になっていた。掘っ建て小屋を、万が一にも脱走ができないよう補強してあるのだ。

鉄のとびらには閂《かんぬき》が掛かっていた。大きな閂で、錆び付いている。しばらく動かされていないらしい。

それを調べようとすると、芳久は慌てて言った。

「閂はうっかり動かさないでくれ。それは、屋敷の中のベルにつながっている。誰かが勝手に扉を開こうとすると警報が鳴る仕掛けになっているんだ」

「――でも、いま、お屋敷の中にいるのは、耳の遠いおじいさんだけなんでしょう？」

「そうなのか？　いやでも、あれをみくびってはまずい。いくら耳が遠くともベルが鳴れば飛び起きる。そして猟銃を持って飛び出してくるんだ。彼は銃がうまいんだよ」

うっかりしたことはできないのだ。

「それに、閂をよく見てみ給え。錠前の金具が閂の下敷きになっていないかい？」

確かに、閂は、鉄扉の把手の少し下に取り付けられている。普通なら鍵穴があるところで、閂がそれを覆《おお》い隠す格好になっているのだ。

閂を外さないと、鍵の種類がわからない。こじ開けようにも厄介である。

「それだけじゃない。閂の下にはもう一つ、ダイヤル錠もあるらしい」

あの、絹川子爵の別荘の鉄扉と同じようなつくりなのだ。どこまでも厳重である。このとびらを破るのは、諦めたほうがいいかもしれない。

「では、この鉄格子は？　でも、これも簡単ではなさそうね」

それは、わたしが閉じ込められていたときの急ごしらえのものとはちがって、ブロックにしっかりと嵌め込み、太い釘で留めたものである。かつよのちからで引っ張っても、びくともしないだろう。鉄格子の鉄棒は中が詰まっていて、やすりで削ることなど思いもよらない。

ユリ子は、ブロックの隙間から小屋の床下を覗いた。隙間はあるが、細工をする余地はない。

さらには、ユリ子は厠《かわや》の汲み取り口を探して開けた。とびらと窓のほかは、この穴が唯一小屋の内外を繋いでいる。しかしこれは、ひとが通り抜けることは思いもよらない小さい穴だった。

「小屋を抜け出すのは難しそうですわね。それなら——、お屋敷のひとが、絹川さんをおそとに出すことはございませんの？　そのときに、隙をみて逃げ出すことはできませんかしら。わたしたちお手伝いします」

「そうしたいものだがな。しかし僕は、閉じ込められて以来一度もこの小屋を出たことがない。何度か風呂に入れてくれと頼んだことはある。彼らは聞き入れなかった。見ての通りだよ」

かれは両腕を力なく差し上げて、その醜状をみせつけた。小屋には体臭が立ち込めて、着物や、むさ苦しい頭髪に染み付いていた。かれにはもう二年近くもここから出る機会はなかったのだ。

「お食事は？　どうなさってるんですの？」

「日に三回、鉄格子のところにふろしき包みを引っ掛けていくんだ。食事と水と、ランプの油をね。会話をすることも、顔を合わせることもほとんどない」

小屋の中を覗くと、あるのは平べったい布団に毛布、雑誌に新聞、くたびれた小説本、手拭いに空き瓶、石油ランプの替え、あとは、着替えでも入っているのか、みすぼらしい麻の袋だった。これらをみるだけで、かれの悲惨な生活は十分に察せられた。

「いくらか幸いなのは、ここのものたちは、伯爵に任された仕事にあまり熱心ではないことだね。それに、君の捜索に人手がかけられているから、ここの人員もなかなか増やせないのだろうな」

「そうだったんですの。ええ――、その通りですわね。幸いでした」

今日は、あの若い男は勝手に出かけている。そのおかげで、わたしたちもここまで忍んでくることができたのだ。

「だからといって、逃げ出す隙があるということでもないんだがな。君たち、僕の身を案じてくれるのは本当に嬉しい。どうにかして、逃げ出す方法があればいいと僕も願っている。しかし、何か行動を起こすにしても、くれぐれも慎重であってくれ。

特に、僕のことを誰かに教えるのは絶対にやめてくれ。もしそれが伯爵たちに伝わってしまったら、何をされるか分からない」

いま、わたしたちにできることは、これ以上は何もなかった。

若い男が帰ってこないうちに、わたしたちは中庭を抜け出した。これ以上、お屋敷の周囲に留まるのはやめにし、かつよに乗って、夜明けに麹町に帰った。

四

わたしたちは家中の食器を居間のテーブルに広げていた。光枝さんに命じられたのだ。それらを丹念に磨きながら、わたしとユリ子は、切れ切れに相談をした。

「でも、よかったわ」

「何がよかったのかしら？」

「箕島伯爵をとっちめる方法がみつかったから。宝物をみつけたって、それだけじゃ安心できないの。伯爵に仕返しされるかもしれないの。たぶん、鞠子ちゃんを閉じ込めたことをしゃべってほしくないから、鞠子ちゃんのお父さんにかけあってくるわ」

「それは、ええ、そうでしょうね」

父は、すでに借金のことで伯爵に恩を売られてしまっている。財宝が発見されたとしても、伯爵はきっと簡単にはあきらめない。わたしの身柄をめぐって手を講じてくる可能性はある。

「だから、そんなことができないくらいに伯爵をとっちめておきたかったの。そしたら、鞠子ちゃんも無事におうちにかえれるわ。

どうしたらいいかあたしずっと考えてたけど、中庭の秘密があればとっちめるのはかんたんだわ。あれが世の中にしれたら、伯爵だってただではすまないでしょ？」

百万円もの財産を横領するために、震災の混乱に紛れて絹川家の生きのこりの芳久を監禁していた。――この事実を明らかにすれば、さすがに伯爵もわたしにちょっかいをかける元気をなくすだろう。それはまちがいない。

「ですけど、反対にいうなら、わたしたち、財宝をみつけるだけではまだ足りないんですのね。芳久さんを助け出さないといけないわ。そのうえ、伯爵が手をまわしても、ぜったいごまかすことができない悪事の証拠を用意しなくちゃならないでしょう？」

わたしたちが先に財宝をみつけ出したとしても、伯爵がそれを知ったら、証拠を隠滅するべく、芳久さんを始末してしまいかねない。すると、かれの安全をはっきりさせない限りは、財宝を手に入れても、そのことをおおやけにはできないし、父の借金を清算することもできないのだ。

財宝をみつけたことは、何かのはずみで伯爵に知られてしまう危険がある。安心なやりかたは、発見する前にかれを救い出すことだ。暗号を解くのにだって、きっと芳久が必要なのである。

「ユリ子さんは、何か方法を思いついて？ あの、元泥棒の樫田さんに頼んでみたらどうかしら。でも、門の警報装置が困りものね。外してしまうことはできないのかしら？」

「あれきっと、線が、壁から地面をつたってお屋敷のなかにつづいているんじゃないかしら。うっかりいじったらベルがなっちゃうかもしれないわ」

「あなた、元泥棒のお友達がいるっておっしゃってなかったかしら？ そのかたには手伝ってもらえないの？」

「あのひといまいそがしいんですって。外国にいるみたい」

「そう。では、ほかの方法ね」

しばしわたしは考えた。

「あるいは、鉄格子を外すことはできないかしら。ユリ子さん、こんなのはどう？ 鉄格子に、丈夫で長いロープを結ぶの。それをずっと延ばして、あの谷間の作業小屋の捲き揚げ機につなぐのよ。そのちからで鉄格子を引っ張ったら、外れないかしら？

ロープは、そのままだとお屋敷の屋根にあたってしまうから――、そうね、あの作業小屋の崖のうえに、大きな杉の木があったでしょう？　ちょっと、崖のほうに迫《せ》り出《だ》して生えていたわ。ロープの端をからだにくくって、木に登るの。そしたらロープを頑丈な枝にくぐらせて、作業小屋に垂らしていくのはどうかしら。杉の木を、滑車がわりにつかうのよ。

　ユリ子さんなら、ロープをからだにくくりつけてあの木に登ることもできるのではなくて？」

「ええ。できるわ」

　こともなげにユリ子は言う。

「では、この思いつきはどうお考えになるの？　あの、小屋の捲き揚げ機のちからでは不十分かしらね」

「鉄格子に打ってあったの、五寸釘みたいなふといのだったわ。あれが錆びてたらうまくいくかもしれないの。でも、釘があのままじゃ外れないのじゃないかしら」

「では、釘に少しずつお塩でも振って錆びさせてしまう？　それとも、もっといい薬品があるかしらね。でも、そんなことをして、もしもうまくいかなかったら取り返しがつかないのよね」

　脱走を企てた痕跡をのこしてしまったら、やはりかれに危険が及ぶ。少なくとも、どこか別のところに移送されてしまうだろう。

　この計画は、絶対にうまくいくと自信を持てる方法を探さなければならないのだ。

「あとは、巌窟王《がんくつおう》みたいに、どこかから小屋の床まで穴を掘るくらいしか思いつかないわ。ふたりでやったら一年くらいかかるかしらね。

　ユリ子さん、長谷部子爵に交渉をもちかけることはお考えにならない？　長谷部さまは、このことを知ったら、取り引きをしたくなられるのじゃないかしら」

前に、青梅の別荘で出会った長谷部隆二郎は、役に立ちそうな情報を持っているなら取り引きをしたいと言っていた。箕島伯爵のところに、死んだと思われている絹川芳久が監禁されているというのは、まちがいなく長谷部一族の喜ぶ情報ではある。

「長谷部さんに手伝ってもらうってこと？」

「ええ。お智慧をお借りできるかもしれないし、ひとを雇ったり、わたしたちではできない方法が使えるかもしれないわ」

「そう？」

ユリ子は余念なく磨いていた紅茶のカップから顔を引きはがし、わたしをみた。

「あたし、いい方法はまだなんにも思いつかないし、長谷部さんてひとのこともしらないけど、中庭のひとを連れ出すのも、宝物をみつけるのも、あたしたちのほうがうまくできると思うわ」

不思議な自信である。

何の根拠も裏付けもないけれど、きっとユリ子はそれをたよりにして生き延びてきたのだとわたしは思った。

「――そうね。きっとユリ子さんの言うとおりだわ」

長谷部家の人びとが、絹川芳久の身の上をどれだけ重んじるかはあやしい。無理な方法をとって、伯爵にかれを殺させてしまうかもしれないし、あっさり重要な証拠を失ってしまうかもしれない。かれのことを、だれにも話さないという約束は守るよりない。

それに、取り引きといって、長谷部家の人びとがわたしたちに何を提示してくれるのかはわからない。暗号文の内容を教えてくれるのでもない限り、あまり意味はないのだ。

五

食器の大掃除を終えると、しばし暇ができた。ユリ子は、光枝さんの部屋に入りこんでラジオを聞いている。本放送が最近始まったばかりだ。

わたしも気晴らしをしようと思った。少しラジオにこころが動いたけれども、やっぱり、光枝さんの本棚からおうちでは読むことを許されない谷崎《たにざき》潤《じゅん》一郎《いちろう》の小説を拝借することにし、居間で読んだ。財宝探しに疲れていたせいか、ずっと昔の、美女の肌に己の魂を彫り込もうとする刺青《いれずみ》師《し》の物語が、身近なひとのお話を読んでいるように生々しかった。

玄関とびらのベルがリンと鳴った。

光枝さんがお稽古から帰ってきたのだ。聞いていたよりも早いのでびっくりしていると、光枝さんはまっすぐ居間にやってきた。

わたしが食卓に伏せた小説をみつけるなり、光枝さんは言った。

「あら、いやらしいのを読んでいるのね」

「あ――、ごめんなさい。お借りしてしまいました」

「別にいいのよ。読んでいいって言ったはずだわ。それより、お茶を淹れてちょうだい」

わたしは恥ずかしかったが、これは自分で恥と思わなければ恥ではないのだと思いなおした。

急須と湯呑みをひとつ用意して居間にもどると、光枝さんはわたしが持ち出した『刺青』をパラパラとめくっていた。ふいに、わたしには光枝さんが谷崎の小説から抜け出てきたように思えて、ぞくりとした。

帰ってこられたばかりだから、おしろいが香っている。わたしが使うおしろいとそうちがうはずはないのに、どうしてこうも艶《なまめ》かしい香りなのか、不思議な心地がする。

「お茶をお持ちしました」

「ありがとうね」

光枝さんは、ご本を閉じると、湯呑みを取り上げた。

「そう、あなたは小説家になりたいんだったわねえ。どんなものを書こうとしているのかしら？」

光枝さんは何気なく訊いたが、わたしは試されているように感じた。まがりなりにも、このひとはわたしが昔その演技に見惚れた、尊敬すべき芸術家なのにちがいなかった。

どんなものを書きたいのか？　いままでは、だれでもないような市井のひとの描写の中に、わたしの世間への怨念をばれないようにあてつける、じめじめした私小説を書いていた。

しかし、箕島伯爵のところから逃げ出していらい、わたしの作家的野心は変わった。

「わたしは、自分が書いたものだってことが、絶対にだれにもわからない作品を書きたいんです。わたしの人生とはまったく無関係の、いくら行間に目を凝《こ》らしても、わたしが教わった良心も、礼節も、仁愛も、何にもみあたらない悪意の作品。だれも、わたしがこんなもの書くはずがないって思う、そんな作品が書けたら、少なくとも文章の中では、わたしは父や姉や箕島伯爵に勝利したことになりますもの」

「へえ、卑屈だこと。それに陰湿だわ」

「いけませんの？」

拗ねたように言うと、光枝さんは急に無邪気になって笑った。

「あら、いけないことはないわ。芸術をやろうというんなら、もちろんそれくらいの悪意がなくちゃいけないわね。だいたい、あなたくらい、恵まれているくせに卑屈な子ってなかなかいないわ。それで、あなたが芸術家だってことはよく分かるわ。

でも、文章でやっつけるのもいいけれど、それより本当にやっつけてしまえばいいのではなくて？　財宝を見つけられたらいいんでしょう？」

もちろん、そうしたいのである。しかし、先は長い。

「わたしたち、どうにかして長谷部子爵が持っている暗号文を手に入れないといけないんです。どうしたらいいか、まだ見当もつかないんですの」

「そう。まあ、ユリ子ちゃんがいるんだから、あなたはあんまり悩まなくても大丈夫でしょう。そのうちあの子が何か考え出すわ」

5

暗号

一

秘密のお屋敷から逃げてきて、半月あまりがすぎた。光枝さんの洋館の居間である。

「ユリ子ちゃん、晴海さまからお手紙が来ているわ」

光枝さんから渡された封筒を、ユリ子は一瞥もせずわたしによこす。

「よんで」

「はい、はい。何ですかしらね？」

晴海さんは時折、思い出したように手紙でこちらのようすを問い合わせてくる。

手紙は鉛筆で用件を箇条書きにしたもので、素っ気ない。それでも、最初にきたときは晴海さんが直筆で連絡をくれるのに驚いた。

・我《わが》身《み》近邊《きんぺん》ニ探偵《たんてい》ノ如《ごと》キモノウロツキヲリ。箕島《みのしま》ノ手下《てした》ナランカ。鬱陶《うつたう》シキ故《ゆゑ》解決《かいけつ》ヲ急《いそ》グコト。

「箕島伯爵はやっぱりわたしたちを探しているらしいわ。晴海さんの身近なところをうろついてるんですって。用心しなくちゃいけませんのね。それから――、あら」

意外な知らせがひとつあった。

・來《きた》ル九月《くぐわつ》十日《とをか》大日倶楽部《だいにちくらぶ》ニテ長谷部家《はせべけ》當主《たうしゆ》本卦還《ほんけがへ》リ記念《きねん》園遊會《ゑんいうくわい》ノ催《もよほ》サルル由《よし》。長谷部《はせべ》一族《いちぞく》ノ勢《せい》揃《ぞろ》ヒセンカ。

「長谷部子爵の還暦祝いの園遊会があるのですって。大日倶楽部ということは、五百人くらいも集まるのではないかしら？」

なぜ、晴海さんはそれをわざわざわたしたちに知らせてきたのだろうか。

ユリ子が答えた。

「園遊会なら、暗号のことをさぐるのにちょうどいいわ。きっと長谷部さんのところのひとがみんな集まるでしょ？」

「暗号が話題にのぼるかもしれないということかしら？　なるほど、そうね」

長谷部家は一家総出で暗号を解こうとしているが、子爵と息子たちとは居を別にしている。園遊会を情報交換の機会にするかもしれないし、油断したかれらから、暗号に関する何かを聞くことができるかもしれない。

「おはなしだけじゃないわ。もしも暗号文を持ってたら、ちょっと借りて写させてもらいましょ」

「勝手に？」

「かってに」

長谷部家のだれかひとりくらいは、暗号文を持ち歩いているかもしれない。

しばし考えて、わたしは頷いた。

「そうね。それしかないかもしれないわ」

ほかに、わたしたちが暗号文を手に入れる機会は、そうそう考えられない。

いままでなら、こんな泥棒じみた真似をするのにはためらいがあったけれども、もう状況はちがう。あの、中庭に監禁された絹川芳久のことを考えれば、大義はこちらにある。

「ですけれど、どうやって園遊会に入り込もうかしら。招待をいただいて参るわけにはいかないでしょう？」

「私、あなたたちを給仕に雇うように、口を利いてあげましょうかしらね？」

光枝さんが、ほほえみまじりに言う。

「大日倶楽部でしょう？　支配人に顔が利きますからね。当日の給仕に、あなたたちを使ってもらうようにするのはどう？」

ユリ子と顔を見合わせた。わたしには、この提案に異存はない。

「――でも、ユリ子ちゃんのお作法は、あまり給仕さん向きじゃないわねえ。鞠子ちゃんは流石《さすが》に子爵のお嬢さんですから、何でもきちんとしていますけれどね」

「はい。たしかに」

ユリ子の給仕ぶりは、手ぎわはとても優れているけれど、礼儀作法の観点からは不躾《ぶしつけ》極まるものである。両手と頭上に三つの盆を載せたまま、爪先でとびらの把手をひねったりするのだ。

「なら、ユリ子ちゃんはもっと慣れた配役にしましょうかしらね。いっそのこと、余興で曲芸を披露することにしたらどうかしら？　私が少女曲芸師として舞台に上げるようにかけあっておくわ。

鞠子ちゃんは、やっぱりお給仕のお仕事。どうかしら？」

「ええ！　それがいいわ」

名案かもしれない。お給仕と、余興に呼ばれた曲芸師、ちがう立場で園遊会に身を置いたほうが、長谷部家のひとたちを探るには好都合である。

しかし、この計画にはいくつか難点がある。

「わたしたち、まえに青梅で長谷部隆二郎さんと顔を合わせてしまっているでしょう？　正体に気づかれてしまわないかしら？」

「鞠子ちゃんはきっと大丈夫でしょうねえ。断髪にして、別人みたいですものね。長谷部さんのご一家と深いお付き合いはないんでしょう？　それなら平気だわ。ユリ子ちゃんが問題ねえ。曲芸までするなら、目立つものね」

「でも、あたしむかしサーカスにいたことはしゃべってないわ」

「ああ、そうなの。それじゃあ、髪の毛にしっかり油をつけて、なるべく分からないようにしましょうね」

財産をめぐって争っているのだから、箕島伯爵は、わたしたちが現在逃亡中であることは長谷部家のものに知られないように気をつけているだろう。かれらが、たかが給仕や曲芸師にさしたる注意を向ける心配は少ない。

しかし、わたしは別の心配に思い当たった。

「長谷部さんのほかに、もっとだいじな問題がありましたわ。園遊会に、箕島伯爵や、その関係のどなたかがいらっしゃることはないかしら？　もしそうなら、大変なことになってしまうわ」

平時の付き合いからすれば、長谷部子爵の還暦祝いの園遊会だから、箕島伯爵が招かれていると考えるのが当然である。しかし、現在は隠し財産をめぐる戦いの最中だから、長谷部家は理由をつけて招待を見送るかもしれない。それか、伯爵のほうで出席を遠慮する可能性もある。

最近の長谷部家の催しに箕島伯爵が出席しているかどうかを調べてみることになった。していないのなら、恐らく問題はない。

「でも、もしも伯爵が来てたって、園遊会の最中にあたしたちにお縄をかけてつかまえたりできないでしょ？　どうにかして逃げられるわ」

「ええ、たしかにそうね。――あらやだ、もっと明らかな問題があったわ。

わたしの父にも、きっと招待があるはずなんですの。そうしたら、父はまちがいなく出席するわ。いくら髪型と格好がちがっても、父にはきっと気づかれるわ。どうしようかしら――」

しかし、ユリ子も光枝さんも、あまりわたしの心配にとりあわなかった。

「あら、ちょうどよかった。ご挨拶しておいたら？　きっと心配なさってるでしょうしね」

「子爵さんって、もし鞠子ちゃんをみつけても大騒ぎしないと思うわ。どう？」

ユリ子の言うとおりである。父には、園遊会の席で女給すがたの娘をつかまえ、衆目の視線を浴びながら、家に引っ張っていく度胸はないだろう。

園遊会の席で父に遭遇することを想像すると、胸のうちで、情けなさと高揚感が相半ばした。こうして暗号を手に入れる計画は、突然持ち上がったかと思うと、入道雲みたいににわかにふくらんでいくことになった。

調査の結果、長谷部家と箕島家はしばらくお互いの催事に出席していないことがわかった。このぶんなら、園遊会で伯爵に遭遇する心配は無用である。

光枝さんには、帝国劇場からほど近い大日倶楽部にわざわざ出向いて、わたしたちを園遊会に捻じ込むよう支配人に話をつけてもらった。しかし、交渉から帰ってきた光枝さんには、こころなしか不覚を喫した苦笑いが浮かんでいた。

「いかがでしたの？」

「鞠子ちゃんにお給仕をやってもらうのは、もちろん、何の問題もなかったわ。あちらのほうで大助かりですって。こんなことは、長谷部さまに了解をいただく必要ありませんものね」

それは良かった。

「あたしは？」

「ええ。天才曲芸師アサ子ちゃんっていう触れ込みで、少し舞台に上げてくれませんかとお願いしたんですけれどね。

支配人がそれを長谷部さまに相談したら、私も出ろって言われちゃったわ。歌を歌って欲しいんですって。ユリ子ちゃん、宝探しがうまくいったら、私の取り分を忘れないようにしてちょうだい。出演料をね」

二

九月十日。長谷部栄吾《えいご》子爵の還暦を祝う園遊会は、みごとな快晴のもと開かれる運びとなった。広い洋風庭園にたくさんの椅子やテーブルを持ち出し、模擬店を開いたガーデンパーティーである。わたしは大勢の使用人と一緒になって午前のうちから支度をし、開会時刻に備えた。胸もとに接待員の記章をつけ、来客に無礼のないよう、常識的な礼儀作法から、ある政治家は足が悪いから特別の椅子を用意することだとか、またある学者は少しでも料理ののこった皿を持っていかれるのが嫌いだということを言い含められた。

予定どおり、およそ五百名の出席を見込んでいるそうである。

午後二時の開会が近づくにつれ、お庭にお客は増えていく。配膳の支度をしながら、窓越しにちらちらと注意を向けた。すべてのお客がみえるわけではないが、やはり箕島伯爵のすがたはない。

定刻通り、会は開かれた。まず、子爵による挨拶があり、衆議院議員による代表祝辞が続いた。長谷部家の一族は大所帯だった。御隠居で、九十歳に近い子爵の父も母も健在だった。子爵夫人に、息子が三人、娘がひとり。長男長女は家庭を持ち、配偶者を連れている。次男三男はそれぞれ寮に入っているそうである。それらにゾロゾロと使用人が十人余りも纏わりついている。

わたしは、着物にエプロンがけの女給すがたでお客のあいだを飛びまわりながら、長谷部家のひと同士が言葉を交わしていたら、さりげなく聞き耳を立てた。暗号の話が出ないかしら?

注意しなければならないのが、次男の隆二郎である。幸いかれは、樺谷家の娘が給仕に紛れて会場をうろついているなどとは夢にも思わないようすだった。

祝辞が済むと、舞台では余興が始まった。

登場が予告されていなかった光枝さんが舞台に上がったとき、お客の反応はさまざまだった。名士の中には、おどけて大げさな歓声を上げるひともあれば、眉をひそめて必要以上に無関心を装うひともあった。ともあれ、女優、浅間光枝と言われて知らないひとはいないようである。

「ご機嫌よう！　歓迎いただいて、とっても恐縮ですわ。もちろん、でっかいオウムみたいなのが迷い込んで来やがったなって、迷惑そうな顔をしてらっしゃる方もいらっしゃるけれど、もうすこし表情筋を鍛錬なさったほうが結構ですことよ？

みなさまは我が国の知性や徳性を代表する方々でらっしゃいますでしょう？　感情があんまり露骨だと、外国に足もとを見られてしまいますことよ。

それじゃ、ちょっとだけお付き合いくださいまし。精いっぱい歌わせていただきますわ」

光枝さんは、数年前に初めて出した曲と、昨年出して流行歌となった曲を歌った。演技はともかく、歌は本職ではないのだけれど、立ち居振る舞いは堂々たるもので、歌い終えたときは、だれしも拍手を送らざるを得なかった。

喝采をさらった光枝さんは舞台を下りず、口上を続けた。

「さあ、この後にも、みなさまのお楽しみに出し物が控えておりますけれど、折角ですから私が紹介いたしましょう。ご存知の方はここにはおりますまいが、私が知る中で、一番の曲芸の天才と申していいでしょう。こちらが――」

　アサ子という名で舞台にあらわれたユリ子は自転車に乗っていた。印度《インド》の民族服のような衣装にターバンを巻いて、顔にはいやというほどおしろいをはたいている。

　ユリ子は自転車の上で逆立ちをしたり、走行しながら車体をくぐり抜けたりするのを手始めに、しまいには後輪だけで片足立ちの格好になったまま前輪を外してしまう曲乗りをした。満足な楽隊はなかったけども、ユリ子の滑《なめ》らかな演技は静かながらに鮮麗で、園遊会にはふさわしかった。

　余興の進行を横眼に、わたしは長谷部一族から注意を離さない。光枝さんに仲立ちしてもらっているから、給仕の仕事をおろそかにするわけにもいかない。なかなか、かれらの間近に行く機会はない。

　一番注目するべきなのが、長谷部子爵と息子たちが、だれも交えずに会話をしているところである。そのときが、暗号文の話が交わされる可能性が高いのだ。

　まだ余興がすまず、多くのひとの注意が舞台に集まっているときであった。子爵と長男とが、額を突き合わせているのを目撃した。正面きっては近寄れず、ふたりの背後にまわると、子爵がそっと懐中時計を取り出した。蓋を開けると、中から紙切れを取り出し広げて息子に示した。

　引き延ばした印画紙のようだが、写っているのは文字列で、細かい内容はみえない。しかし、芳久さんが言っていたとおりのひらがなの羅列で、暗号文なのはまちがいなさそうである。

出番を終えた光枝さんにはあちこちから声がかかり、お客のテーブルをまわって挨拶をしていた。わたしはすれちがいざまに、そっと伝えた。

「子爵のジャケツの内ポケットの、懐中時計のなからしいんです」

光枝さんは話しかけたわたしを無視した。もちろん、きちんとわたしの言うことが伝わったということである。

しかしこれでは、暗号を拝借するのは困難至極ではないかしら？　すご腕のすりだって、気づかれないように、内ポケットの懐中時計の中の暗号文を抜き取ることはできないだろう。

わたしの心配をよそに、ユリ子は自転車のまま舞台を下りてきて、足を地面につけず盆のグラスを配ってまわり、お客を喜ばせた。自転車を降りると、今度はテーブルで数人を相手に奇術を披露したり、ユリ子は会場に愛嬌を振りまいていた。

やがて、光枝さんとユリ子は、ちょうどひとりきりになった長谷部子爵に照準を合わせた。示し合わせたふたりは挟み撃ちにするように、しかし自然に子爵に近寄っていく。こうなれば、わたしもできるかぎり近くに控えていなければならない。

「長谷部さま、ごあいさつが十分じゃございませんでしたわ。本日はお声をかけていただきありがとうございました。名士のみなさまには、ちょっと俗なお慰みでございますけれどね」

「いや、そんなことを言われては、折角だからとお願いした私の立つ瀬がない。皆お喜びのようで良かった。次は、あなたもお客としてお招きしたいが――」

「あら、光栄でございます。ですけれど、こんな方々と同格にしていただくのは恐縮ですわね。賑やかしにしていただくくらいがちょうど良くてございますのよ。

さあ、アサ子ちゃんもごあいさつなさいね。長谷部さま、ちょっとこの子の奇術を見てやってくださいますかしら？」

「ほう？　そうかね。奇術か」

「はい！　それじゃ子爵さん、ジャケツをはいしゃくできますか？」

長谷部子爵は、少しためらいをみせながらも、懐中時計が入ったままのジャケツをユリ子に渡した。

なるほど、とわたしは感心した。

子爵は、すでに、ユリ子がいろいろなお客に同様の奇術を披露するところを遠目からみているのだ。だから、ジャケツが単に目隠しの覆いに使われるだけだと知っていて、大して怪しみもせずそれをよこしたのである。

それからのユリ子の手ぎわはみごとであった。テーブルに置いたグラスにジャケツを掛け、パッと翻すとなくなっている、という奇術を披露しながら、内ポケットの懐中時計をこっそり取り出し、暗号文の紙を抜き出すと、後ろ手にわたしに差し出した。

受け取ると、わたしはお盆のしたにそれを隠して、物陰に急いだ。

書き写すのだ。暗号文は盗まず、気づかれないうちに返す。長谷部家まで敵にまわすのは避けたいのである。

まるで意味のわからない文字の羅列だった。一文字もまちがえてはいけない。時間はない。だれかにみつかってもいけない。

三分ほどで、わたしは仕事を終えた。

お庭に戻ると、ユリ子はまだジャケツを子爵に返していなかった。間に合ったようである。背後からこっそり暗号文を渡すと、ユリ子は子爵にみえないよう、元どおり懐中時計におさめた。そして、ジャケツを子爵の肩に掛けた。

「はい！　おそまつさまでした」

ユリ子たちは一礼し、子爵を解放した。

わたしも、何食わぬ顔をして、食器を片付けたり、言いつけられたお仕事に戻った。

光枝さんの手助けがあったのは幸いだった。高名な女優に紹介された少女を、子爵はゆめゆめ疑わない。

今日の一番の目的は果たされたのだ。わたしたちは無事、絹川子爵の暗号文を手に入れた。あとは、給仕のお仕事をこなしながら、長谷部家のひとたちに気を配っていればいい。

そう安心したとき、わたしは背後から肩を叩かれた。

ハッとして振り返ると、立っていたのは、世にも憐れな顔をしたわたしの父であった。

五百人のなかにとりまぎれて、わたしはいままで父が出席していたことに気づかなかった。間近にみても、まだ父はわたしを自分の娘とは信じかねていた。ばっさりと断髪にし、銘仙にエプロンをかけて、お盆を抱えたお給仕の少女が本当に自分の娘であっても、あるいはひとちがいでも、どちらでも困るという面持ちだったが、やがて確信を得たようだった。

「お前、鞠子！　鞠子だろうな？　なんだ、その格好は？　どうやって入り込んだんだ？　ここで何をしている？」

「――こんにちは、お父さま。みてのとおりですの。わたし、借金をお返しするために働いているんです。お父さまこそこんなときに何をなさっているんですの？　おうちは大丈夫なんですか？」

父の困り果てた顔をみたとたんに、どこかに燻っていた、帰らねばならないという意識が、燃え損じの黒煙のようにわたしの中に広がった。

わたしは、父が失踪した娘の心配をしていることなど考えつきもしなかったように、とぼけてみせるよりなかった。もし父がわたしの決意を揺らがせ、おうちに戻るよう説得するなら、そのことを利用するに決まっているのだ。

「借金のことなどどうだっていい！　私や、家のものがどれだけ心配したか分からんのか！　帰ってきてくれ。こんなことをするくらいなら、もう、箕島伯爵の提案など忘れていい――」

縋《すが》り付くように父は言った。

「お父さま、それは嘘です」

わたしはそう答えてしまってから、自分の言葉が、思ったよりはるかにきっぱりと拒絶しているのにたじろいだ。

「――いえ、もちろん、いまのお父さまが心配してくださっているのは本当だわ。わたしだって、疑ったりなんてしません。ですけれど、もしもわたしがおうちに帰ってひと安心をなさったら、お父さまは別の心配を思い出して、わたしのことはすぐ忘れておしまいになるわ。そしてまた、わたしに箕島伯爵のところに行くよう勧めるの。

お父さま、あとからそんな茶番を演じるくらいなら、いまこそ安心していただきたいの。わたしは大丈夫です。きっとうまくやります。わたしがユリ子さんと一緒に樺谷家の借金を清算してみせるわ」

父はお庭をみまわした。

「あのサーカスの子はどうしたんだ？　どうしてお前だけがこんなことをしている？」

アサ子の正体に、父は気づいていなかった。

「お父さまでも、それはお話しできません」

「騙されているのではないのか？　情けない話だ。女給なぞになるなんて――」

「情けないことなんてございません。わたし、支配人のかたに、配膳が丁寧でよろしいって褒めていただいたの」

支配人に褒められたのが嬉しかったのは、本当のことだった。それは父には伝わらなかった。使用人になったわたしを、ただ父は嘆いた。

「もう私はどうしていいか分からん。何もかも失う。爵位も返上せねばならないかも知れん――」

「何もかも？　お父さまはわたしまで失うとお考えですの？　それとも、もう失ったものとお考えなのかしら？」

父は答えなかった。

「いいわ、もしも本当に借金でおうちが取り潰しになったら、そのときはきっとわかるわ」

これ以上、議論を激しくするわけにはいかなかった。わたしは父と別れ仕事に戻った。

こんなにあからさまに、父に歯向かったことはかつてなかった。自分が、この意気地のない父をどれだけ愛しているか、それをこんなにはっきり思い知ったのも、生まれて初めてだった。

無性にユリ子と話をしたかったが、まだ園遊会は続いている。閉会までの時間を、父の視線を背後に感じながら、わたしはなんとか無事にやり過ごした。

いぜん、長谷部家のひとたちからは注意を切らさなかった。

長谷部一家の観察をしていると、不思議なことがひとつあった。次男の、隆二郎のことである。一家のひとたちは、お客の応接の合間に、家のものだけで会話を交わすことが多かった。きっと財宝探しに関する相談をしていると思うことも幾度もあった。

しかし、隆二郎だけは、家族に寄り付かない。隆二郎に見咎められる恐れのあるわたしにとっては、かれに近づく危険を冒さなくていいからありがたいことだった。隆二郎と家族には確執があるのかしら？　そうでなくともかれは腹に一物持っているらしい。あからさまに家族を無視して、隅でひとり煙草を吹かすかれのようすに、それは明らかだった。

会がお開きになり、お客も、余興に呼ばれたひとたちも帰ったあとである。わたしは、まったく予想外の、隆二郎の思惑を知ることになった。

使用人と、長谷部家のものだけが大日倶楽部にのこっている。わたしたちが片付けをするかたわらで、長谷部一族は庭に集まっていた。

その輪には、隆二郎も加わっていた。

わたしは、かれが一族に向かってこんな宣言をするのをたしかに聞いた。

「――皆に言っておこう。僕は暗号文を解いた！　近いうちに、財宝を見つけて御目《おめ》に掛けることになると思うね」

言い終えると、隆二郎は家族をのこし、ひとり大日倶楽部をあとにした。

三

光枝さんの洋館に帰ってくると、ユリ子はおしろいを落とし髪の油を洗いながし、舞台の派手やかな少女は元の木阿弥《もくあみ》に帰して、いつもの椰子《やし》の実みたいなすがたに戻った。

わたしも、いつもの部屋着に着替えた。そして、急いで隆二郎の口から聞いたことを報告した。かれは暗号を解き、財宝の隠し場所をみつけたというのだ。

ユリ子は首を傾げる。

「ほんとかしらね」

「さあ、どうですか。何にもないのに、わざわざ家族に見栄《みえ》を張ってみせたって仕方がないでしょうけれどね」

もう真夜中に近いが、わたしもユリ子もパッチリ眼がさめている。

園遊会の疲れに構うどころではないのだ。隆二郎の言うことが真実なら、わたしたちは一刻も早く行動を起こさなければならない。

「あの、隆二郎さんっていうひと、功名心の強そうなひとだったでしょう？　家族に先駆けて、自分だけで財宝をみつけ出そうとしてたのでしょうね。あのようすではそうにちがいないわ。ですけれど、もし本当なら、ひとりでどうして絹川家のひとにしか解けない暗号が解けたんでしょう。どこかでヒントをみつけたのかしら？　あの青梅の別荘かしらね」

かれはあちこちに足を延ばしていた。暗号の鍵は絹川家とゆかりの地にのこされているのだろうか？

困ったことになった。もしも隆二郎に先に財宝をみつけられてしまったら、借金を返すあてが無くなるばかりか、監禁されている絹川芳久さんの身が危うくなる。

どうあれ、暗号は手に入った。わたしたちがやることは決まっている。

もう一度、芳久さんに会いに行くのだ。絹川家のものにしか解けないという暗号を、かれにみせねばならない。

食料や、留守のあいだのことなどの準備が必要だったために、芳久さんのところに向かう支度ができたのは園遊会から二日たってからだった。

夜が更けてから、ふたたび秘密のお屋敷の中庭に降り立ったわたしたちに、芳久さんはもはや驚かなかった。

「大丈夫だったかい？　気づかれていないか？」

「ええ。だいじょうぶ」

「君たちは運がいいな。この一週間ばかり、あの、若い男は留守にすることが多いようだ。博打《ばくち》にでも嵌まったのかな」

わたしたちは、またしても到着して早々に、中庭に侵入できたのだ。若い男は不在だった。急がねばならないいま、願ってもないことである。かれの言うとおり、これは今度かぎりの幸運であったのだと、のちに思い知らされることになった。

さっそく、わたしは暗号の鑑定を乞うた。清書した暗号を、鉄格子から差し入れた。


とじらちわゐなへゐだをむよゑたとえさせちゐむゑてゑたこゐたゑゑりいふるとにたてのひたさけゐゆわへたへやふへほあかろさごまるりあすめるくき寶ちきけなきたゑりのふとけふちこりなへゑむひゐだなよひもえよよな

「これなんですの。絹川子爵さまの遺されたものにまちがいありませんか？」

「文字は、君が書き写したんだね？　——僕は一度見せられただけで、内容を憶えちゃいないからな。憶えられるような内容でもない。でも、こんな風な文章だったのは間違いないな。うん、確かに『寶』の一文字だけが漢字になっていた。

そうだ、君は長谷部子爵が持っていた紙切れを見たんだったね？　書き振りはどうだった？　文字に癖はなかったかね」

園遊会の最中に、こっそり書き写した紙切れを思い返す。

「ええと、少しとめはねを大きくしたような、大仰な感じのする文字でございました」

わたしは鉛筆で、筆跡を紙切れのうえに再現してみせた。

芳久さんはそれをみて頷いた。

「――なるほど、父の文字の特徴だ。それなら間違いないな。暗号は本物だよ。長谷部家の長男が、震災の混乱のさなかに奪っていったものだ」

「それでは、いかがですの？　芳久さまは、この暗号の意味がおわかりになりますか？」

かれの頭脳の働きは決して鈍くないと考えていたので、わたしは暗号文をみせたとたんに電光石火のひらめきが起こり、一瞬にして謎が解けるのではないかと仄かな期待を持っていた。残念にも暗号はそうした明快なものではないらしく、芳久さんは石油ランプの明かりの下でしきりに頸をひねった。

「そうだな、未だ、それらしい思いつきはないな。何かの文章を、一定の法則で別の文字に変換したのには違いないだろうね。暗号とはそうしたものだ」

「その法則というのに、こころあたりはございません？　きっとそれが、絹川家のかたにしかわからないものなんでしょう？」

「うん、君の言う通りだろうが――」

「それは、絹川さまのところに伝わる、門外不出の家訓のようなものかしら？　それとも言い伝えでしょうか？」

「いや、僕はそうではないと思う。もしそうなら、間違いなく絹川家のものにしか解けない暗号なのだがね。なぜそうではないと思うかといえば、閉じ込められてからこのかた、僕はその可能性を延々考え続けたからだ。箕島伯爵に、何か分からないのかと脅されたからな。しかし、この二年近くの間、僕は何も思いつかなかった。

絹川家の中で、僕が飛び抜けて頭が悪かったこともない筈だから、きっと、解読の鍵は、そういう、実体のないものではないのだろう」

「では、手がかりは、何かはっきりした形のあるものらしいんですの？　それは、どこかにのこされているんですかしら？」

「ずいぶん熱心な追及だね。まるで警察の尋問みたいじゃないか――」

芳久さんは、声に熱が帯びるわたしに冷や水を浴びせるように、急に皮肉な調子になった。

わたしは囚《とら》われのかれを助けようとしているのでもあるが、ご遺産を勝手に当てにして、自分を救おうとしているのでもある。財宝をみつけるのは、芳久さんを危険にすることでもあるのだ。かれの身を案じるのを忘れて謎解きに熱中していたことを気づかされて、闇の中、急に恥ずかしさが込み上げた。

「ごめんなさい。わたしより、あなたのほうがずっと困難な状況にいらっしゃるんですのに」

鉄格子にひたいをつけてわたしは詫びた。

すると、こちらのようすをみて芳久さんはしばらく考えた。やがて、何かの決断をしたようだった。

かれは、いままでよりもさらに声をひそめて言った。

「やっぱり、君たちは信用しよう。でなければ何も始まらない。といって、あまり確かなことを教えてあげられる訳ではないがね。

暗号を解く手掛かりは、何か形のはっきりしたもので、そのうえ絹川家だけにゆかりのあるものなんだろう。きっと父は、それをして絹川家のものにしか解けないと言っていたんだ。

それは何か？　さっき、暗号を解く思いつきはないと言ったが、実は一つだけ心当たりがある。君たちは青梅の別荘に行ったんだろう？　あすこの廊下の壁紙が、どんなものだったか憶えているかね？」

「壁紙、ですの？」

そういえば、別荘を訪ねたとき、廊下の壁紙はわたしの眼を惹いた。

焦げ茶色の、一見して柄のない壁紙だったのだけれど、触ってみるとしわのような模様があった。別荘は、明治の中頃に建てられたものなのに、壁紙だけは比較的最近に貼り替えられたらしかったのである。

「そうだろう？　あれが普通の壁紙ではないのは間違いないんだ。あの壁紙は、別荘だけではなくて、赤坂の本宅にも使われていた。父が注文して貼り替えさせたんだ。僕は、絹川家のほかであんな壁紙は見たことがない。どうやら、特別に作らせたらしい。

父は何事にも偏執的なところがあったが、何の故《ゆえ》もなしにあんな柄を選んだとも思えないな」

「では、壁紙の模様と照らし合わせたら、この暗号が解けるかもしれませんのね」

「そうだ。しかし、照らし合わせるだけではなく、何か閃《ひらめ》きがいるのだと思う。父の性格からして、きっと簡単なものにはしていないね。

それに、あの壁紙の全体像を把握するのは一苦労だ。僕だって、変な皺の入った壁紙だなと思っていただけで、どんな模様だかしっかりなぞってみたことはない。壁紙が暗号を解く鍵かもしれないのは、閉じ込められてから思い当たったことだからね。だから、君たちに確かめてきてもらうしかないだろう」

「はい、そうですわね」

しかし、この考えがあたっているとすると、事態は急を要する。

別荘の壁紙が鍵ならば、長谷部家の次男、隆二郎が暗号を解いたというのも、あながちでたらめではないかもしれないのだ。かれは暗号を手にそこへ足を運んでいる。財宝をかれが先にみつけてしまうと、芳久さんの身は危うい。

「――ユリ子さん、どう？　なんとかならないの？」

「だめねえ」

ユリ子は、自分に暗号のことは分からないと決めてわたしたちの話に加わらず、ふたたび小屋の周囲を点検して、かれを救出する方法を探しているようである。

しかし、いくら調べても、やはりかれをこっそり小屋から連れ出す術《すべ》はなかった。

「ユリ子さん、その、もしほかに方法がないのだったら――、いま、ここには耳の遠いおじいさんしかいないのでしょう？　どうにか、そのひとを取り押さえてしまうわけにはいかないの？　猟銃を持っているそうですけど」

「とりおさえたうえに、鍵のありかをしゃべらせなきゃいけないのよね」

「そのうえダイヤル錠の番号もだ。頼むからくれぐれも危ないことはしないでくれ。君たちに、脅迫したり拷問したりは出来ないだろう」

芳久さんにそう言われると、ユリ子は腰に両手をあてた。

「あら、そうともかぎらないわ。あたし脅迫も拷問もできるわ」

むきになったようにユリ子は言った。

しかし、すぐに行動をおこすわけではないようであった。

「でも、なにより安全がだいじ。宝物よりもだいじ。だから、耳の遠いおじいさんをおどかすのじゃなくて、ほかの方法にするわ。

ねえ、箕島伯爵にお手紙を書くのはどう？」

「手紙？」

わたしも、芳久さんも、意味がわからなかった。

「そう！　伯爵に、だれかからかわからないようにお手紙を出すの。神奈川県の山の中で、こっそりひとを閉じ込めてるって知ってますよって」

「ああ、――そういうことか」

ユリ子は、芳久さんの監禁のことを知っている謎の人物からの怪文書を出すことで、伯爵を牽制しようというのだ。

かれの命を守るためには、一番簡単で手っ取りばやい方法である。要するに、伯爵のやっている悪事は承知しているから、くれぐれも芳久さんを殺してはいけないぞ、と念を押すわけだ。

だが、この方法をとれば今後の財宝探しは難しくなる。伯爵が、怪文書の人物を警戒してこのお屋敷の警備を厳重にしたり、今度こそ芳久さんを別のところに移してしまうかもしれない。そうなれば、もう、ここに忍び込んで暗号のことを相談することもできないし、かれを救い出すのもいまよりさらに困難になる。

この手段に出るべきか？　決断は容易でないけれど、もとよりこれはわたしたちが決めることではなかった。この一事に命が懸かる、芳久さんの返事をわたしたちは待った。

「手紙の内容次第だが、確かに、たとえ誰かが先に財宝を見つけてしまっても、伯爵は僕に手出ししにくくなるね。次善の策にはいいだろう。手紙は誰が書くんだい？」

「鞠子ちゃん。鞠子ちゃん才能があるの」

勝手なことをユリ子は言う。

しかし芳久さんは本気にして、わたしをみつめた。

「わかった。しかし、君たちに頼りきりなのは情けないが、ひとまずはその手で切り抜けるとして、その先はどうする気なんだい？

ユリ子君？　君はとても賢い子のようだ。もしや君には何か考えがあるのじゃないか？」

わたしも、そうではないかと思っている。一時しのぎにかれの身を守ろうというだけではなく、ユリ子の中にはもっとはっきりした計画ができているのではないかしら？

自信に満ちて、ユリ子は言った。

「あたし、どうやってあなたを解放するかずっと考えてたわ。ひとつとってきの方法があるの。

すごくたいへんで準備がいるからすぐにはできないわ。でも、その方法なら伯爵がいくら気をつけてたって関係ないの。だからあたしにまかせてくれたらいいわ。

あたし、絶対に伯爵をゆるすつもりはないのよ。悪いことをしているひとは、どんなことをしているのかはっきりさせるわ」

似つかわしくないくらいユリ子は力強く宣言した。例によって、どこかで聞きかじった台詞を、ニュアンスにこだわらずに使っているのかもしれない。

しかし、ユリ子の言葉を芳久さんは真剣に受け止めた。

「分かった。君を信じて任せよう。長谷部家の青年が、今にも財宝を見つけるかもしれない以上は、そうするよりあるまい。

じゃあ、よろしく頼む。何度でも言うが、君たちも、十分気をつけ給えよ」

そろそろ、退散しなければならない時間だった。わたしたちはこのあいだよりも丁寧に、かれに別れを告げた。

四

芳久さんの注意にもかかわらず、引き上げるときにわたしは一つ失態をおかした。森を抜け、作業小屋に降りていく道で、足首を挫《くじ》いてしまったのである。

ユリ子に手伝ってもらい、かつよの背に這い上がり、無事に光枝さんのところに帰ってくることはできた。しかし数日は歩くのに不自由する。

幸い、さしあたってはおそとに出るより先にしなければならないことがあった。

便箋を前に、わたしはあたまをひねった。箕島伯爵に出す手紙を書くのだ。

「うまいさじ加減の文章を考えなくちゃいけないのね。秘密を知ってるぞっておどかして、芳久さんに無茶なことはできないって伯爵に思わせて――、でも、あまり焦らせすぎても良くないでしょう？」

「ええ。それに、鞠子ちゃんが書いたってわからないようにしなくちゃいけないの」

ユリ子の言うとおり、差出人の正体はわからないようにしなければならない。

手紙の主がわたしではないかと疑われる可能性は決して低くない。伯爵にとって、芳久さんの存在に感づいていそうな人物がいるとしたら、逃亡中のわたしやユリ子はその筆頭である。疑われるのはやむを得ないけれど、わたしにちがいないと見切りをつけられてしまうのは困る。伯爵には、未知のだれかが自分の秘密を知っていると思わせて、怯えてもらわなければならないのだ。だれが読んでもわたしが書いたとは思わない、どこを探ってもわたしの息づかいの聞こえない、悪意に満ちた文章――、まさに、いつかわたしが書き上げてやろうと企んでいた作品である。

「こんなところで才能をためされることになるとは思わなかったわ。雑誌社か、作家の先生に送ろうと思っていたのに。箕島伯爵に送るのね」

わたしのデビュー作は怪文書ということになった。

しかも、締め切りまで間がない。いまにも隆二郎が財宝をみつけてしまうかもしれないのだから、この怪文書は急いで伯爵に届けなくてはならない。

えんぴつを齧りながらじっくり悩んだ。重圧につき動かされ、次第に筆が走り始めた。

書き上げると、わたしは二階の光枝さんを居間に呼んだ。そして、下書きのでき上がった怪文書の、ご清覧のほどを願った。

「じゃあ、読ませていただくわ」

光枝さんは優雅に笑って怪文書を取り上げた。

読めないユリ子のために、光枝さんは当代随一と謳われるせせらぎのような美声で朗読した。

箕島雅俊《まさとし》伯爵殿

富まざる処の悪人、書を富める処の悪人に致す、恙無《つつがな》きや。突然見知らぬ者より不躾な手紙を差し上げる失礼をお詫び致します。不躾とは卑下して申し上げるのではなく、これは伯爵に或る要求を致さんとする、不躾である事を旨とする手紙であります。

おっと、もしあなたが箕島伯爵でなくてその秘書か、小使か、愛妾《あいしょう》か、御稚児か、何でもいいが、とにかく当人でないのなら、悪い事は言わないからすぐにこの封筒を伯爵に渡しなさい。読んだ伯爵が機嫌を損ねるようなら、せいぜいおしゃぶりにガラガラでも振ってあやしてあげなさい。

さて伯爵殿、貴下は御立派な御家柄と、それに相応しい尊大な態度で世に聞こえ高くあらせられるが、近頃は金稼ぎに余念なくいらっしゃる事も小生は存じ上げております。

小生は貴下が神奈川の山中に建てたる秘密の建築と、中庭の秘密を知る者であります。そして、その秘密を、秘密という無形のものから金という有形のものに変える事を目論《もくろ》む者であります。

この錬金術に貴下の協力が不可欠なる事は明白で、伯爵殿ならばこの秘密を莫大な金に変えて下さる事を小生は信じております。いずれ伯爵殿の下に参じ、かかる秘術をとり行いたいと思いますが、一先《ひとま》ず唾をつけておくため、今日はご挨拶まで。

一つ老婆心よりのご忠告を差し上げます。小生はすでに伯爵殿の悪事の証拠を余さず揃えている故、くれぐれも慌てて証拠の始末をつけようとはなさらない事です。伯爵殿の智慧では、決して小生に隠してそれを行うことはできません。

もしも貴下が既在の悪事にさらなる悪事を重ね、神聖なる秘術への協力を拒むとあれば、小生は貴下の秘密と、新聞記者とを触媒として錬金術を行わねばならないでしょう。小生の得る金は目減りし、貴下は破滅の憂き目に遭う。お互いの幸福のために、軽率な真似はなさらない事です。

ではいずれまたご連絡を差し上げます。無事絹川家の隠し財産が手に入る事を願っております。


「これでどうですかしら？　伯爵が、芳久さんに手を出すことをためらわせられません？」

光枝さんはにっこりと頷いた。

「素晴らしいわ。とっても卑屈で、陰湿で、人間心理のどん底に溜まったへどろで書き殴ったみたいな文章ね。これを読んだら、書いたのが、生きてたって誰の得にもならない下衆《げす》な人間だってことは、誰にも疑えないわ」

「ほんと！　すごくすてき。こんなのが届いたら、書いたひとを切り刻んでやりたくなるわ」

光枝さんもユリ子も、おもはゆいくらいの大絶賛である。ちょっと褒めすぎのようにも思うけれど。再読しながら光枝さんは言った。

「あなたの小説の才能はまだどうだか分かりませんけど、悪口の才能は間違いなさそうだわ。私が恋人を脅迫でもしなきゃいけなくなったら、鞠子ちゃんに手伝ってもらいましょうね」

「わたし、怪文書作家になってしまうんですの？」

戸惑うわたしに、光枝さんはからから声を上げて笑った。

わたしの下書きは、光枝さんに典雅な書体で清書してもらった。封筒には宛名だけを記した。これで、ますます怪文書の正体は謎めいた。

封筒は、ユリ子が夜更けに本郷の箕島伯爵のお屋敷の郵便受けに投函してきた。無事に伯爵の手もとに届けば、隆二郎に先に財宝を発見されてしまったとしても、恐らく最悪の事態は防げるだろう。

ひと仕事すんだ。しかし、落ち着いているわけにはいかない。

長谷部隆二郎は、正しく暗号を解いたのかしら？　かれはいまごろ、どこかの洞窟を探ってでもいるのだろうか。もしも先を越されて、借金が返せなくなったら？　わたしは勘当されて、本当に怪文書作家になるしかないのかしら？

すぐにも別荘へ壁紙を調べに行きたい。あの奇妙なエンボス仕上げの壁紙が、暗号を解く鍵だろうと芳久さんは言っていた。しかし、足が治るのを待たねばならない。

ベッドに腰掛け、かえすがえす暗号文を眺めた。

ユリ子に、ひとりで別荘に出向き、壁紙を写して持って帰ってきてもらおうかと考えたけれども、止《よ》すことにした。隆二郎が本当に暗号を解いたのなら、いまからわたしが謎解きにとりくんだところで追いつけるものではないだろう。かわりに、ユリ子は隆二郎の動向を調べに行っている。いま、かれがどこで何をしているのかがわかれば、対策をうてるかもしれない。

しかし、そう、うまくことは運ばなかった。帰ってきたユリ子はこう知らせた。

「隆二郎さんて、園遊会の日から寮にかえらないんですって。どこにいったかだれにもわからないの。きいても教えてくれなかったって寮のひとが言ってたわ」

「やはり、どこかで捜索をしているのね。困ったわ――」

はやく、動きまわれるようにならないものかしら？

しかし、この煩悶《はんもん》は怪我が癒えるよりも先に、思いもよらないできごとによって断ち切られた。

五

負傷してから四日目の朝。起きてみれば足首の具合は良くなっていて、明日にはきっとおそとを歩くのにも支障ないだろうと感じられた。

光枝さんはまだ眠っている。そろそろ怪我人の特権は放棄しなければならないと思いつつ、わたしは台所仕事に精を出すユリ子を尻目に居間のテーブルに陣取り、今朝の新聞を広げた。広げるなりわたしは思わず頓狂な叫びを上げた。

「まあ！　大変！」

「なあに？」

目玉焼きのフライパンごとキッチンからやってきたユリ子に、記事を読んで聞かせた。

長谷部《はせべ》子爵《ししやく》次男《じなん》山中《さんちう》にて墜死《ついし》

十八日《じふはちにち》午前《ごぜん》西多摩郡《にしたまぐん》青梅町《あをめまち》山中《さんちう》の斷崖《だんがい》に青年《せいねん》の屍體《したい》が地元民《ぢもとみん》により發見《はつけん》された。屍體《したい》は死後《しご》二《に》、三日《さんにち》を經過《けいくわ》したると思《おぼ》しきものにして、警察《けいさつ》が所持品《しよぢひん》を調《しら》べた所《ところ》死者《ししや》が長谷部《はせべ》子爵家《ししやくけ》の者《もの》である疑《うたが》ひが生《しやう》じ、家族《かぞく》により次男《じなん》隆二郎《りうじらう》氏《し》であることが確認《かくにん》された。死因《しいん》は墜死《ついし》であり、崖上《がけうへ》より足《あし》を滑《すべ》らせしものと推察《すいさつ》されてゐる。


長谷部隆二郎が死んだ！　暗号を解き、財宝をみつけ出そうとしていたはずのかれが。

もちろん記事には、絹川子爵の隠し財産のことは出ていない。ただの行楽中の事故と思われているのだ。

「どうして？　何があったのかしら」

「ねえ、青梅なら、絹川さんの別荘のちかくでしょ？」

「ああ！　そうね。あの別荘もこのあたりだわ。どういうことでしょう――」

暗号が示す財宝の隠し場所が、別荘の近くだったのだろうか？　そこを目指して、足もとがおろそかになってしまったのか。還暦祝いをすませたばかりの、園遊会で礼儀正しくユリ子の奇術を称賛していた長谷部子爵のことを考えて、わたしは少し胸が痛んだ。

記事からは何もわからない。現場に行ってみるよりない。

翌日。支度を整えると、わたしたちは列車で青梅に向かった。

今日の装いは、この前のピクニックみたようなのではない。巡礼者みたいな、地味で古ぼけた、運動に好都合な洋服に、背嚢《はいのう》に食料や必要なものをいれて背負った。

駅の近くで、大八車に石炭を積んでいた老人に、華族の青年が墜死した現場を知りませんかと訊いた。わたしたちをひとしきり怪しんでから、北に延びる道を指差し老人は答えた。

「――ここをずっと行ったら川があるから、そこを川上に向かった所だ」

一頭立ての馬車がなんとか通れる道を一時間以上も歩いて、ようやく橋に出た。五間ほどの眼下には、川が流れている。

道を外れ、急斜面の土手から、河原に降り立った。川沿いを、上流のほうへ進んだ。

やがて、川岸に花束の手向けられているのをみつけた。見上げると、橋のところより斜面は遥かに切り立って、十五間はありそうな崖になっていた。

「ここね」

「ええ、間違いないわ」

一週間前、大日倶楽部の庭で財宝をみつけると息巻いていた、あの長谷部青年はここにこと切れていたのだ。今日あたり、葬式が行われるだろう。

ユリ子はチョコチョコと、岩陰から桔梗《ききょう》を一輪みつけてきて、花束に重ねた。そのようすがあまりに他意なく他愛なかったので、わたしも真似をした。

地図を取り出した。駅から歩いてきた道をなぞって、現在地におおよその見当をつけた。

「ユリ子さん、やはりここ、絹川さんの別荘からそれほど遠くないところだわ。さっきの橋のところを川下に歩いていったら、あの別荘の裏側に出るのよ」

地図に指をあてて、別荘までの距離をはかると、ここから一粁《キロ》もない。

あたりをみれば、対岸はこちら側よりなだらかな斜面で、草木は豊かにしげっている。しばらく雨は降らないから、川は澄みきっていた。

何も異常なものはない。墜死者のことなどまったく気にかけていない、のどかな景色だった。もちろん、どこかに財宝が隠されている気配なんて、微塵もない。

わたしたちは、崖のうえに行ってみることにした。


橋まで戻り、今度は土手を降りずに森の中を歩いていく。

眼下に、さっきの景色がみえてきた。ユリ子は断崖にかがみこんで、川岸の花束を見下ろした。

「死んじゃってもおかしくない高さね」

断崖のきわには蔓草《つるくさ》が生えていて、踏みしめられたような跡がある。わたしには、ユリ子のように、不吉なそこに身を乗り出す勇気はない。

「一体、何があったのかしら？　どうして、ここから落ちることになってしまったんでしょう？」

昼間ならば、うっかり落ちるとも思えないところである。わざわざこんな崖ぎわを歩く必要はないのだ。

隆二郎は、夜中にここに来たのかしら？　足もとが暗く、ゆく手が断崖になっていることに気づかなかったのか。陽差しがあるほうが宝探しには都合が良さそうだけれども、人目につくことを嫌ったのか。陽が出ていたって、そうそうだれかにみつかるようなところではないけれど――

それともかれは、ここでなにかをみつけようとしたのかもしれない。暗号に記された目印が、ここからみえるはずだったのではないか？　崖に身を乗り出して、それを探していたのではないかしら？　この可能性はありそうである。

「どうかしら？　ユリ子さん、ほかの可能性を考えついて？」

「可能性？　だれかに落とされちゃったのかもしれないわ」

「あ――、そうね。そういうことも、考えられないではないのね。一緒に財宝をみつけようとしていたひとに裏切られて、突き落とされてしまったわけね。

でも、長谷部隆二郎さんって、何をするにも自分ひとりでやってやろうって思うひとのようではなかった？　一番肝心の、財宝をみつけることなんて、絶対に自分だけの手柄《てがら》にしたいのではないかしら」

「あたしもそう思うの。だから死んじゃったんだわ」

ユリ子は相変わらず、何を考えているのかわからないというより、何も考えていないのではないかと思われる顔をしている。

わたしは、かれがだれかに裏切られ、殺されたとは思いたくない。もしそうなら、きっともう財宝は犯人の手に渡ってしまっているのだ。

結局のところ、なによりの問題は、長谷部隆二郎が正しく暗号を解いていたのか、それともまちがいをおかしたのかである。それがわからなければ、現場にいくら佇んでいたところで財宝のありかは知れないままである。

「ユリ子さん、ここより、あの別荘に行きましょうよ。壁紙を調べないといけないわ」

「そうね」

しかし、何歩も踏み出さないうちにユリ子は足を止めた。

崖下に人影をみつけたのだ。ユリ子と一緒に、わたしは眼を凝らした。

「――あら！　あのひと、長谷部さんのご一家のひとではなくて？　たしかご長男の」

「ええそう。隆一郎ってひと」

園遊会でその顔をみていたから、すぐわかった。長谷部家の長男が、弟の臨終の地をうろついている。

ひとりだけである。連れはいない。長谷部家はいまごろ、隆二郎の死のあとかたづけに追われているはずなのだ。

「財宝を探しているんだわ。お葬式なんて放り出して、来なければならなかったんでしょうね」

長谷部家では、弔《とむら》いにこころを尽くすと同じくらい、ここに来ることが大事なのだ。こうなってしまったら、どうしても隆二郎が探していたものをみつけ出さずにはすまない。一族でそう決め、隆一郎が遣わされ、弟の無念を晴らすための捜索をしているのだ。

　そう思わされたのは、川岸の隆一郎のすがたがあまりに悲愴だったからである。足取りは定まらず、少し歩いてみては意味もなしに立ち止まり、あてどなく周囲をみまわしては暗鬱なため息を漏らす、そんなことを繰り返していた。かれの意志でやってきたというよりは使命感に駆り立てられて、それでいて何をすればよいのやらわからずにいるひとの振る舞いなのだ。

　わたしは、もしや隆二郎が、暗号の解き方を書き置きにして家族に遺しているのではないかと心配していた。隆一郎のようすをうかがう限り、そんなことはなかったようだけれども、しかし安心するのは良心が疼いた。それくらい、隆一郎は困り果てていた。

　別荘を目指して歩いてゆくと、川岸に、さらにもうひとり見憶えのある人物がみつかった。こんどは、あまりこちらと距離がなかった。みつかる恐れがあるので、わたしは慌てて大きなぶなの木の陰に隠れた。

「ユリ子さん！　あのひと、箕島伯爵の手下だわ！　わたしを、無理やり車に乗せて攫ったひと」

　筋肉質で浅黒い肌の、三十すぎの男。思い出さなくても、腕を掴まれた不愉快な記憶と一緒に、そのすがたが脳裏に焼きついている。

「ごあいさつしとく？」

　ユリ子は背嚢から武器を取り出す用意をしている。

「――いえ、やめておきましょう。鋭いものとか、重たいものとか、臭いものでごあいさつしたいところですけどね」

まだ別荘の調査が終わっていない。騒ぎを起こすのは気がはやい。

箕島伯爵の手下がこの現場をみにきたのは、当然、長谷部家次男の頓死をうけてのはずである。隆二郎が探していた財宝はもしやこの近くかと、調べに来たのだ。箕島伯爵の一味は、隆二郎が暗号を解いたと宣言していたことは知る由もないけれども、財宝探しの好敵手が山中で死んだとなれば、何かをみつけようとしていたのに決まっているのだ。放っておけるわけがない。

しかし、かれもまた、途方に暮れているようだった。石ころばかりの河原に妙に注意を向けてみたり、キョロキョロあたりをみまわしてみたり、やることにとりとめがない。何の手がかりもみつけてはいないのだ。

かれらに先を越される心配はなさそうである。しかし、いずれ箕島伯爵が大軍を組織して、あたり一帯の大捜索をやらないとも限らない。やはり、暗号の解読は急がねばならない。

だれかにみつかりそうだから、見晴らしのいい川沿いをゆくのはやめ、森を抜けることにした。幸い、迷うこともなく絹川家の別荘にたどり着いた。

別荘はまえに来たときから、とくに変わったようすもなかった。ただし、客間の窓ぎわに来てみると、出入りの足跡はいくらか増えていた。

周囲にだれもいないとたしかめてから、屋内に入った。暗号を解く手がかりを探しているところはみられないほうがいい。

客間から廊下に出た。廊下の壁紙が問題なのだ。

「――たしかに、言われなければあんまり気にしませんけれど、言われてみたら、どうみたってこの壁紙は変ですことね」

焦げ茶色一色の壁紙だけれども、手のひらで撫でてみると、表面には、血管のように浮き上がっているところがある。

指でなぞってみると、それが不定形の、とても大きな模様をつくっているのだ。全貌は眺めただけではわからない。

これが絹川子爵の遺した鍵なら、暗号が絹川家のものにしか解けないというのも大げさではないと思った。地震さえなかったら、ここはこんなに手軽に侵入できるところではなかったのだし、客として招かれたくらいではこの模様が重要なものだとは到底気づかない。写しとる隙もなかっただろう。

どこか、一部を剝がして持って帰ってしまおうかしら？　ちらりとそんな考えが浮かんだけれども、止した。簡単には剝がせそうになかった。それに、急に剝がれていたら、あとから来たひとに手がかりが壁紙だと教えてしまうことになりかねない。

わたしは、背嚢から、用意してきた薄い大きな和紙を取り出した。目立たないよう、壁紙の境界をねらって画鋲で留めた。

上から、えんぴつで壁紙をなぞり、模様を写しとっていく。

きっと、おなじ模様が反復して使われているはずである。ひとつのパターンを、あまさず写しとればよい。

そう思っていたのだけれど、模様は実に大きく、何度も紙を継ぎ足さないといけなかった。すべてを写すと、それはほとんど半畳分くらいになった。

ユリ子は、壁紙の複製はわたしに任せきりにして、かってなお絵かきをしたり、あちこちの部屋を見物してまわったり、そんなことをして遊んでいた。

「できたの？　大きいのね」

「ええ。でも、二時間も壁紙とにらめっこをしていたのに、これがどうして暗号を解く鍵なのか、何にもわからないわ。本当にこれなのかしら？」

念のため、もういちど別荘を探索してみた。しかし、暗号の鍵になりそうな特徴的なものは、壁紙のほかにはやはりみつからなかった。


別荘を出た。今日は、あとひとつ調べることがある。

それは、明治四十四年の財宝の消失に関することである。ユリ子にはまだ話していなかったのだけれども、絹川子爵はどうやって財宝を消してみせたのか、わたしは方法を思いついたのだ。果たして本当に実行できるものか疑わしい方法だけれども、たしかめずにはいられない。

そのことをユリ子に相談しようと思ったら、だれかが一本道を別荘にやってくるのに気づいた。

「あら？　あれ樫田さんではないかしら？」

みまちがいではなく、たしかに元泥棒の樫田である。

かれは、別荘の玄関に佇むわたしたちに驚いたが、やがて思い至ったようにいそいそとこちらにやってきた。

「あんたたちか。どうしたんです？　髪型も格好も、全然変わっちまってるじゃないですか。ひと目じゃ分からなかった」

　かれが何をしに来たかは察しがつく。もちろん、ここで遭遇した長谷部隆二郎の死のニュースに驚いて、別荘のことが気になったのだろう。

「そう、あのお高くとまった隆二郎が崖から落っこっちまったっていうじゃないか。どうしたんだと思ってな。あんたらもそうなんでしょう？　それで、実はな――」

　樫田は口ごもった。

「俺はさっき、長谷部隆二郎の兄という奴に取っ捕まったんだ。本当かどうか知らんけどな。河原でだ。俺が現場をうろついてたもんだから、お前何か知ってるんじゃないかってな」

「それは、本物の長谷部子爵のご長男ですの。わたしたちも、さっきすがたをみたわ」

「そうなんですかい？　で、そいつが凄い剣幕で、財宝のことを何か知らんのかって言うもんだから――、俺は、あの明治四十四年のことを喋っちまったんだ」

　ユリ子と、顔を見合わせた。

　消失事件のことは、わたしたちだけが独占する重大な手がかりだったのだが、いまや、長谷部家にも知られてしまったのだ。

「俺の話をどこまで信じたか分からねえが、礼だと言って五十円呉れた。そんで、俺はあいつにこの話は誰にも喋ったことがないって言ったんだが、もうとっくにあんたらに喋っちまってるでしょう？　それに、あいつには偽の名前を名乗って、俺じゃなくて知り合いの泥棒から聞いた話ってことにしといたんだが、あんたらは樫田という俺の体験談だって知っている。だから――」

樫田は泥棒らしからぬ、不器用な手つきでポケットを探った。

「あんたら、俺のことはくれぐれもあいつに教えねえで欲しいんだ。これ、半分あげましょうかね？　二十五円――」

かれはくしゃくしゃの十円札を五枚取り出し、それが二十五円に割れないのにまごついた。

「結構でございます。わたしたちは、そんなのいただかなくてもしゃべったりしませんのよ」

「あら、もらっといたらいいのに」

ユリ子はそう言った。さりげない口ぶりで、珍しくわたしを叱っている。わたしの返事が、樫田を見下げた調子だったのを咎められているのだ。

高慢を晒してしまったことに気づいて、とたんにわたしは恥ずかしくなった。

「じゃあ、こうしましょ。あたし、その二十五円でべつのことを樫田さんにおねがいするわ。別荘で宝物がなくなった事件のことは、もうだれにも教えないでほしいの。とくに、箕島伯爵には絶対教えちゃいけないわ。教えたら、あなたあぶないかもしれないのよ」

「そうなのか？　――いや、うん、分かりましたよ。勿論だ。俺はもうこれ以上、財宝が消えちまった話を誰かにする気はない。俺の名誉でもないしな。あんたらのことも内緒にする」

この小心で、ちょっと卑怯で、妙に義理堅い元泥棒は、ユリ子の提案に納得すると、お札をポケットにしまった。

「しかし、あの隆二郎があんなところで死んじまったのは一体どうしてなんだか、あんたらは知ってるんですか？」

わたしは、死の数日前にかれが暗号を解いたと宣言していたことを樫田に教えた。

「へえ！　そうなんですか。ってことは、やっぱりこの辺に財宝があるんだろうかな？」

「そうかもしれないものですから、いま、このあたりにいろいろなひとが集まってますの」

「そういう訳か。ふうん。しかし――」

樫田は考え込む。

「俺は、気になることが一つある。仮に隆二郎が暗号を解いてたとしてだ。財宝が消失した謎は、あいつは解いていない筈でしょう？　解くも何も、そんなことがあったとすら知らねえんだからな」

「ええ、その通りですわね」

「あの消失の謎を解かなくても、財宝ってのは見つけられるものなのか？」

樫田は、素朴で、気恥ずかしいことを訊くように言った。

かれの疑問は論理的ではないのだけれど、その気持ちはよくわかった。

たしかに、隆二郎は消失の謎を知らなかった。謎を解かないまま財宝をみつけようとしたこと、それがかれの失策だったのではないかしら？　なんとなく、隆二郎の死には、謎を解けずにスフィンクスに食べられてしまったひとのような、絹川子爵の遺した罠に嵌まってしまったような気配を感じるのだ。

「ユリ子さんはどう思うの？」

「いっしょ。あたしたち、その謎を解かないと宝物は手にはいらないと思うわ」

「そう。では、考えなくてはいけないわね」

わたしは、ユリ子に話そうとしていた着想を切り出した。樫田がいるのは、この話をするのに好都合だった。

「このあいだ樫田さんとお会いしたときに、消失の謎をいろいろ考えましたでしょう？　隠し通路があるのではないかと探してもみつからなくて、けっきょく、ぬかるみに痕跡をのこさずこの別荘に入って、財宝を持ちだす方法はみつからずじまいでしたわね。

そこで、わたしこんなことを考えてみたんですけれど――

樫田さん、妙なことお聞きしますけれど、樫田さんが明治四十四年にいらした別荘と、いまわたしたちのいるこの別荘って、本当に同じところにまちがいありませんの？」

「ん？」

樫田は、すぐにはわたしの言うことを飲み込めないらしかった。

「ここが、あのとき俺と織原瑛広が忍び込んだ別荘じゃないってことですかね？」

「はい」

別荘のとんがり屋根からペーヴメントまで、樫田はゆっくり視線を動かした。

「あのときは夜中だったからな。お天道様《てんとさま》の下で見るのとは一緒に出来ない。しかし、同じように思えますよ。まあ、このあたりは、地震で地崩れしてちょっと地形が変わってるから、違う所もあるようだ」

「それなら、こんなことは考えられませんの？　実は、そっくりな別荘が二軒あったということは？」

ふたつの可能性が、わたしの考えにある。

ひとつは、明治四十四年に樫田たちが侵入した別荘と、いまわたしたちが目の前にしているこの別荘が、異なる建物だという可能性である。

どちらも、同じような風景のなかに、まったく同じ造りで建てられた別荘なのだ。しかし、明治四十四年のほうには秘密の通路があり、こちらにはないとする。それなら、いくら、この別荘を捜索しようが謎は解けない。

「俺も、ここには十年以上も来ちゃいなかったんだから、建物自体が違うことに気づかなかったという訳ですか」

「はい」

「だとしたら、絹川子爵はそっくりな別荘をふたつ持ってたってことになる訳だ。この別荘は間違いなく出来てから何十年か経っている」

樫田は苔生した別荘の屋根を指差した。

もうひとつの可能性は、明治四十四年のかれらは、一度目と二度目とでちがう建物に入ったのではないかということだった。

財宝の部屋をこじ開けようとして道具を毀してしまった樫田は、一旦八王子の町に出て、再び戻ってきたのである。このとき、二人は最初とちがう別荘にやってきたのではないか？

最初の別荘には財宝が保管してあり、もうひとつにはなかった。絹川子爵は、かれらが町に向かった隙に、もうひとつの別荘に、最初の別荘の轍と足跡を再現したのではないか。そこへ戻って来た樫田たちは、財宝が消失したと誤認したのだ。

「樫田さんたちはきっと、番小屋を目印にして別荘をお探しになったんでしょう？　だとしたら、二度目にやってきたときそれをおまちがえになったとは考えられませんの？」

樫田はしばし考えた。

「つまり、番小屋もふたつあったって訳か。自動車を運転してたのはあの瑛広だし、夜のことだったからな、そりゃ、言われてみれば間違えた筈がないとは言えねえですよ。一方を笹でも立てかけて隠しちまえば、ゆめゆめそんなことには気づかないって訳だ。なるほど、それなら確かに財宝が消えちまった不思議は解決する。

だがな、お嬢さんの考えじゃ、とにかくこの立派な別荘とまったく同じ造りのが、近所にもう一つあるってことなんでしょう？　番小屋や、景色までお揃いの別荘だ。

まだ、このあたりを探してみた訳じゃねえから確かなことは言えねえが、もしそんなものがあるんだとしたら、誰が、何のために建てたっていうんです？　俺たちを相手に奇術をしてみせるためか？　それなら絹川子爵は、瑛広の企みをあらかじめ知ってたってことになる。それがまず有り得ねえと思うんだが、しかし瑛広がうっかり漏らしたってのは考えられないでもない。

でもな、俺が、瑛広から仕事を手伝ってくれと頼まれたのが、実行した一月くらい前のことだ。いや、瑛広の計画はもっと前からあったのかも知れねえが、だとしたところで、何年がかりの計画って訳じゃなかった筈だ。だから、万が一子爵が泥棒計画を嗅ぎつけていたって、それから別荘をもう一つ建て始めて間に合う訳がない。

いや、別荘を建てる建てないの話じゃねえな。あの日は、いきなり大雨が降ったんです。新聞に予報も出てなかった。大雨が上がって地面が泥濘んでたから、別荘に誰も出入り出来たはずがないっていう、奇妙なことになっちまったんだ。俺たちが雨上がりに忍び込んでくるなんてことが、絹川子爵に先見出来た訳がない」

そのとおりだ。子爵は、トリックを仕掛けるための下準備はできなかったはずなのだ。

「でも、子爵さんってノイローゼみたいなひとだったんでしょ？　急にお留守の別荘の宝物がしんぱいになって、来てみたら樫田さんたちが泥棒してるのをみつけたのかもしれないのよね」

ユリ子は「ノイローゼ」だとか、妙な言葉は知っている。

「勿論、それは有り得ないじゃないですよ。だが、それなら、あの消失劇は、俺たちがやって来てから考え出されたっていうことになる。突然、そんな手品を実行する算段がつくものだろうかな？

ああ、やっぱり訳が分からねえままだ。大体、俺たちが侵入しているのに気づいていながら、警察を呼びもせずに、手品の種を考えてたってのがおかしいんだ。

あのときは、偶々《たまたま》鍵開け道具を毀しちまったから、俺たちは一旦町に出なきゃならなくなったが、そうじゃなきゃ、あの鉄の扉を開いて財宝を運び出しておしまいの筈だったんだ。そうなってたらどうする気だったんだ？　盗まれちまって、それきりなんです。どうして通報せずに、俺たちの前から財宝を消して見せたんだ？　驚かせたかったのか？　俺たち二人だけを？」

「そうですわね。驚かせるだけでは、何も意味はございませんわね」

わたしたちが財宝の消失のことを知ったのだって、偶然である。地震が起こらなかったなら、これは永久に織原瑛広と樫田だけの秘密だったかもしれないのだ。絹川子爵がそんなことをする理由はますますみあたらない。

結局、考えるほどに、謎は不可思議さを極めることになった。

「――まあ、そうだ、この近くにもう一つの別荘があるか探してみるべきかもしれねえな。もしも見つかりゃ、それで全部すっきりする」

樫田は、わたしの説を反駁しすぎたと思ったのか、とりなすようなことを言った。

「ええ、わたしも、念のため探してみるべきだと思ったんです。でも、十年以上も昔ですから、とりこわされてしまっているかもしれませんわね。証拠をなくしてしまうために」

「いや、でも何の跡形も無いってこたない。土地の格好を見れば、建物があったことくらいは分かる筈です。さあ、どうするかな。日暮れまであんまり時間もねえが、今からやってみるか――」

三人で、捜索をおこなうことになった。

第二の別荘があるとしたら、この近くで、一本道の突きあたりにあって、裏には川が流れている。この条件が揃わないといけないから、可能性のあるところはそう多くない。

わたしたちは別荘の裏の川に向かった。河原を、下流に向かって歩き、川辺に建物が建っていたような痕跡を探すことにした。上流側は、ここに来るまでに十分みている。第二の別荘があるとしたら、ここより下流のはずである。

まだ、隆一郎や箕島伯爵の手下がうろついているかもしれないから、あたりには気を配らねばならない。わたしたちは口数少なく、つつましい足取りで川沿いを進んだ。

しかし、一粁《キロ》あまりも歩くと川幅は広がり、ついに森は途切れて集落に出てしまった。

「ここまでか！　何にもなかったでしょう？　それらしいところは」

「――ええ、そうですわね」

どこかに第二の別荘があったなら、森が切り開かれた跡が、野原のようになってのこっているはずなのだ。しかし、川はずっと、樹齢何十、何百年を経ているであろう、深々とした森に挟まれていた。古い昔からひとの手が入っていないことはまちがいない。

「だが、川沿いじゃなきゃいけねえんだから、この辺としか考えられねえ。瑛広が間違えて遠くの川に行った訳はねえし、もしそうならいくら俺だって気づいたろうからな。

ってことは、お嬢さん、やっぱり二つ目の別荘なんてのは無いのじゃないですかね？」

樫田はあまり残念そうでもない。

わたしだって、第二の別荘説に無理があるのは承知している。

それでも、この着想を捨てがたかったのは、暗号を解いた長谷部隆二郎がこの近くに亡くなっていた事実のためだった。第二の別荘か、その跡地が財宝の隠し場所なのではないか？　もしそうなら、消失の謎と隆二郎の死の謎が同時に解けるのだ。

こうなっては、いよいよ謎は深まる。もう、トリックは思いつかない。

陽が傾いてきた。わたしたちは樫田と別れ、市内に帰る列車に乗った。

夕陽の差し込む列車の中で、まばらな乗客のだれもこちらに注意をはらっていないのをたしかめてから、わたしは訊いた。

「ユリ子さん、こんなにわからないことばかりで、わたしたち大丈夫なの？　今日だって、壁紙を写してこられたのはよかったですけど、それ以外は無駄足を踏んだようなものでしょう？」

「そんなことないわ。きっとあとちょっとだわ」

ユリ子は満足げである。今日見聞きしたなかに、知りたかった情報があったのかしら？

わたしは、この少女が実はすでに消失の謎を解いているのではないかと疑っていた。そうでなくて、こんなに呑気にしていられるものかしら？

仮にそうだとしても、まだ、わたしに教えてくれる気はなさそうである。

「――暗号のことはわかんないけど。でもきっとだいじょうぶ」

暗号については、ユリ子は正真正銘の呑気だった。解くのはわたしだからだ。

六

光枝さんの洋館に帰ってくると、わたしはさっそく、広大な手がかりを使用人室の床に広げた。女中仕事をユリ子にまかせて、絹川子爵の暗号と、持ち帰ってきた壁紙の写しとをかわるがわる眺めた。

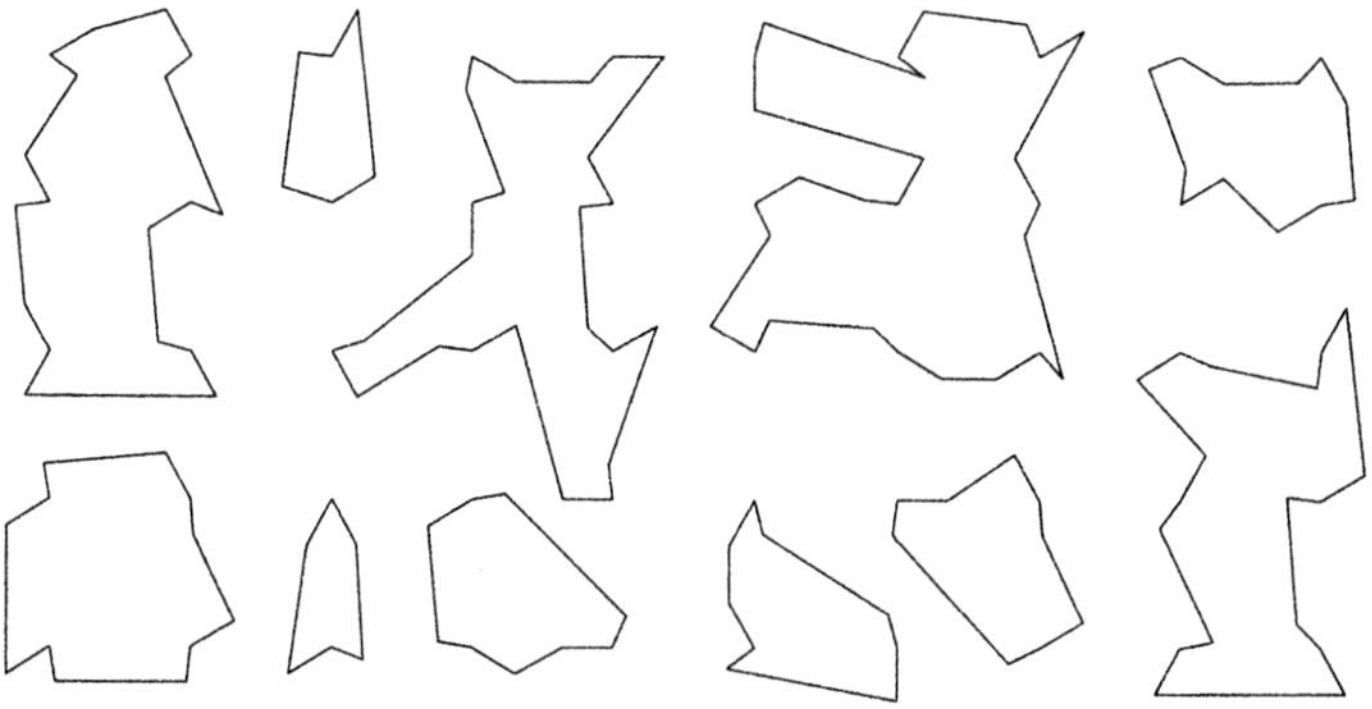

——思ったよりも、はるかに難題だわ。

わたしはため息をついた。

箕島伯爵は、財宝を手に入れるためにどうしてもわたしが必要だという。それがなぜだかは謎のままだけれども、この事実は自惚《うぬぼ》れをくすぐった。わたしは、必要な手がかりさえ出揃えば、きっと自分は暗号を解くことができると考えていたのだ。

しかし、あまりに抽象的で愛想《あいそう》のない壁紙の模様を前にして、自信は大きく揺らいだ。こんな、割れた瓦みたいな、あるいは出来損《できそこ》ないの星座みたいなのが何のたよりになるものかしら？

暗号文の性質について、わたしはポオだとか、こっそり読んだ江戸川乱歩の小説の知識だとかをもとに、いくつかの考えを持っている。

まず大事なのは、この百字きっかりの暗号は、きっと一字が一字に対応して、解き明かしたときには同じく百字の文章になるのだろうということである。

財宝のありかを正確に示すには、百字くらいは必要になりそうだ。ひとつの文字をあらわすためにいくつかの記号や数字を使う暗号もあるけれど、これにはひらがなと、漢字がひとつだけ使われている。鍵となる壁紙が複雑であることからして、反対に、暗号文のほうは文字を入れかえた単純なものである可能性が高いように思うのだ。

どのように入れかえたのか？　暗号化する方法は、だいたいふたつに分けられる。

ひとつは、文字はそのままに、なにかの規則性のもとに順番を変え文章の意味をわからなくする方法である。アナグラムみたいなもので、この場合は、文章に使われる文字がそのまま暗号のなかにのこっていることになる。

あるいは、同じく法則をきめ、文字をアルファベット順のまえやうしろにずらすやりかたもある。『Secret』を『Tfdsfu』とつづるようなので、日本語なら『ヒミツ』が『フムテ』になる。日本語の場合、五十音の都合上ちょっと元のことばの響きがのこっている気がするから、いろは順を使うか、もっと大きくずらしたほうがいいかもしれない。

わたしは、この暗号は恐らくふたつめの方法でつづられていると考えていた。あまり使わない「ゑ」とかのかなが妙に多く入っているからで、これらは、実際には他の文字の役割を負わされているのだと思う。もちろん、これが目くらましのための意味のない文字ということもあり得るのだけれど、それなら、もっと頻繁に使うかなを混ぜたほうが効果的だ。

だから、きっとこの暗号は何かの手順を使って、もとのかなから別のかなに文字を置き換えたものなのだ。それも、おなじ数だけまえやうしろにずらすような、一律の法則は使われていないはずである。それでは、壁紙という手がかりがなくとも、試行錯誤を繰り返して解かれてしまうかもしれない。

だからわたしは、この壁紙の模様から、文字をどのように入れかえればよいのか、その法則をみつけ出さねばならない。きっと、ランダムと言ってよいくらい複雑になっているのだ。

たとえば――、このジグザグの図形は、五十音だかいろはだかで、文字を戻せとか、進めろという意味かしら？　線の角度が、その度合いを示しているのか。しかし、どこから始めてどうたどっていくのか、目印が何もない。

それから、この壁紙をみてすぐに思いつくのは、まるでパズルのピースみたいだということだけれども、仮にそうだとしても、どんな形をつくるのが正解なのかわからなくては何にもならない。それに、図形を組み合わせてみても、きれいに嵌まるところがさっぱりみあたらないので、やっぱりこれは嵌め絵のようなものではないのだと思う。

ほかにもいくつか、思いつきの解釈を試してみるけれども、もちろん、意味の通った文章は現れない。

夜の十時をまわったとき、光枝さんが、使用人室を覗きにきた。

「あら、鞠子ちゃん。熱心ですことねえ。疲れているのでしょうに」

光枝さんは、床にうずくまって壁紙の写しを研究するわたしのとなりに、少女のような身のこなしでしゃがんだ。

「変な模様ね。本当に、これで暗号が解けるの？」

「——はい。ユリ子さんも、きっとこれだって言ってましたの」

「そう。ユリ子ちゃんが言うんならそうなんでしょうね」

この大女優はユリ子に絶大な信頼を寄せているのだ。わたしのほうが、よほど子供あつかいをうけている。

光枝さんが来たことで、わたしの集中は途切れた。少し休憩をすることにした。

「ユリ子さんは、いま何をしているんですの？」

「一階のカーテンを取り替えてるわ。つま先で」

それはみものである。

しかし、わたしにはユリ子のいないときに光枝さんに訊いておきたいことがあった。

「あの、光枝さん、もしもご存知だったら教えていただきたいの。

ユリ子さんって、どうして文字が読めないんですの？　あんなにお利口ですのに。サーカスにいたころは憶えるひまがなかったのでしょうけど、いまなら、だれかに教わることができるはずだわ。

わたし、ユリ子さんに読み書きを教えてあげようかと考えているんですの」

光枝さんは、この質問を待ち受けていたような顔をした。

「ええ、鞠子ちゃんは親切ですものね。もちろんそう思うでしょう。

実は、いままでに何人ものひとがユリ子ちゃんに読み書きを憶えさせようと骨を折ってきたの。

でも、誰一人として成功することはなかったんですって。

ユリ子ちゃんはきっと、頭のつくりが特別なの。ほら、何年か前に来朝したアインシュタイン博士も、子供の頃、読み書きが不得手なせいで学校の成績が良くなかったそうよ」

それは、わたしも聞いたことがある。

「では、その、読み書きが苦手なひとの、いちばん極端なのがユリ子さん？」

「もしかするとね。私たちには納得できなくても、ユリ子ちゃんには、自分が文字を憶えられないってことが自分でよく分かっているんでしょう。ほんとに不思議な子」

ユリ子の過去は知らないままである。いまや、多くのひとに好かれ、信頼されているようだけれども、しかし、あの無邪気このうえない少女には寂しさが付き纏っている。ユリ子が十分愛されていたなら、あれほどまでに器用で賢く育つことはなかったはずだとわたしは思った。

きっと、ユリ子はこれまでの人生の大部分を、ひとりきりで何かと戦って過ごしてきたのだ。何だったかはわからないが、あんな奇妙な少女ができ上がるまでには、よほどのことがなくてはならないだろう。

物語を味方にしていたわたしにとって、文字の読めない孤独は想像するだに恐ろしかった。ユリ子がサーカスから逃げてきたことにも、それが関係しているのではないかしら？

暗号にくたびれたわたしは、ユリ子の曲芸でも見物させてもらおうかと、光枝さんと一緒に階下に降りた。

七

翌日は、ユリ子の提案で朝早くから図書館に行ってみることになった。

絹川子爵のことを知りたいのだという。とくに、財宝が消失した明治四十四年前後の新聞に、子爵の記事が出ていないか調べるのだそうである。

暗号解読に行き詰まっているわたしにも否やはない。子爵が暗号をこしらえたのもこのころだろうから、ヒントをみつけられるかもしれない。

震災で焼けた図書館には古い新聞がなさそうなので、上野の図書館まで行くことにした。閲覧料を払って館内に入った。階段を上がって、婦人用の借り出し口に向かう。

「いつのから調べたらいいかしら？　事件の一年くらい前からでよくて？」

「ええ。じゅんばんにみていったらいいわ」

古い綴じ込みの新聞を出してもらった。それを抱えて、閲覧室に陣取った。幸いに、時間が早かったので空《す》いている。

当然ながら、調べるのはぜんぶわたしである。重たい綴じ込みを机に広げ、絹川子爵の名前が出ていないか、見出しをひとしきり眺めてゆく。ユリ子は、例によって貧乏ゆすりをしたり、あやとりをしたり、らくがきをしたりする。注意を受けそうでわたしは冷や冷やした。

「どう？　あった？」

「ちょっとお待ちなさい」

お菓子が焼けるのでも待っているみたいなそのようすからして、ユリ子には何かはっきりした目的があるらしい。漫然と、絹川子爵の秘密がわかるのじゃないかしらと期待しているわけではないのだ。

ユリ子がとなりでたてる落ち着きのない物音を聞き流しながら、わたしは新聞を繰った。

一月分も見終わらないころだった。

「あら、これ――、絹川子爵のお話が載っているわ」

それは、明治四十三年、十月の記事である。英吉利《イギリス》人の時計商、リチャード・ロックウェル氏の来朝記で、このひとが神社仏閣を巡ったり、いろいろな名士と面談したことに続けて、こんなことが書かれているのだ。

——ロックウェル氏《し》は東京《とうきやう》府《ふ》内《ない》某所《ぼうしよ》の別荘《べつさう》に絹川芳徳《きぬかはよしのり》子爵《ししやく》を訪問《はうもん》せり。同子爵家《どうししやくけ》には數多《あまた》の書畫骨董《しよぐわこつとう》が傳《つた》はると言《い》はれ、美術品蒐集家《びじゆつひんしうしふか》として名高《なだか》きロックウェル氏《し》の興味《きようみ》を惹《ひ》きしものか。

絹川子爵に触れているのはこれだけだった。見出しに名前が出ているのでもない。われながら、よく見逃さなかったものである。

「明治四十三年の十月ですから、財宝が消失する事件のちょうど一年前ね。あの別荘で、時計商のひとに会っていたのね」

「子爵さんが宝物を隠すっていいだしたの、このちょっとあとからね。晴海のおじいさんそう言ってたわ」

「——ああ、その通りね。関係があるのかしら？」

子爵が、財宝を隠そうかと考えていると言い出したのは、明治四十四年に入った頃だそうだから、この二月くらいあとのことである。

もしかして、財宝の隠しかたを、このロックウェル氏に入れ智慧されたのだろうか？　そして一年後、用意が整って実行したのか。もしそうなら、この記事は無視できない。

「ですけど、いまからこのリチャード・ロックウェルさんを調べるのは大変ですわね。もうずっと昔のことですものね」

「ええ、たいへんだからしらべなくていいの。そこに書いてるだけでじゅうぶん」

ユリ子は満足して、ふたたびあやとりのひとり遊びに没頭した。わたしはひたすら新聞を繰る、機械みたいな仕事の続きをするよりない。

やがてユリ子は、どこからか児童向けの文学全集を持ち出してきた。そうして、挿絵ばっかり探して眺めている。

どうせ、大したことがわかるはずはないように思えてきた。それでも、どんなに退屈な本でも一度手をつけたら最後のページまでめくりおおせねば気がすまない性分につき動かされて、わたしは眼を滑らせた。

日付順に作業を進めるわたしは、やがて、明治四十四年の十月にたどりついた。しばらくすると、絹川家の別荘の番人が殺害された記事がみつかった。

出ていた事件のあらましは、すでに聞いていた通りのことだった。しかし、それから数日後の新聞に、事件にまつわる目新しい記事をみつけた。

「あら？　ユリ子さん、あの事件の続報があったわ」

「なあに？」

わたしは小声で読んで聞かせる。

絹《きぬ》川《かは》家《け》の別荘《べつさう》番人《ばんにん》失踪《しつそう》

先日《せんじつ》、絹川家《きぬかはけ》の別荘《べつさう》の番人《ばんにん》輕部《かるべ》 甫《はじめ》が山中《さんちう》に殺害《さつがい》されをるのが發見《はつけん》されたが、犯人《はんにん》の目星《めぼし》のつかぬままのところに、同家《どうけ》の別荘《べつさう》に勤《つと》めしもう一人《ひとり》の番人《ばんにん》大野源藏《おほのげんざう》の行方《ゆくへ》が知《し》れぬ事《こと》が判明《はんめい》した。同《どう》人《にん》は麓《ふもと》の自宅《じたく》より不定期《ふていき》に別荘《べつさう》に通《かよ》つていたものなるが、或《ある》ひは彼《かれ》が輕部《かるべ》を殺害《さつがい》せしか、警察《けいさつ》は捜《そう》査《さ》を續《つづ》けをるものなり。

軽部甫、というのが、織原家の長男瑛広があやまって殺してしまった番人の名前のようである。この続報は、わたしたちがいままで知らずにいたことだった。財宝の消失と時を同じくして、大野源蔵という、もうひとりの番人が失踪していたのだ。

樫田からはこの話を聞かなかったけれども、かれは記事に気づかなかったものとみえる。このとき樫田は殺人や財宝の消失に巻き込まれて混乱していたはずだから、新聞をみる元気がなかったのかもしれない。

しかし、失踪とはなにごとだろうか?

「この、大野というひとは、財宝が魔法みたいに消えてしまった夜は、別荘には居なかったのよね。樫田さんのお話では、そのはずだわ。失踪したというのは、自分からすがたをくらましたのかしら？　それとも、だれかに危害を加えられたのかしら？」

どちらにしても、絹川子爵が財宝を隠したことと、無関係ではなさそうである。

　ユリ子は自分の手もとに視線を落としたまま返事を挟む。

「でも、財宝を隠すためだったら、番人のひとがじぶんからいなくなっちゃうことはあんまりなさそうだわ」

「そうね。では、だれかに何かをされたのね。——だれに？　絹川子爵かしら？」

「きっとそう」

「それなら、絹川子爵は、番人の存在に困ることがあったのかしら？　例えば、番人が秘密を知っていて、財宝を隠すためにじゃまになった、なんて、そんなことですかしらね」

「鞠子ちゃんするどいのねえ。たぶんそのとおりなの」

　わたしの思いつきに、訳知り顔でユリ子は言った。

　どうやら、ユリ子がみつかると期待していた記事はこれだったらしい。いったいあたまの中で何を組み立てているのか——、探ろうとすると、さっきの訳知り顔はどこかへ消えて、ふたたび挿絵に熱中している。

「ねえ、もうすこし教えてくださらない？　つまり、絹川子爵が財産を隠すためには、番人が居ないほうがよかったということ？」

「そう」

「それでは、もしかして、織原家の青年に番人が殺されてしまったのは、子爵にとっては幸運なことだったの？」

「ええ！　そんなふうに言ってもいいわ。子爵は、番人に秘密をしゃべってほしくなかったのね。

でもね、鞠子ちゃんはこのこと心配しなくても平気なの。あたしにまかせたらいいわ。鞠子ちゃんは暗号のことだけ考えといてくれたらいいの。暗号はあたしわかんないもの」

「そう。それは結構ですけれど、だったら、ユリ子さんはもうちょっとわたしを心配なさったほうがよろしくてよ？　あんな暗号、さっぱり解ける気がしないわ。何年だってかかりそうよ」

「だいじょうぶよ。鞠子ちゃんきっとできるわ」

ユリ子は、疑《うたぐ》ることは徹底して疑るけれども、信じると決めたことは何の屈託もなしに信じっぱなしにして、ほっぽりだしてしまうのだ。こうなると、暗号がいかに難解なものかをユリ子に納得させようとしても始まらない。解けると信じて取り組むほかない。

八

図書館から帰ってくるとふたたび使用人室に籠もって、壁紙の写しと、暗号文である。

みればみるほど壁紙の模様は面白くない。何かの統計表をでたらめに切ってつなげたみたいで、まるで人間味がない。

数学的な方法を使うものかもしれない。だとすれば、わたしはますます解く自信をなくす。

いくらなんでも、取っ掛かりがないにもほどがあるのではないかしら？　糸口になりそうなところが、どこを眺めまわしてもみあたらない。やはり、壁紙が鍵と気づくだけではなく、絹川家のものだけの知識が必要なのではないかしら？　この写しを、芳久さんにみせに行くのはもはや困難だけれど——

うんざりして、伸びをしていると、とびらが開いた。ユリ子が入ってきた。

「お仕事はもう済んだの？　お手伝いしなくてごめんなさいね」

「おふろわかしたから今日はおしまい。はいお夜食」

ユリ子は、金彩のほどこされたマイセンの立派なお皿に、ふかしたおいもとバナナを山盛りにして持ってきてくれていた。

「下品なお夜食ですこと。どうもありがとう。いただくわ」

床に正座をしなおして、お皿の食べものをつまんでいると、ユリ子は狭い使用人室を、壁紙の写しを踏まないようにしながら寝支度をはじめた。ピョンピョン跳びまわって寝巻きに着替えると、いつの間にか二重寝台のうえの段におさまっていた。

「ねえ、もう眠ってしまうの？　何でもいいから、ユリ子さんも一緒に考えてくださらない？　とても解けそうにないのよ」

わたしに任せきりにして、ユリ子は壁紙の写しをろくに眺めてもいないのだ。

「そうお？」

寝転がったばかりなのに、ユリ子はすでに寝ぼけ声である。

「——その模様、きっといらないものがいっぱいまざってるの。お洋服のやぶれたところを、かざりぬいしてごまかすみたいにしてるのよ。でたらめみたいにみえても、ちゃんと決まりがあって描いてあるの。必要なところがわかったら、あとはかんたん。たぶん」

寝台から顔を覗かさぬまま、ユリ子は答えた。答えると、寝息をたてはじめた。

——生意気に、訳がわかっているみたいなことを言うではないの。自分で尋《たず》ねたくせに、わたしはそう思った。

正座につかれてわたしは立ち上がった。ついでのように、壁紙の模様を俯瞰してみる。

考えてみれば、ユリ子が言うのは、あたりまえの定石である。このややこしい模様のすべてに意味があるとはかぎらない。もしかしたら、不要なものを足して、必要な部分を隠しているのである。ならば、使う箇所だけをみつけだすのだ。

ユリ子は法則性があるようなことを言ったけれども、本当にそれをみつけたのかしら？　目ざとければちょっとみただけで見抜けるような、明快なものなのだろうか。

模様に顔を寄せてみたり離してみたり、縦にしてみたり横にしてみたり、二時間ほどもわたしは壁紙と格闘した。

やがて、ふと気がついた。

一見して、好き勝手に線の折れ曲がった図形が何の法則もなしに配置された模様なのだけれども、よくみると、ぜんたいに、等間隔で並んでいる角があるのだ。

角をつくるふたつの線は、長さがちがう。しかし、どの角も長短がひと揃いになって、さまざまな角度をつくっている。

それらの角だけ、別の紙に、丁寧にひとつずつ書き写してみた。

「——あらま」

ユリ子の言うとおりだった。わかってみれば、これは難解な計算のいらない、とても単純な解読表だったのだ。

空が白み始めると、わたしは待ちきれなくなって寝台のユリ子の肩を揺すった。

「ユリ子さん、起きてちょうだい。暗号が解けたわ。半分だけ」

「ほんと？　すごいわ」

ユリ子は寝つき以上に寝起きがよくて、最初から眠っていなかったみたいに毛布をはねのけ、ひょいと寝台から飛び降りた。

「なんではんぶんなの？」

「いま説明するわ。ええとね――」

「ちょっと待って。あたし光枝さんおこしてくる」

「あら、大丈夫なんですの？」

まだ朝の四時半である。光枝さんは、昨晩遅くに舞台のお稽古から帰ってきたばかりだ。

ユリ子はかまわず光枝さんの寝室のとびらを叩きに行った。

わたしだって、なるべくなら光枝さんに聞いてもらいたい。文字を読まないユリ子に説明したって、あんまり意味のないことである。

ユリ子にナイトガウンの裾を握られて使用人室にやってきた光枝さんは、笑みを浮かべながらも、眠たくて、不機嫌であることがはっきりわかる威厳を放っていた。

「鞠子ちゃん、暗号はなるべく昼間に解きなさい」

「はい。申し訳ございません」

「でも、せっかく分かったのなら教えて貰いましょう。どうやって解読したの？　あんなに、分からない分からないって言ってたじゃないの」

「ええ。実は——」

暗号文を光枝さんにみせて、これが、文字を、金庫のダイヤルをまわすみたいに前後に動かして意味をわからなくした暗号だと考えたことを説明した。

「だから、この壁紙の模様から、法則をみつけなければならなかったんですの」

「この、食器の破片みたいな模様からねえ？　私にはさっぱりだわ」

「この中には、いらない線がたくさん混ざっているんですの。それを無視すれば、ちゃんと規則性がみつかるんです」

受け売りをすると、ユリ子はニコニコ笑ってわたしをみる。

「——そう、ユリ子さんが言っていたものですから、わたしはこれを観察して、ようやく気がついたんですの。ほら、よくみれば、上下と左右と、ひとしい間隔で並んでいる角がありますでしょう？　これです」

わたしは壁紙の写しに鉛筆でまるをつけてみせる。

「あら、本当ね。確かに規則正しく並んでいるわ。でも、これをどうしたらいいの？」

「角をつくっている線だけを抜き出してみたら、一目瞭然ですの」

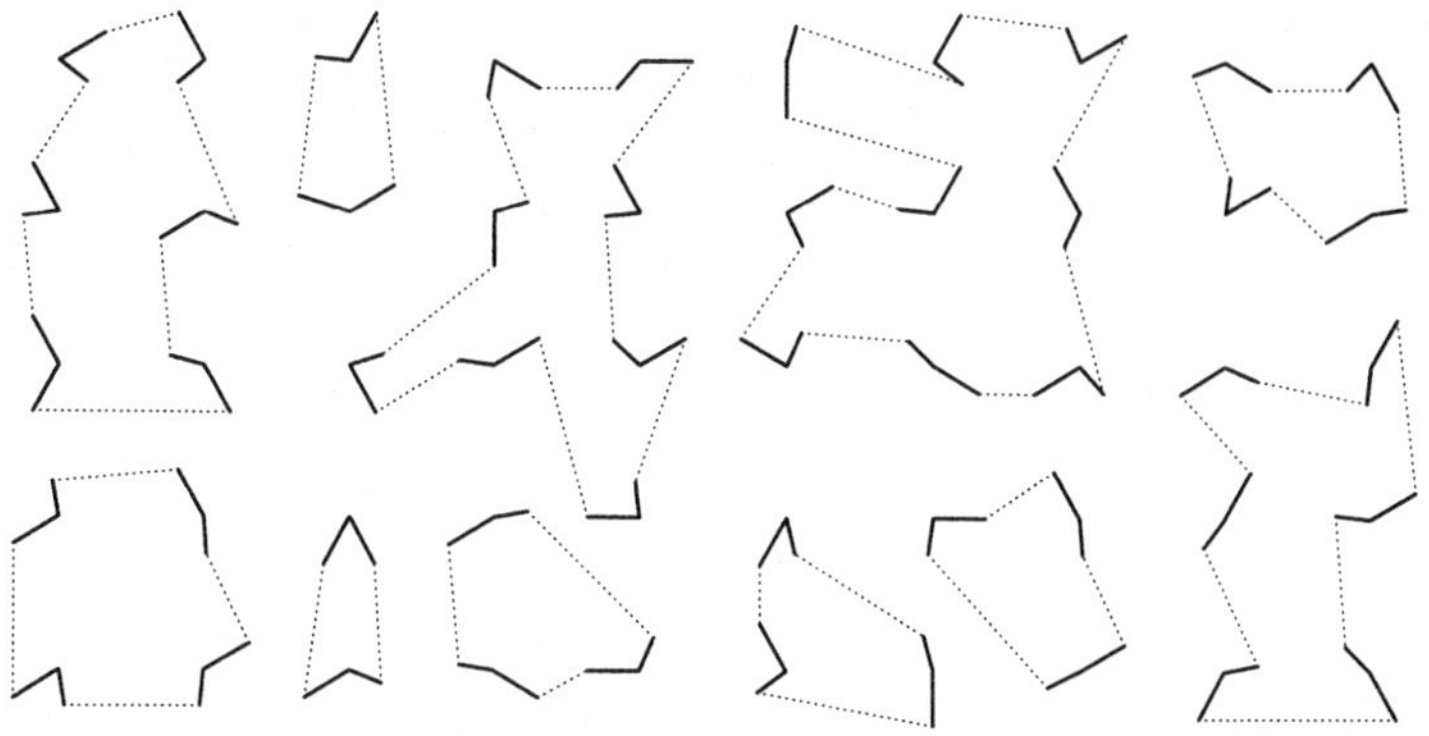

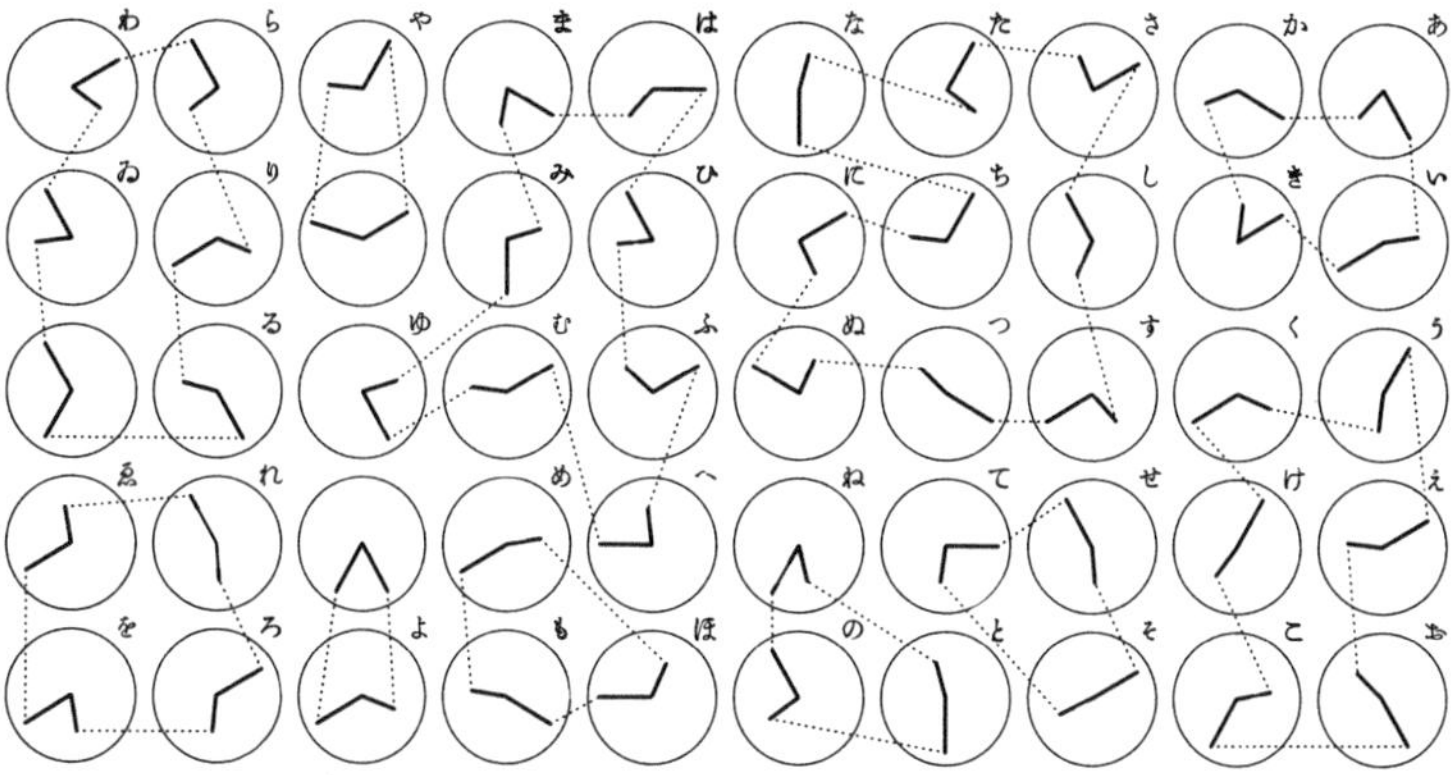
あ か さ た な は ま や ら わ
い き し ち に ひ み り ゐ
う く す つ ぬ ふ む ゆ る
え け せ て ね へ め れ ゑ
お こ そ と の ほ も よ ろ を

　わたしは、角の線だけを書き写した紙を光枝さんにみせた。

「ああ！　これ、時計の針をあらわしているのね！」

「ええ、そうなんですの。これは、時計が、いろいろな時間を指していくつも並んでいる図柄だったんです」

　時計は、縦に五つ、横に十列並んでいる。しかし、八列の上から二つめと四つめ、それから十列の三つめは、針の長さも指す方向もでたらめで、時計になっていない。

　そこまでわかれば、これをどう使うかは、簡単に想像できる。

「――これは、秘密の五十音対照表なんですの。暗号のかなをこの表に照らし合わせて、時計の時間が示しているだけ先のかなを読むんです。たとえば、『あ』の時計は七時の台を示しているから、実際には、五十音で七文字先の『く』なんです。『た』なら、四時の台ですから、『と』になるというわけですの。零時の台の『き』は、そのまま『き』ですのね。時計になっていないところは、や行の『い』と『え』、それからわ行の『う』なんです。これらは、あ行と重複しているから、省略したんですのね」

　こうやって、暗号文のかなを直していくと、このようになる。

とじらちわゐなへゐだをむよゑたとえさせちゐむゑてゑたこゐたゑゑりいふるとにたてのひたさけ
ゐゆわへたへやふへほあかろさごまるりあすめるくき賓ちきけなきたゑりのふとけふちこりなへゑ
むひゐだなよひもえよよな

まづゑはあかなりかどおれることますにてはかれこのことしかとこころえようまひとのみもとにたからありとりゐよりほくせいにじゆうろくちやうさき寳はきたなきところみよまたよはしろなりこれもかどなるもわするるな

　たぶん、こんな具合に読むのだ。

先づ、ゑは赤なり　角折れる事　桝《ます》にて量れ　この事しかと心得よ　貴人の身許にたからあり　鳥居より北西に十六町先　寳は汚なき所見よ　又、よは白なり　これも角なるも忘るるな

「なるほど、確かに日本語の文章になったわ。すごいわねえ」

光枝さんは白い手の甲で、目をこすりながら言った。

「ですけれど、これだけでは、意味がわからないんです。はっきり財宝の場所を示しているみたいなのが、鳥居より北西に十六町先、というところだけですもの。鳥居なんて日本中どこにでも、数えきれないくらいあるわ」

　それ以外に書いてあるのは、呪文みたいなのや、謎々みたいな文句である。

　これは二重の暗号だったのだ。解読して文章に直すことができても、さらに、その文章の示す場所を考えなくてはいけないようになっているのである。

「だから、解けたのは半分だけですの。また、この文章の意味を考えなくてはいけないわ。でも、ここまでわかったのが嬉しかったものですから、光枝さんのおやすみをじゃましてしまいましたの。ごめんなさい」

「そう。まあいいけれど、ホットミルクでも飲んで鞠子ちゃんも少しおやすみなさい。あなた、目のたまがギラギラしちゃって犯罪者みたいよ」

わたしのまなじりを指でなぞってみせて、光枝さんは寝室に帰った。

洗面所に鏡をみに行くと、いかにも、わたしはどこかで殺人をすませてきたような顔をしていた。顔を洗って、言いつけどおり眠ることにした。

九

光枝さんの洋館での逃亡生活が始まって、そろそろひと月半が経とうとしていた。

わたしの女中としての自覚は強固になりつつあった。朝、眼を覚ませば、まずは前掛けをする。廊下にちりでもみつけたら、すぐに拾ってくずかごに持っていくし、居間のテーブルはお茶の時間のたびに拭く。日ごとにちがう光枝さんの予定に合わせてご飯を炊く。財宝の行方や、暗号の解法を考えながらだけれども、光枝さんの生活に不自由がないかをいつでも気にしているのがあたりまえになった。

この暮らしは、無事財宝をみつけおおせるまで続くのだろうと思っていた。それはもう、目前かもしれない。暗号は、半分までは解けた。

しかし思いがけず、光枝さんのおうちを去る日が、財宝をみつけるより先にやってきた。

夕方、キッチンで晩ごはんの支度をしていると、ユリ子が二階にわたしを呼んだ。

「ちょっときて」

ユリ子は、廊下の窓のカーテンの隙間から、そとを覗かせた。

「ほら、塀の向こう。だれかいるでしょ？」

「本当ね。――あら！　あのひと、箕島伯爵の手下じゃない？」

「ええ。そうなの」

夕暮れの街路に佇んで、洋館のようすをうかがっていたのは、あの、わたしをさらった、筋骨隆々とした三十すぎの男だった。


晩餐の席で、急きょ会議が行われることになった。

「でも、どうしてここに居ることがわかってしまったのかしら？」

「あたし鞠子ちゃんのお父さんのせいだと思うわ。園遊会で鞠子ちゃんと会ったんでしょ？」

わたしが園遊会にいたことが、父を通して箕島伯爵に伝わってしまったのではないかとユリ子は言う。光枝さんの紹介で給仕をしていたことは大日倶楽部の支配人に確認をすればわかるから、そこから、わたしたちが光枝さんの身辺に潜伏しているとあたりをつけたのかもしれない。

ユリ子はさして慌てていない。こんなことは織り込み済みのようである。

「では、ここから逃げて、また別のところに隠れないといけないんですのね。あてはあるの？」

「ええ。次どこに隠れるかは決めてるわ。ちょっと不便なとこだけど」

みつかってしまったからには仕方がない。幸いここは住宅街だから、大勢で洋館を取り囲むわけにはいかないし、ひとりきりにならない限りかれらもそう手出しはできないはずである。それに、あの男のようすでは、わたしたちがここにいることにはまだ確信を持っていないかもしれない。

「だったら、夜更けに、裏門からこっそりユリ子さんとふたりで逃げてしまえばいいかしら？」

すると、それまで黙っていた光枝さんが、おもむろに口をひらいた。

「鞠子ちゃん。こっそり出ていくのはだめよ」

「どうしてですの？」

「そうしたら、あなたたちが居なくなったことに気づかない箕島伯爵の手下が、いつまでも私のそばをうろうろするかもしれないでしょう？　鞠子ちゃんが現れないかってね。私が迷惑するわ。だから、あなたたちはなるべく派手に出て行ってちょうだい。鞠子ちゃんはもう私のところには居ないって、伯爵の手下に分からせてやってくれなくちゃいけないわ」


翌日の昼。光枝さんは出かける予定を少し遅らせてわたしたちを見送ってくれた。

「お世話になりました。失礼いたします」

「はい、さようなら。気をつけてね」

そんなあいさつ以上には、名残を惜しむことはなかった。わたしたちは、わざと大きな荷物を背負って洋館を出た。新たな逃亡先へと向かうのだ。

まずは、ホテルの厩舎に行って、かつよを連れ出す。

あまりキョロキョロしては、相手を警戒させる。となりを歩くユリ子にわたしはささやいた。

「ちゃんとみられているかしら?」

「ええ。きっとね」

伯爵の手下には、あとをつけられているはずだ。ここまでは計画通りだけれども、この先、いったいどうするつもりか、わたしは何も聞かされていない。

十

――ここは、どこだったかしら?

なだらかな丘である。足もとの芝草は、さわれば指にみどりがうつりそうなくらい、鮮やかに生い茂っている。左右に広がっているのは杉の林で、それをすっぱりとえぐるように切り開いたのが、わたしがいま望む牧場だった。

わたしの背丈は、柵と同じくらいだ。柵の隙間から、数十頭のお馬がたがいにじゃまをするでもなく、群れあうでもなしに草を喰《は》み、駆けまわるのをわたしは眺めていた。

となりには、絢子さんが立っている。

「どう? 鞠子ちゃんも、お頼みしたら乗せてくださるそうよ。稽古をつけてくださるって」

「いえ、わたしお馬はユリ子さんに教わるの。だから、いまは結構です」

「それはよかったわ」

絢子さんは幼いわたしのあたまに手を置いた。

ここは軽井沢《かるいざわ》だ。父の知人の独逸《ドイツ》人の別荘に招かれ、家族そろってやってきたのだ。

わたしは絢子さんに、打ち明けなければならないことがあった。

「絢子さん、わたし、お父さまや紀子さんと仲違《なかたが》いをしてしまったの」

「そう。困ったわね」

「わたしが逃げ出したから、お父さまは、もうどうしたらいいかわからないって嘆いてらしたわ。それに、紀子さんもとっても怒っているはずなの」

「鞠子ちゃんは謝らないの？」

「こんどばっかりは、謝ったってなんの足しにもならないの。だから、わたしはまだお父さまたちに会うわけにはいかないの」

「おうちには帰らないのね？」

「ええ。まだ帰らないわ」

「ならいいわ。もう飽きてしまった？　ちょっと向こうに行ってみましょうか」

「ええ」

絢子さんは、先に立って歩き出したわたしの左腕をそっとつかまえた。わたしたちは、牧場の柵に沿って散歩をした。

しばらく行くと、絢子さんは道端《みちばた》からなにかを拾い上げた。

「鞠子ちゃん？」

いつになくいたずらっぽい姉の声に立ち止まったわたしに、絢子さんは雪玉遊びをするように、お馬の落としものをぶつけた。

「いやだ、お姉さま」

笑う絢子さんに、わたしはべつの落としものを拾ってしかえしをする。

瞼《まぶた》を開くと、寝相がよくなかったせいで、わたしは全身藁まみれになっていた。

——ねどこが変わると、絢子さんの夢をみるようだわ。

姉はもはや、何をきいてもあたらしいことを教えてくれはしない。ただ、わたしの中でそのすがたが純化していくばかりだ。

からだを起こしながら、髪の毛にからまった藁くずを払いのけると、脳裏に鮮やかだった絢子さんのすがたはすっと薄れていった。

「おはよう！」

ユリ子は、小屋のすみにしゃがみこんで、ごそごそ何かをやっている。

「おはよう。あいかわらずご機嫌麗しゅうございますわね」

小屋には枯れ草や、古い堆肥のすえた臭いが立ち込めている。ひとが住むようつくられたところではないから、どこもかしこも隙間だらけだ。

ここは多摩の、無人になった牧場である。ユリ子がいざというときのために目をつけていたというのがここだったのだ。数日前に、光枝さんの洋館をおいとましてから、わたしたちはここに隠れている。

あれから一時、わたしたちは箕島伯爵の手下に追いかけられた。ユリ子が手下たちの顔面にかつよの落としものをぶつけたり、散々なことをやって無事かれらを振り切り、ここまで逃げてくることができた。

光枝さんの、なるべく派手に逃げなさいという言いつけはちゃんと守った訳だけれども、その記憶が、夢の中で絢子さんの思い出と結びついて余計なことをする。もちろん、絢子さんはわたしに馬糞《ばふん》をぶつけたりしない。

ユリ子は、七輪に火をいれているところだった。

「わたし何をしましょうかしら？」

「お水汲《く》んできてくれる？　もうちょっとあったほうがいいわ」

わたしは空のバケツを一つとると、おもての井戸に向かった。

牧場の夢をみたのは、牧場にやってきたせいかしら？　しかし、ここに広がっているのは、夢にみたような深緑の芝のしげる草原ではなく、薄茶色がかった、すすきや猫じゃらしが生えたい放題にしている荒地である。

用意ができると、朝食をとった。野菜と燻製肉を炭火で炙《あぶ》ってお塩を振ったものと、お味噌を溶いただけの汁である。おいしいことは、おいしい。

「文句を言う気はありませんけど、いよいよ逃亡生活が本格的になってきましたのね。わたしたちゲリラみたいだわ」

「そうねえ。あたしとっても楽しいわ」

ユリ子は、こんな生活には慣れきっているようであった。わたしは、女中あつかいだったとはいえ、光枝さんの優雅な洋館の暮らしに少々未練がある。

しかし、この牧場に隠れなくてはならなくなったのを一番喜んでいるのはユリ子ではなく、かつよだった。

いつもは、千坪もある晴海さんのお屋敷のお庭で好き放題に過ごしているのだ。しばらくなじみのない、あまり広くないホテルの厩舎にいれられて鬱憤をためていたかつよは、一日中牧場を駆けまわり、草を喰んでいる。

「でも、ここに何か月も隠れてなくちゃいけなくなるのはごめんこうむりたいわね。早くどうにかしなきゃ――」

一日前、わたしたちは、神奈川の山奥へわたしがしたためた怪文書の効果をたしかめにいった。森のなかからようすをさぐってみれば、ふたりしか番人のいなかったあの秘密のお屋敷には、四人もの男が詰めていた。

夜を通して、お屋敷の明かりは消えなかった。交代で寝ずの番をしているらしい。

芳久の監禁のことを知っているぞと伯爵を脅かしたのだから、当然のことである。侵入者に備えて警戒を強めたのだ。

つまり、わたしのデビュー怪文書は期待通りの反響で迎え入れられたわけなのだけれど、喜んでいるわけにはいかない。あれは、万が一隆二郎に先を越されてしまったときのための一手だったのだ。その可能性がなくなったいまとなっては、芳久さんの警備が厳重になったのは、わたしたちにとっては迷惑でしかない。

本当ならば、半ばまで解けた暗号文をかれにみせたかったのである。この謎々みたいな文章、これこそ絹川家のものにしか解けないものなのではないかしら？　暗号が二重になっているとは、よもや考えもしなかった。


「余計なことをしてしまったのよね。もちろん、芳久さんの命を守るにはこうするのが一番だったのでしょうけど、救い出すのはかえって難しくなったわ」

「そうでもないわ。あのひと、まだちゃんとあそこにいたから。もしも、どこか別のところに動かされてたら、どうするかいちから考えなおさないといけなかったの。でも、箕島伯爵は番人を増やしただけだったわ」

ユリ子は、近くの大きな杉の木によじ登り、お屋敷の中庭のようすをたしかめたのである。中庭の小屋にはやはり人影があって、芳久さんがあそこに閉じ込められたままなのはまちがいなかった。

かれが、別のところに移送されてしまう可能性があったことを考えると、いまの状況は、それほど悪くないのかもしれない。

「ねえ、ユリ子さんは、あのひとを救い出す、とっておきの手があるって言っていたでしょう?」

「あるわ。でもいつできるかわからないの。鞠子ちゃんのときどころじゃない大騒ぎになるわ。箕島伯爵があんなことやってたって、しっかり証拠がのこるようにしなきゃいけないから」

伯爵の悪事の証拠は、たしかにいる。証拠を得るために大騒ぎをする必要があるらしい。

「それでは、暗号は、やっぱりわたしが自力で解くべきなのね」

「ええ、そうね」

芳久さんが暗号を解けるとは限らない。救出計画を実行するまえに、財宝の場所がわかっているほうがいいに決まっている。しかし、機会を逃すわけにはいかないから、ユリ子は、準備がととのったら、すぐに芳久さんを解放する計画を実行に移すという。

「だから、それまでに暗号が解けているか、わたし次第ということなのね」

「そう。がんばってね」

やっぱりユリ子は、わたしに暗号が解けると信じて疑っていない。


ユリ子は毎日のように、八王子の駅へ出かけていく。

おもな用事は、電話をかけに行っているようである。箕島伯爵や長谷部家の動向を、晴海さんなど、あちこちに問い合わせているらしい。

わたしは牧場の小屋で留守番である。暗号をひたすら睨んで、しかしわからないものだから、ひらめきを得ようとご本を読んでみたり、炊事をしたり、かつよのお世話をした。

ユリ子はかつよを置いて、歩いて出かける。いざというときのために、わたしの逃げ足を用意してくれているのである。万が一、わたしがひとりでいるときに追手にみつかってしまったら、かつよに乗って逃げるのだ。

乗馬の練習はずいぶんやった。さらには、からだを洗ったり、ひづめのお手入れをしたり、たくさん礼を尽くしてわたしはようやくかつよにこころを許されたと思った。いまでは、ひとりきりでその背に乗ることができる。ユリ子のように器用に乗りまわすことは思いもよらないけれど、歩いたり走ったりするには自信がついた。かつよさえいれば、日本中どこへでも行ける気がしている。

このかつよが、神々しいほど大きくて、美しいお馬であることは最初に出会ったときに思ったとおりだ。けれども、一緒に暮らすうちに、かつよの私生活が容姿にそぐわぬ尾籠《びろう》なものであるのがわかってきた。砂場があれば、赤ん坊が駄々をこねるみたいに転がりまわるし、寝ながら放屁《ほうひ》をしたり、自分の落としものの臭いを嗅いだり、やりたい放題である。

ユリ子に、かつよがおんぼろの厩舎の壁を毀したりしないよう見張っておくことを言い含められていたので、しぜん多くの時間をそのそばで過ごした。陽にあたって汗ばんだわたしを舐めまわすので、洋服にはすっかりよだれの臭いがしみついたけれども、かつよのおかげで心細い思いはしなかった。

ユリ子が町から帰ってくるのはいつも夕方近くで、ついでに食料を買ってきてくれる。片道一時間も歩くから大変である。

買ってきたじゃがいもやパンやソーセージを、串に刺しては焼く。串に刺しては焼く。食事はそんなのばっかりだった。

食べながらユリ子は、電話で仕入れてきた話をした。

「財宝のことが、新聞にでちゃったんですって」

「新聞に？　どういうこと？」

「絹川家の財宝がどこかにねむってるらしいって、うわさが新聞に書かれたの」

財宝の話は、生前の絹川子爵が吹聴していたから、どこかから記者が嗅ぎつけたとしても不思議はない。

それがいまごろ新聞をにぎわせたのは、あの、長谷部隆二郎の死が理由らしい。かれが絹川家の別荘の近くで亡くなったことによって、財宝探しをしていたのではないかと憶測記事が書かれたのだ。

「だから、いま世間は宝物のことで大盛り上がりですって。もう、もちきり」

「そう。ちょっと困った話ね」

きっと、素人発掘者がたくさんあらわれるだろう。あんまり騒がしくなっては、わたしたちの計画にも問題が起こりかねない。

「ええ、でもいま一番困ってるのは長谷部さん。家族が、宝探しをしてるうちに死んじゃったなんていわれるのが恥ずかしいんですって」

「当然ね。長谷部家ですもの。財宝目当ての探検の最中に亡くなったというのは不名誉だわ。

でも、考えてみると、もしもいまわたしが死んだら世間のひとにおんなじことを言われるわね。わたしがやっていることとって、隆二郎さんとまったく一緒ですものね。うっかり死なないようにしなくちゃいけないわ」

「そうね。気をつけてね」

ろくでもない団欒がすむと、わたしたちは早々に床につく。石油ランプはひとつしかないし、油がもったいない。読書などして夜を空費するわけにはいかなかった。

翌日、ユリ子が出かけていくと、わたしは焦燥を新たに暗号文に取り掛かった。世間が財宝のことに注意を向けはじめたのなら、うかうかしてはいられない。この暗号に絹川家のもの以外にわからない符牒が使われているのなら、わたしに解読のしようはないのだけれど、何もしないでいるわけにはいかない。

それに、わたしはあの園遊会での、隆二郎の自信に満ちた顔が忘れられないのだ。あの顔は、自分の解釈が正しいことを疑わない顔だった。

もちろん、かれはまちがいをおかし、絹川子爵の遺した罠に嵌まってしまったのかもしれない。だが、そうだとしても隆二郎は、かれにとっては筋の通った答えをみつけたことになる。絹川家と無関係なかれにできたのだから、わたしにだって解釈のひとつくらいみつけられるはずだ。

さて、どこから考えを進めていくべきかしら？　この百字には、細切れの文章がたくさん詰め込まれている。その中には、意味がはっきりわかるものもあれば、日本語にはなっているものの何を表すのかわからないもの、日本語になっているのか怪しいものもある。

はっきりしているのは、「鳥居より北西に十六町先　寶は汚なき所見よ」の部分で、いかにも宝のありかを示す文章である。「汚なき所」というのは謎だけれども、きっと、現地に行けばわかるようになっているのだ。

「角折れる事」「桝にて量れ」「この事しかと心得よ」「貴人の身許にたからあり」「これも角なるも忘るるな」というのは、きちんとした日本語ではあれ、どう解釈してよいのかわからない文章である。どこの角を折れ、何を桝で量れというのか？

まるで分からないのは「まづゐはあかなり」「またよはしろなり」のところだ。先づ、絵は赤なり、又、世は白なり、とでも読むのかしら？　白とか赤とか、色をあらわしているらしいけれども、何のことやらさっぱりである。

全体をみても、とりとめがない。「鳥居より――」のところだけはあからさまに財宝のありかを語っているのに、その前後の文章は「赤」「白」「角」「桝」「貴人の身許」と、思わせぶりな言葉が並んでいるばっかりで、謎々にしたって、これらにぴったり当てはまる答えなどみつかりそうではない。

終盤の「寶はきたなきところみよ」のところだけ漢字が使われているのは「うまひとのみもとにたからあり」の「たから」がかなで記されているから、余計に不思議である。どちらもひらがなで良さそうなものだけれど、漢字のほうの「寶」には特別な意味が込められているのだろうか。

しかし、ずっと考えるうち、一番奇妙なのは「この事しかと心得よ」の部分に思えてきた。

「この事」が何を指しているかまだ分からないけれども、「しかと心得よ」なんてことを、暗号を解こうとしているひとに伝える必要はない。こちらだって、そんなおせっかいを言われなくとも十分気を払うつもりである。わざわざ暗号に書く意味のない文章なのだ。

さあ、何をしたらいいだろう？

手を付けやすいのは、やっぱり「白」と「赤」のところかしら？　謎を解く起点になっている気がする。絹川家にまつわる、白や赤のものを考えるのだ。

この日、ユリ子はどこからか砥石を調達してきた。

夕食をすますと、すぐには休まず、持ってきたありったけの刃物を小屋の床にひろげた。半月刀に、細身のナイフが二本、何十本もの投げナイフ。薄暗いランプの明かりのもと、ユリ子はひとつひとつ手入れをはじめた。

万が一の備えではなさそうである。わたしがみたことのないやり方で、また目的のはっきりした丹念さで刃を研いでいる。

「近いうちにお使いになるの？」

「ええ！　これ必要なの」

「そう。恐ろしいわね」

藁束のうえに膝を抱えてユリ子の仕事を見物していたわたしは、精密に砥石のうえを往復するその手を見守るうちに、ふいにひらめきが起こった。

「そうだわ！　ユリ子さん、赤坂にあった、絹川家のお屋敷ってどんな造りだったかご存じ？」

「あたししらないわ」

「きっと、煉瓦造りだったのではないかと思うの。たしかめられないかしら？」

「あした晴海さんにきいてみるわ。おじいさんきっとしってるわ」


翌日、町から帰ってきたユリ子に、震災で崩れた絹川家のお屋敷がたしかに煉瓦造りの洋館だったことを教えられた。

「やっぱり！　では、きっと思ったとおりだわ。わたし、暗号に出てくる赤と白のものを考えていたの。砥石をみたときに思いついたんですけれど、『赤』というのは、絹川さんのご本宅のことなのではないかしら？

　そして『白』が別荘なの。だいぶん汚れてしまっていたけれど、あの別荘は壁が漆喰だったでしょう？　暗号が、このふたつをあらわしているとしたら、ぴったりするのではなくて？」

　まだ「まづゐはあかなり」「またよはしろなり」の意味するところはわからない。けれども、このふたつの文章が絹川家の所有していた建築をあらわしているということは、ありえるのではないか？　何しろ、これは隠し場所を示すための文章なのだから。

　ユリ子はわたしの説に頷いた。

「あたしも、そんなことありそうだと思うわ」

「そうでしょう？　ちょっとだけ前進したわ」

ちょっとだけといいながら、わたしは急に暗号の解読が目前になったような気がしていた。

ふたつの建物を色であらわしたこの暗号が、とても子供らしい発想で書かれたものに思えてきたのだ。あとほんのすこしのひらめきで、財宝のありかがわかるのではないかしら？


夜が明けた。

朝ごはんを済ませると、ユリ子は、いつもよりずっと早く町へ出かけて行った。時計がないから正確な時間がわからないけれども、きっとまだ七時くらいである。

わたしは小屋を出て、柵の近くでかつよのお世話をしながら、例の、ふたつの文章を呟いた。

「まづゑは赤なり、またよは白なり、何のことかしらね？」

ブラシをかけると、かつよは眼を細めて鼻先をムズムズさせる。だれも聞いていないのをいいことに、かつよを相手にひたすらひとりしゃべりをした。

「よ、は夜か、それとも世かしらね。ゑ、は絵くらいしか思い浮かばないわ。餌《ゑ》、っていうのも変ですものね。絵や夜が、絹川さんのお宅と関係あるかしら？

世も夜も絵も、まったくつながりがないのよね。大体、これくらいは漢字で書いておくべきだわ。書いたってばれっこないでしょう？　そうでなくちゃ、何を示しているのかすらわからないわ。ねえ？」

たてがみをとかすと、かつよはぶるんと嘶《いなな》いた。

サーカスにいただけあって、わたしがブラシを取り落とすと、かつよは口でつまむようにして拾ってくれる。

「あら、ありがとう。寶は漢字で書いてるんだし、別にいいじゃないの。そうしてくれたら、何をあらわしているのか迷ったりしないんですから――」

そう漏らして、わたしははたと思い当たった。

ひらがななのは、明確な意味があるのではないかしら？　そう、漢字にしてはかえってわからなくなる。ひらがなの「よ」と「ゑ」には、だれの目にも明らかな共通点があるではないか。

「だったら、寶が漢字なのも当然意味があるわね。もしかして――」

わたしは手を止め、暗号の書きつけを見返した。

文章を指でなぞるにつれ、直感がふくらみ、確信になった。文章は命令を与えたかのようにあるべきところに整列し、すべてが明らかになった。

「わかった！　かつよさん、わかったわ！　暗号が解けたの！」

わたしはかつよの背中をポンポン叩いた。興奮が伝わったのか、かつよはわたしの顔を舐めようとする。

「でも、これだけでは財宝の場所はわからないわね。地図がないと――」

地図は持ってきていない。ユリ子の記憶だけをたよりに、わたしたちは東京を逃げまわっているのである。

ユリ子が帰ってくるのを、そわそわと待ち焦がれた。

　この日のユリ子は、昼すぎに牧場へと駆け戻ってきた。小屋に飛び込んできたところに、真っ先にわたしは言った。

「ユリ子さん、わたし暗号を解いたわ！」

「あら！　すごい！　どこだったの？」

　問い返しながら、ユリ子は戸口にわたしを置き去りにして荷造りをはじめた。武器を選んで、革の背嚢に詰め込んでいく。

　わたしと同じように、ユリ子は興奮を湯気のように発散させていた。どうやら、ユリ子の計画にも進展があったらしい。

「暗号は、地図と照らし合わせないといけないの。どこかで地図は手に入らないかしら？」

「そうなの？　じゃあしかたないわ。あたしたちすぐに出かけなきゃいけないの！　鞠子ちゃんも支度して！」

　財宝どころではないような調子である。戸惑ってわたしは訊いた。

「何をするんですの？」

「箕島伯爵をやっつけに行くの！　準備ができたの。今日の夕方に時間が決まってるから急がなくちゃいけないわ。宝物のことは行ってからにしましょ」

　ユリ子はジャラジャラ音を立てる背嚢を背負うと、かつよを呼び寄せた。

　例の、「とっておきの方法」を使うときが来たらしい。わたしは暗号の写しだけ持って、ユリ子に促されるままかつよの背に乗った。

6

屋上の曲芸師

一

ときは夕暮れに近い。

神奈川の山中である。風が吹くと足がすくんだ。わたしとユリ子は、箕島伯爵のつくった秘密のお屋敷の、屋根のうえに立っている。

見下ろすと、外のお庭に二十人近いひとがいる。財宝探しに関わるひとたちがみんな集まっているのだ。長谷部家の人びとは、子爵をはじめに、長男と三男、そして使用人たち。かれらの自動車に同乗してきた、わたしの父のすがたもある。

箕島家の人びとは、長谷部家よりわずかに遅れてやってきた。箕島伯爵とその手下の男たち。さらには、長姉の紀子さんもいた。両家は合戦の前のように向かい合いながら、屋根のうえのわたしたちに注意を向けているので、ハの字の陣形をつくっている。

焦燥を滲ませる箕島伯爵の一味と、混乱し、それを警戒する長谷部家のものたち、かれらのだれも、そしてわたしも何が起ころうとしているのか理解してはいなかった。

「うまくいったわ。ぜんぶ予定どおり」

屋根のうえで、ユリ子はわたしにほほえんでみせた。

かれらはユリ子が呼び寄せたのである。晴海さんを通して長谷部家にこの場所を教え、時間を指定し、わたしの父をともなってやってくるように仕向けたのだ。

そのうえユリ子は、箕島家のものまでをこの場に集めた。だれも知らないはずの秘密の場所に呼び出しを受ければ、かれらはやってこないわけにはいかない。

伯爵の手下のひとりが、声をはりあげた。

「おい！　何のつもりだ？　勝手に人の土地に入り込んで、ここがどこだか分かっているのか！」

「もちろん！　あたし何もかもわかってるわ」

ユリ子は、おもちゃを振りまわすように、右手に投げナイフ、左手に半月刀を握っている。

長谷部子爵が叫ぶ。

「私は、箕島さんの悪事を明かすからここに来い、と言われたのだ！　呼んだのは君かね？」

「そう！　あたし箕島さんがどんな悪いことしてるのかみてもらおうと思ったの」

眼下の人びとは緊張を高めた。

箕島伯爵の手下には、猟銃を構えた老人がいた。ユリ子は、半月刀の切っ先を、猟銃の銃口に向けた。

「ねえ！　そんなので狙ったって、あたしを撃つわけにいかないのはわかってるわ。そうでしょ？　伯爵さん」

「そ――、そうだ！　隣にいるのは私の娘だ！　当たったら困る」

父は初めて口を利いた。

箕島伯爵はわたしたちを睨みつける。かれはまだひとことも発していない。しかし、ことのほか素直に、老人に合図をして猟銃の銃口を下げさせた。

かれらの反対、わたしの背後を振り返ると、中庭の小屋は静まり返っている。鉄格子の中は薄暗くてうかがえない。

芳久さんには、わたしたちの背中がみえているはずである。騒ぎの気配は、もちろんあの小屋にも届いているだろうけれども、かれは息をひそめ、成り行きを見守っているらしい。

この睨み合いは、さっき言っていたとおり、ユリ子が仕向けたのだ。

牧場から駆けてきたわたしたちがお屋敷の屋根に這い上がると、物音を聞きつけた番人たちが庭にあらわれユリ子に銃口を向けた。

時をおなじくして、長谷部一家が三台もの自動車を仕立てて到着した。こうして、かれらは屋根のうえの少女に猟銃を向ける老人のすがたを目撃したのである。こうなったら、番人も長谷部家のものを追い払うわけにはいかなかった。そこに箕島伯爵たちがやってきて、陣形は完成した。

わけもわからず、ユリ子にしたがって屋根に上がったのだけれど、これは恐ろしく危険な芸当だったのではないかしら？　何かひとつタイミングが狂えば、ユリ子か、芳久さんか、それともわたしが死んでいたのではないか？

ユリ子は傾いた屋根を踊るように歩きまわって、ためつすがめつ、観客を睥睨《へいげい》する。

わたしはいちども練習をしないまま舞台に上げられた曲芸師の気分だった。それでも、屋根のうえで臆病に縮こまっているわけにはいかない。何をする気かわからないけれど、ユリ子のとなりで、堂々と胸を張っていなければならない。

「箕島伯爵の悪事とは何だ？　教えてもらおう！」

長谷部家の長男、隆一郎が言った。疑惑のこもった眼差しからして、かれは、わたしたちが園遊会に紛れ込んでいたことに気づいているかもしれなかった。

「ええ！　お教えするわ。伯爵さん、いいでしょ？　こうなっちゃったら、みんなにしってもらうしかないの。でないとはなし合いもできないわ。ねえ？」

ずうずうしくユリ子は伯爵に言い放った。

ユリ子の狙いは、箕島伯爵の企みを衆目に晒すことにあるらしい。しかし、その先はどうなるのだろう？　伯爵が自暴自棄を起こしたらどうする？　だれも傷つけずに、この敵意に満ちた舞台の幕を引き、芳久さんを救い出すことができるのだろうか？　まさか、財宝探しの終盤に、こんな探偵小説の結末のような場面がやってくるとは思いもしなかった。

どうやら、謎解きが始まるようである。歌劇のような身ぶりで、ユリ子は語りはじめた。

二

「さあ！　さいしょにおはなしするのは絹川子爵のこと。箕島さんも長谷部さんも、子爵が隠した宝物を手にいれようとしているんですものね。そのことからはじめなきゃいけないわ。

みなさんは、明治四十四年に、盗まれるんじゃないか不安だっていって絹川子爵が宝物をどこかに隠しちゃったことはごぞんじでしょう？　あたしよりずっとよくごぞんじのはずだわ。あたしなんて、自分が明治の終わりにどこでなにしてたかだってしらないもの。

でも、このことは、最近までだれもしらなかったんじゃないかしら？　その年の十月に泥棒さんが子爵の別荘にしのびこんだら、宝物が魔法みたいになくなっちゃったってこと。どうかしら？」

わたしは、元泥棒の樫田に聞いた話を思いだす。

樫田と織原瑛広のふたりが、雨上がりの夜、青梅の別荘に侵入したのだ。かれらは、別荘が無人であることをさんざんたしかめたという。そうして、財宝が保管されている部屋をこじ開けようとして、道具をこわしてしまう。

道具を調達するためふたりは二時間あまり別荘を離れた。その間にだれかが入りこんだ形跡は一切なかった。にもかかわらず、戻ってきたとき財宝はあとかたもなく消え失せていたというのである。

長谷部隆一郎が怒鳴る。

「君は、その謎の答えが分かっているというのか？　どうして財宝が消えてしまったのかを！」

「ええ！　あたしわかってるわ」

長谷部家の人びとは、樫田を通じてこの事件を知っているのだ。

「では、誰がどうやって行《おこな》ったんだ？　やはり、絹川子爵が企んだことなのか？」

「そう！　たくらんだのは絹川子爵。やったのも子爵だと思うわ。証拠はないから、もしかしたらべつのひとかもしれないけど。

でも、どうせみんな死んじゃってるからそんなことどうでもいいの。だいじなのは、なんのために、どうやって宝物を隠したのか。そのことが箕島伯爵の悪だくみと関係あるの」

　さっきから、ユリ子はしきりに箕島伯爵の秘密をほのめかす。それも、秘密というのが、絹川家の生きのこりをひと知れず監禁しているだけではないような口振りではないか？　わたしの知らない悪事を、伯爵はやっているのかしら？

「ねえ！　あたし、箕島さんは絹川子爵がどうしてそんなことをしたのかわかってると思うの。でも、どうやって財宝を消したのかは知らないんじゃないかしら？　どう？」

　沈黙を貫いていた箕島伯爵が吼《ほ》えた。

「気安く話しかけるな！　お前が、薄汚いなりで首を突っ込んできて、何もかも引っ掻き廻してしまいおった。勝手に喋れ。話だけは聞いてやる！」

「ええ、あたしかってにしゃべるわ。じゃあ、絹川子爵がどうやったのかから、ご説明しましょ。長谷部さんは、明治四十四年に泥棒さんたちが別荘に忍びこもうとしたときに、たいへんな失敗をしちゃったってことごぞんじ？」

　隆一郎が答える。

「聞いたぞ！　織原瑛広が、別荘の番人を殺してしまったというんだろう！」

「そう。瑛広ってひと、逃げる番人をつかまえようとしてうっかり殺しちゃったんですって。そして、屍体を自動車に隠して、現場に証拠をのこしてないか森の中にたしかめに行ったの。それから別荘に向かったのね。

　絹川子爵が、別荘に泥棒がはいろうとしてるのに気がついたのは、きっとこのときだと思うわ。

子爵って、すごく神経質なひとだったんでしょ？　この日は、絹川さんのご一家がみんな東京市内にいるってはっきりしてる日だったから、お留守の別荘のことがきゅうに気になって、ちかくまでやってきたのね。そして、番人のひとが殺されちゃったことに気がついたの」

　このあいだ別荘に行ったとき、ユリ子はその可能性を指摘していた。

「待ち給え！　すると君は、絹川子爵はただの胸騒ぎのようなもので別荘までやって来て、偶々泥棒がいることに気づいたというのか？」

「そう」

「絹川子爵は、別荘にやってくるまで泥棒が入っていることは知らなかったのか。ということは、子爵は財宝の盗難を防ぐ計画を、別荘にやって来たそのとき決めたのか？」

「ええ！　その通り」

　隆一郎は訝る。

「そんな事が本当に可能だったのか？　近くに来てみて、いきなり自分の雇った番人が殺されているのに出くわしたんだろう？　財宝を消し去る大奇術の種を、そんな土壇場に考え出すことが出来るものか？」

「反対に考えなきゃいけないの。子爵は、泥棒がくるってあらかじめわかってたら奇術なんてする必要なかったのよ。ちかくまできてきゅうにみつけたから、そんなことをしなきゃいけなくなっちゃったの」

「——どういう事だ？」

わたしも、ほかのだれもユリ子の言うことの意味がわからなかった。そうみてとると、ユリ子は無邪気に笑った。

「じゃあ、泥棒をみつけた絹川子爵がどうやって、だれも出入りできない別荘の宝物を消したかおはなしするわ。

夜の十時くらい。雨上がりのお山の中で、子爵はじぶんの別荘の番人が殺されて、森の奥から運ばれてくるのをみつけるの。遠くからようすをみてると、番人の屍体は穀物袋に詰め込まれて、自動車に積まれちゃったのね。それがすんだら犯人は、森のなかに証拠を落としてないか探しに行ったわ。

子爵は、そのすきに自動車の番人の屍体を取り出して、服を脱がせて、裸の番人を草かげにでも隠しちゃうの。それからじぶんは脱がせた服を着て、穀物袋をかぶって、屍体とおんなじ格好で自動車の後ろの席にもぐりこんだの」

みんな、ユリ子の言うことに呆気にとられている。

「待て。絹川子爵は、警察に通報するより何より、屍体のふりをして自動車に乗り込むことにしたというのか？」

「そう」

「何故《なぜ》だ？　家宝が盗まれかかっているにせよ、どうして、そんな危険な真似をするんだね？」

「あとで教えるわ。先に、絹川子爵がどうしたかのおはなし。自動車に隠れてたら、泥棒さんたちが戻ってくるわ。そうして、屍体が子爵と入れ替わってることには気づかないで、自動車を動かして一本道を別荘のまえまで行くの。

別荘に着いたら、泥棒さんたちは自動車を降りて、玄関のそばまで行くわ。

そして、侵入するまえに、別荘のまわりをまわって、ようすをたしかめようって決めたの。もしかしたら、だれかがなかにいるかもしれなかったから。

泥棒さんたちが行っちゃったら、絹川子爵は車を降りて、玄関まえに行くの。とびらには小枝が立てかけてあるから、それはわすれずに除《の》けとかないといけないわ。

そして、玄関を開けて別荘にはいるの。自分の別荘だから、もちろん鍵を持ってるわ。はいったら、子爵は音を立てないようにそっと歩いて、使用人の部屋に行くの。そして、部屋ですやすやねむってる、もうひとりの番人に忍びよって、首を思いっきり絞めて殺したの。そうやって、もうひとつ屍体をつくったのよ」

「殺した？」

だれかが訊き返した。

「泥棒が入ってくるときに、絹川子爵は、自分の別荘の番人を殺害したのか？」

「そうなの！　別荘には、ふたりめの番人がいたのよ。泥棒さんたちが、なかにだれかいるんじゃないかって心配してたとおりだったの。

殺人がすんだら、子爵は屍体をかついで玄関を出るの。とびらの小枝は元どおりにしておくのね。そして、自動車に戻って、番人の屍体を自分のかわりに穀物袋にいれて、後部座席においとくのよ。

もしかしたら、このとき子爵はもういっかい屍体と服をとりかえたかもしれないわ。でも、瑛広さんが殺した番人と、子爵が殺した番人が同じような服を着てるんだったら、わざわざとりかえなくてもよかったはずね。どっちだかはしらないわ。

さあ、泥棒さんたちは、別荘を一周して玄関に戻ってくるわ。あそこは斜面で歩きにくくて、ふたりは慎重に別荘をまわってきたから、絹川子爵には人殺しをする時間がじゅうぶんあったの。それに、風が強かったみたいだから、ちょっとくらいの物音は気づかれなかったはずだわ。

泥棒さんたちが玄関に戻ってきても、小枝が元どおり立てかけられてるし、まさか自分たちがいないあいだにべつの殺人犯が出入りしたなんて思いもしないわ。それから、玄関をこじ開けて、だれか隠れてないか一部屋ずつみてまわっても、もちろんだれもいなかったのよ。それで、さいしょっから別荘にはだれもいなかったって思ったのね。

泥棒さんたちは安心して、一階の宝物の部屋を開けるのに取りかかったわ。そしたら子爵は自動車の陰から出て、別荘にはいって、二階に隠れるの。

ようすをうかがっていたら、運よく鍵開け道具がこわれて、泥棒さんたちは出直さないといけなくなったわ。

泥棒さんたちは、町におりるために自動車に戻ったときに後部座席の屍体をたしかめたみたいだけど、もちろん屍体が入れ替わったことには気がつかなかったの。瑛広さんが屍体を捨てたときだって、そんなこと思いもしなかったでしょうね」

瑛広は気が動転していたのだろうし、暗い森のなかで殺した、それまで会ったこともなかった番人の屍体なのだ。別人に入れ替わっていたところで気がついたとは思えない。そんなことは起こるはずがないのだ。服装が同じならなおのことである。

探偵小説に、殺人犯が犯行現場に出入りすることができなかったようにみせかけるお話があるけれども、これはその反対だったのだ。殺人犯が、殺人を犯してしまったゆえにこんなトリックを仕掛けられたのである。

「みなさんごぞんじかしら？　明治四十四年の十月、番人が殺されているのがみつかったあとで、もうひとりの番人がどこかへいなくなっちゃったって新聞記事がでてるの」

そうだ。上野の図書館で、わたしがたしかめた記事だ。

箕島伯爵の一味も、長谷部家の人びとも、口には出さず、しかしかすかにユリ子に同意をする気振りをみせていた。財宝を追っていたかれらは、わたしたちと同様に新聞を調べていたのだろう。

ユリ子は続ける。

「ともかくこれで、絹川子爵は泥棒さんに気づかれずに別荘にはいることができたわ。あとは、宝物を消してしまうだけ」

「消してしまうだけ？　どうやったんだ？　それこそ一番の難題じゃないか。何の痕跡も残さなかったのだろう？」

隆一郎がもっともなことを言う。

「そんなことないわ。これが絹川子爵のやったなかでいちばんかんたんなことだったの。

泥棒さんが町に降りてしまったら、子爵は宝物の部屋を開けるの。そして、宝物をみんな部屋から運び出すの。やっぱり、穀物袋みたいなじょうぶな袋にでもいれたんじゃないかしら。大きな甕は割って、木の仏像はのこぎりでバラバラにするの。

そうしたら子爵は、いきおいをつけて、宝物をぜんぶ、窓から別荘のうらの川に投げ捨てたの。ほら！　これで、足あとも何にものこさないで宝物を消してしまうことができたわ」

だれもかれも、ユリ子の真相に茫然としていた。

屍体になりかわって、泥棒たちの自動車に乗り込む。泥棒たちが別荘の周囲を調べているうちに屋内にはいり、もうひとりの番人を殺害して、屍体を調達する。こんどはその屍体を自分のかわりに自動車に積んでおく。そして、泥棒たちがいなくなった隙に、財宝をみんな川へ投げ捨てた。

――これが、絹川子爵のやったことだというのだ。

隆一郎が反論する。

「無茶苦茶だ！　わざわざ泥棒の自動車に隠れて、自分の別荘の番人を殺すのもどうかしているが、挙句に財宝をみな川へ捨ててしまったと？　絹川子爵は錯乱していたのか？」

「錯乱してないわ。もちろん、ひとごろししてるから錯乱してるみたいなものだけど。でも絹川子爵は、自分では筋の通ったことをしてるつもりだったの」

「この行いに、どう筋が通るというんだ？」

「こう考えたらいいの。絹川子爵がまもろうとしたのは宝物じゃなかったのよ。まもろうとしたのは、秘密だったの」

「秘密？　何の秘密だ？」

図書館で、ユリ子はそんなことを話していた。秘密を守るためには、絹川子爵にとって番人はじゃまだったのだと。

「宝物のことで、絹川子爵にはおおきな秘密があったのよ。どんな秘密かは、子爵がじぶんの別荘の番人を殺して宝物を川に投げ捨てたことと、いくつかのことを考えあわせたらわかるわ。

ひとつは、子爵がこの事件の一年くらいまえに、青梅の別荘で、リチャード・ロックウェルっていう英吉利《イギリス》の時計商のひとと会ってたこと。このことはだれかごぞんじ？　鞠子ちゃんが、新聞に出てるのをみつけたの」

返事をしたのは長谷部子爵だった。

「明治の終わりかね？　ロックウェル氏の訪日の際に、絹川子爵と面談をしていた話には憶えがある。事情は知らんが――」

「ええ！　だれも事情はしらないわ。子爵は、なんで会ってたかだれにもしってほしくなかったはずなの。だいじなのは、ロックウェルってひとが骨董あつめで有名だったってこと。新聞にそう書いてあるわ。

もうひとつ考えなくちゃいけないのは、子爵が、明治四十四年の事件のあと、宝物を隠したっていろんなひとに言いふらしてたってこと。

宝物がだいじなら、そんなこと内緒にしといたほうがいいでしょ？　なのに、聞かれてもないのにいろんなひとに自分は家宝を隠して暗号をつくったんだぞってお触れみたいにしゃべりまわるのはおかしいわ」

長谷部子爵が答える。

「絹川子爵は、自分の隠し方に自信があったのではないかね？　それを誇示したいのだろうと思っていたのだがね」

「ええ、みんなそんなふうに考えてたわ。でもちがうの。

さて！　ちょっとおききしますけど、ここにいるみなさんは宝物を探してらっしゃるのよねえ？でも、みなさんがほしいのは、立派な掛け軸とか、綺麗な古時計とかじゃないはずだわ。そうじゃなくて、ほしいのはおかね。ちがう？」

ユリ子の言葉は、皮肉を言っても皮肉に聞こえない不思議な幼さと明るさを持っている。

お庭に勢ぞろいした高貴な人びとは、その天真爛漫さにバツが悪そうだった。もちろんみな、お金めあてに子爵の財宝を手に入れようとしていることを否定できないのだ。

「恥ずかしがらなくていいわ！　みんなそうなの。絹川子爵じしんがそうだったんですものね。ところで鞠子ちゃん！　鞠子ちゃんにきくわ。もしも、とっても価値のある家宝を持ってたとして、それはかんたんにおかねにかえられるの？」

ユリ子は唐突に、半月刀でわたしを示した。

何のことだろう？　わたしは真剣に、お庭の人びとにもはっきり聞こえるよう答える。

「――いえ、簡単にはいきませんわね。家宝はおうちの名誉を象徴するものですから、手放したら御先祖さまに申しわけがないですし、あのおうちは没落したんだって、世間のひとからうしろ指をさされることもあるでしょうね」

答えながら、娘の大立ちまわりを心配そうに見上げる父へ視線を返した。

わたしのおうちも、売り立てをやってずいぶん惨めな思いをした。それに、執達吏ユリ子がお屋敷に乗りこんできたときには、父は、借金のかたに徴収されるのを恐れて、ぶざまなやり方でささやかな家宝を守ろうとしたのだ。

「そうね。そのことはきっとここにいるみんな納得してくれるわ。それじゃ、絹川子爵のきもちを考えてみましょ。

子爵は、百万円以上の値打ちの宝物を持っていたわ。でもこれって、百万円を持ってるってことにはならないの。ご先祖から受けついだ、自慢の宝物ですものね。鞠子ちゃんが言ってたみたいに、売っちゃったらおうちの名誉が傷つくわ」

近ごろは、華族がお金に困って家宝を売るのはあたりまえみたいになってしまったが、明治の終わりくらいなら、まだ売り立てもさかんではなかったから、百万円もの家宝を手放せばきっと世間の目についただろう。

「百万円の宝物だって、傷まないようにお世話をして、盗まれないか心配してなきゃいけないんなら、ただのお荷物だわ。それに、手放したくたってなかなか手放せないの。子爵にとっては、宝物なんてじゃまだったのよ。

そう思ってるところに、英吉利《イギリス》から、ロックウェルさんていう、骨董品がすきな大金持ちがやってきたの。

ほら、ここまで考えたら、絹川子爵がなにをしたか、想像がつくでしょ？ きっとこのときは、だれにもしられないように宝物をおかねにかえるまたとない機会だったの。日本で売ったら、どうしたって宝物を手放したってうわさになっちゃうけど、異人さんならだいじょうぶだわ。それに大金持ちだから、みんなまとめておかねにしてくれるの。そんな好都合なこと、めったにあるものじゃないわ」

「ならば、つまり、こういうことか？」

隆一郎が声を張り上げる。

「明治四十四年、泥棒が別荘に入ったとき、絹川子爵はすでに財宝を手放していたのか？　金に換えてしまっていたのか！」

「そういうこと」

「では、別荘の一室に詰め込まれていた財宝は？」

「もちろんにせもの！　お客がきても怪しまれないように、子爵はにせものをお部屋に飾っといたの。たぶん、あんまりよくできたにせものじゃないんだと思うわ。

そしたら、もういっかい、絹川子爵がやったことを思い出してみましょ。

子爵は、番人を殺した泥棒さんたちが別荘に侵入しようとしているのをみつけるわ。そのとき、子爵がいちばん恐れたことがおわかりかしら？

絹川子爵は、じぶんが、届け出もしないで、こっそりだいじな宝物を売り払っちゃったことをしられてしまうのがなにより怖かったの。そんなことが世間にしれたら、絹川家の名誉がずたずたになっちゃうから」

財宝を手放したこともだが、それを世間に知られないように行った、その姑息さが、きっと子爵にとっては何よりの恥だったのだ。

「でも、泥棒はいまにも別荘に忍びこもうとしてるわ。そして別荘にはもうひとり番人がいるの。

きっと別荘の番人は、宝物がにせものだってしってたはずだわ。ロックウェルさんとは別荘で取り引きをしたんですものね。

だから、もしも番人と泥棒がはちあわせたら、泥棒が番人を尋問して、秘密をしられてしまうかもしれなかったの」

「絹川子爵は泥棒に先まわりして、番人の口を塞いだというわけか！」

「そう。番人が生きてるかぎり、子爵は秘密がもれないか不安に思ってなきゃいけないわ。だから、いっそ殺してしまおうと決めたのね。

その屍体を身がわりにしたおかげで、子爵は泥棒さんたちに気づかれないように別荘にもぐり込むことができたわ。それで、泥棒さんたちがどうするかじっとうかがってたら、うまいこと道具をこわしてくれたの。ふたりがいなくなったすきに、宝物のにせものも始末してしまうことにしたのね。

もちろん、始末は足あとがのこらないようにやらなきゃいけないわ。そんなのがあったら、泥棒さんたちにたどられちゃうから。

にせものを川に投げ捨てたら、別荘のなかでじっと泥棒さんたちが戻ってくるのを待つの。戻ってきたら、またこっそりおそとに出て、自動車の陰にでも隠れるのね。

ふたりが宝物がないのにおどろいて、別荘を飛び出してきたら、子爵はまたなかに戻るの。泥棒さんたちが逃げたら奇術は成功。あとはひとつのこった番人の屍体をどこかへ隠して、それでおしまい。

絹川子爵が、宝物をだれにもみつけられないところに隠したって吹聴してたわけがこれでおわかりでしょ？ それは、すでに絹川家のものじゃない宝物を、まだ自分が持ってるんだって思わせるためだったの。別荘の宝物の部屋がからになっててもあやしまれないように。

子爵がわざわざ一年くらい別荘ににせものを置いといたのは、ロックウェルさんがきたすぐあとに宝物がなくなったら、売っちゃったんじゃないかって疑われるからだと思うわ。

はい！ これが絹川子爵のやったこと！ こうすれば、宝物はみんなおかねにかえちゃったのに、宝物を所有しているっていう名誉は手放さなくていいのよ。それが子爵のねらいだったの」

眼下の人びとは、ぼそぼそとささやき合って、ユリ子の推理を肯定した。絹川子爵の人柄を知るかれらにとって、この真相は納得するよりないものだったのだ。

長谷部子爵は肩を落とした。

「という事は、もとより絹川家の隠し財産などありはしなかったのか？ これほどの骨折りをして、隆二郎まで亡くしたというのに――」

わたしにも、虚しさが湧き上がってきた。

しかしユリ子は表情を変えない。

「それはちがうわ。隠し財産はあるの。そうでなくちゃ、絹川子爵があんなにややこしい暗号をつくったはずがないもの。それに、長谷部隆二郎さんは、きっと正しく暗号を解いたはずだわ。正しく解いたからこそ、亡くなってしまったの」

「何？」

ユリ子が突然事件の核心に手をのばし、長谷部一族はざわめいた。

「隆二郎が？　なぜ君に分かる？」

「順番に考えたらわかるの。それじゃあ、こんどはそのことをおはなしするわ。絹川子爵は、いったいどこに、なにを隠したのかってこと」

三

「絹川子爵は、宝物を売って百万円のおかねを手にいれたわ。でも、このおかねも、どこにしまっておこうか迷うわねえ。

百万円なんて大金だから、持ってるってしられたらそれだけで宝物を手放したって感づかれちゃうわ。銀行にあずけたりしても、うわさになっちゃうかもしれないの。

それを何より恐れてた子爵は、自分が言いふらしているとおりに、暗号をつくって、宝物のかわりにおかねを隠すことにしたのね。自分のおうちにおいとくのも不安だわ。じっさいに、別荘に泥棒さんだってはいったんですものねえ。

おかねのほうが隠すのはかんたんね。百円札とか、百ドル札でそろえたら、あんまりかさばらないもの」

　隆一郎が訊く。

「それなら、美術品が現金に変わっただけで、絹川子爵の言っていた事はそのまま受け取って良いのか？　あの暗号を解けば、現金の隠し場所に辿り着くのか」

「ええ！　その通りなの。百万円を手にいれるには、やっぱり暗号を解かなくちゃいけないの。長谷部さんは、それでずっとご苦労なさってたのよね。でももうだいじょうぶ！　ついさっき、鞠子ちゃんが暗号を解いたんですって！　だからもう、あたまを悩ます必要はないわ。さあ！　鞠子ちゃん、みんなに教えてあげて！　どうやって暗号を解いたらいいの？」

「ええ？」

　わたしは混乱した。だれよりもさきに、隠し財産をみつけるのではなかったのかしら？

「この場でお教えしてよろしいんですの？」

「もちろん！　せっかくわかったんだから、教えてあげましょ」

「本当に、いいのね？　――では、失礼いたします」

　わたしは、ひらがなの暗号の写しをお庭にほうった。ひらひらと着地したそれを、隆一郎が拾い上げた。

「とっても不躾なやり方でございましたわ。ごめんくださいまし」

　ユリ子の目的がわからないまま、わたしは解説を始めた。

「そこに書いた百文字の文章は、絹川家の別荘の壁紙と照らし合わせて解読したものですの。壁紙が暗号を解く鍵だということは、長谷部さまはご存知でしたかしら？」

「そういえば、確かに隆二郎は、別荘の壁紙がどうとか言っていたが——」

隆一郎はあいまいに言った。やはり隆二郎は、家族にも暗号のことをあまり話さずにいたのだ。

わたしは、壁紙に時計の模様があって、それに添って暗号を解いたことを説明した。

「——そうしたら、その文章があらわれたんですの」

「しかし、まだ意味が分からないな。どう解釈すればいい？　雑多な事が書いてあるばかりだ」

「そうなんですの。意味のわかる文章も、わからない文章も、まぜこぜに書かれているんです。これをどう読んだら隠し場所がわかるのか、わたしはさんざん考えたのですけれど、最初に目についたのが、『先づ、ゑは赤なり』『又、よは白なり』というところなんですの」

「そうか？　ここは、一番意味がはっきりしないが——」

「はい。意味がはっきりしないというのが問題で、実は、『よ』や『ゑ』という文字には、何の意味もないんです。

これらのひらがなは、文字が小さく丸をつくっていますでしょう？　そのことが、何よりも肝心なんですの。それからもうひとつだいじなのが、『寶』という漢字で、これだけ、ひらがなではございません。

どういうことかと申しますと、この暗号文は、それじたいが地図になっているんです。

文章が、百文字きっかりになっていますでしょう？　そして、『桝にて量れ』『角折れる事』や、『これも角なるも忘るるな』という文章がございますわね。

枡にて量れ、というのは、ほんとうの枡を使って何かを量れということではないんですの。そうではなくて、正方形の枡目をつかって計測をする、という意味なんです。

どうするのかというと、この百文字を、たてよこ十文字の、正方形の一文にしたらいいんです。すると、『かど』という言葉が出てくるところがまさに右下と左上のかどになるんですの。

これが、そのまま隠し場所をあらわす地図なんです」

つい半日まえ、牧場でかつよの世話をするうちにひらめいたのがこれだった。とりとめない文章の並びは、座標をしめすためのものだったのだ。

隆一郎はわたしの言った通りに、手帳に暗号文を書き写したようである。

「なるほど。これが地図なら、どう見ればいいんだ？」

「はい。『よ』の丸が、絹川家の別荘をあらわしています。あの別荘は、漆喰塗りの白い建物でございましたから。

それから、『ゑ』の丸はご本宅ですの。地震で崩れてしまいましたけれど、赤坂にあった、煉瓦造りの建物です。

そのふたつを基準にして、『寶』の文字があるところ、それがきっと子爵がお金を隠したところなんですの。それも、隠し場所は『王』の字のところにあたるんだろうと思います。『寶』の漢字のなかに、『王』の字がございますでしょう？　暗号のなかに『貴人の身許にたからあり』とありますから、きっとそう解釈したらいいのではないかしら」

未知の場所を示すには、既知の地点を示す座標が二つと、目標地点の座標、最低でも三つの目印がいるけれど、これで、三つの座標ができる。

「そうか。その三つの座標を、実際の地図に重ねる訳だ」

か	た	き	う	ゐ	も	こ	か	お	ま
ど	よ	た	ろ	よ	と	ろ	れ	れ	づ
な	は	な	く	り	に	え	こ	る	ゑ
る	し	き	ち	ほ	た	よ	の	こ	は
も	ろ	と	や	く	か	う	こ	と	あ
わ	な	こ	う	せ	ら	ま	と	ま	か
す	り	ろ	さ	い	あ	ひ	し	す	な
る	こ	み	き	に	り	と	か	に	り
る	れ	よ	寳	じ	と	の	と	て	か
な	も	ま	は	ゆ	り	み	こ	は	ど

「はい」

長谷部家の使用人が、地図を取り出した。隆一郎は、手帳と地図を丹念に見比べる。

「もちろん、この方法では、隠し場所を正確にしるすことはできませんの。文字の書きかたで誤差ができてしまいますから、実際の場所とは何百米《メートル》、あるいは何粁《キロ》もずれてしまうかもしれませんもの。

だから、鳥居を目印にした隠し場所のみつけかたが書いてあるんです。おおよその場所がわかったら、その近くの鳥居を探して、そこから北西に十六町を測ればいいんですわ」

「うん、なるほど――」

隆一郎が、丁寧に目測をつけ、地図に印をつけていくのをわたしは固唾を呑んで見守った。

やがてかれは、不可解な面持ちで言った。

「これは、本当に正しいのか？『よ』が別荘、『ゑ』が本宅、『賓』が隠し場所なのだろう？　どうも地図を見た限りでは、隠し場所は、いま正に我々がいるあたりのようだが――」

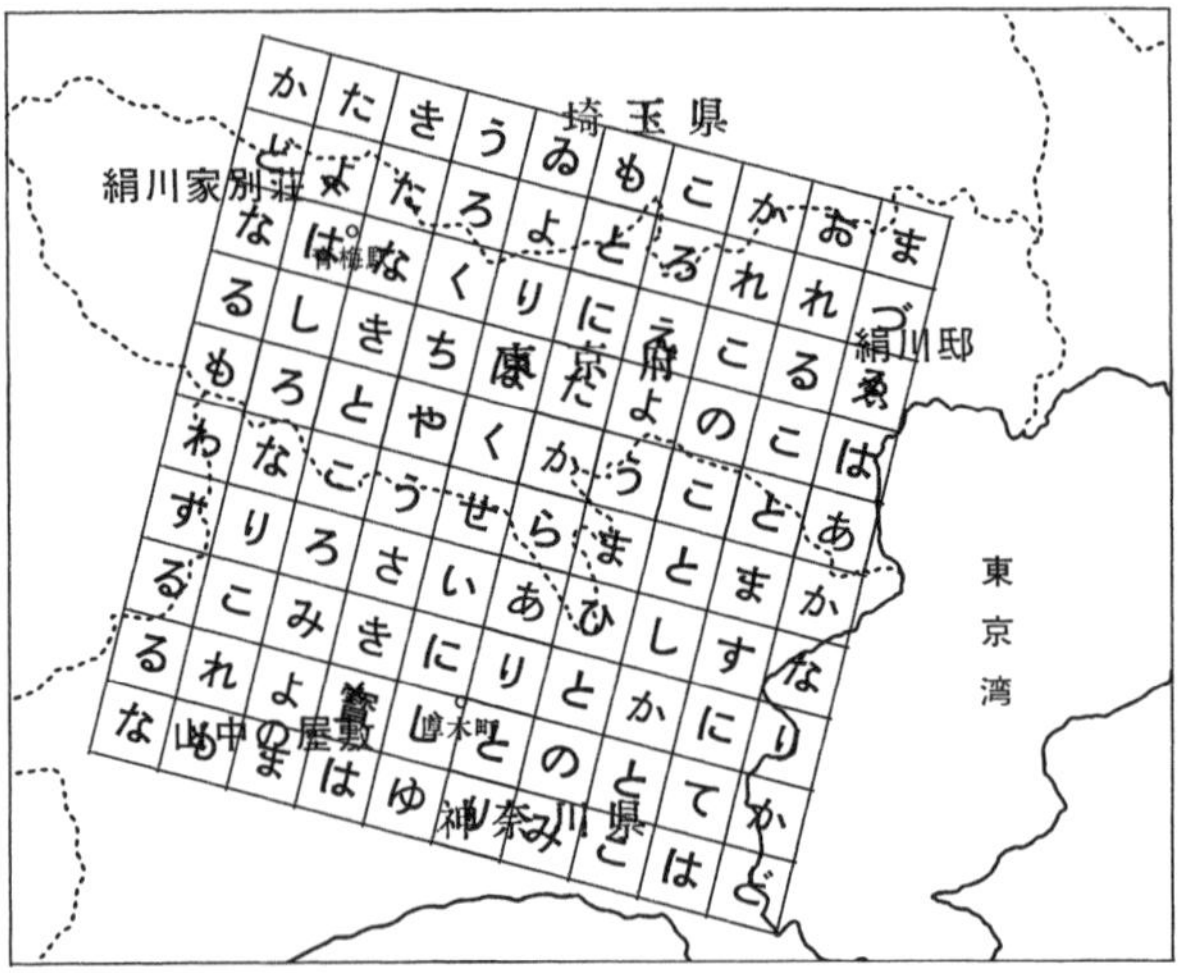

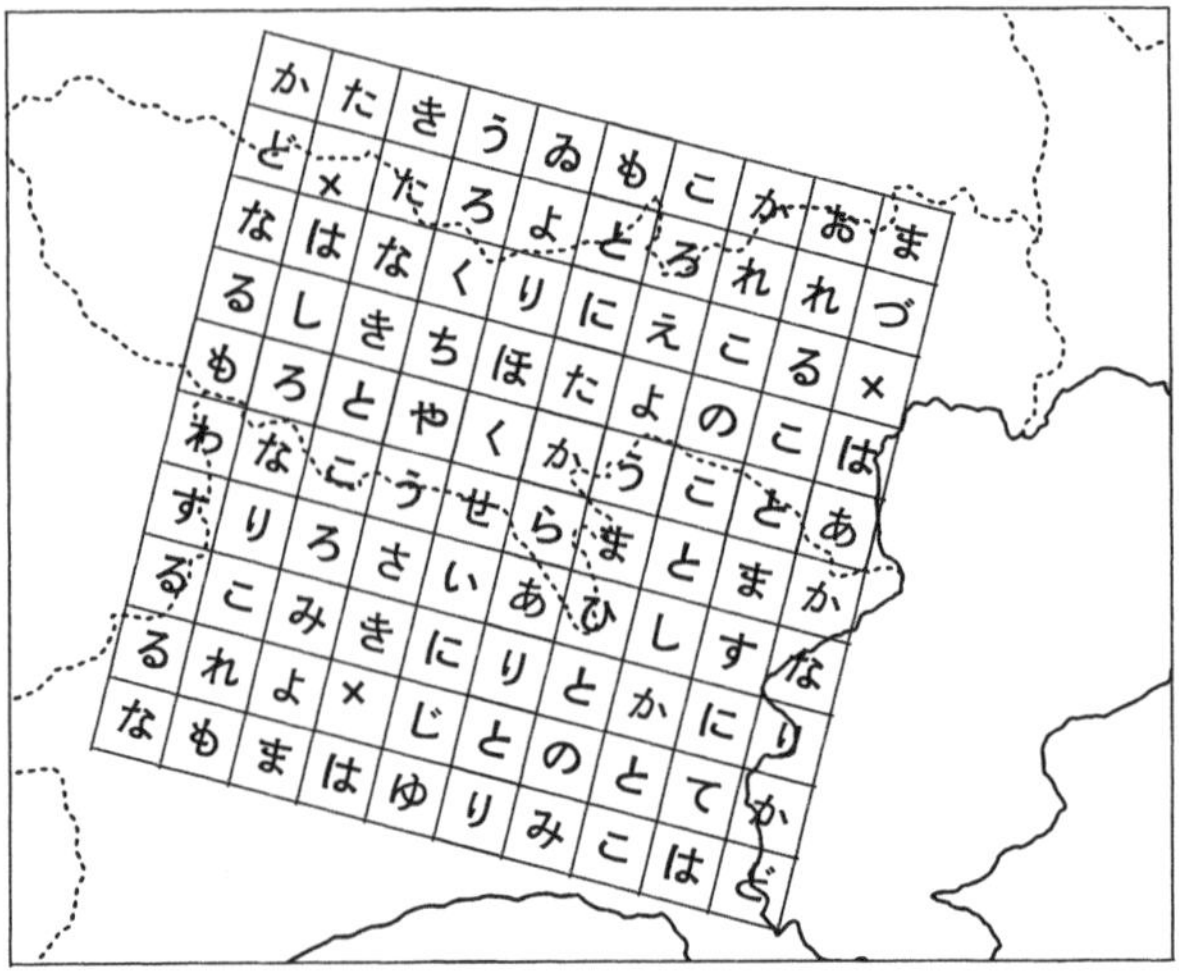

「ええ？」
ここが隠し財産の場所？
わたしはユリ子をかえりみた。

ユリ子は、自身の考えがすべてあたっていたことを示す、会心の笑みを浮かべている。

「どうして？　ここに財産が隠されているの？　ここは――」

そのとき、箕島伯爵が、醜悪な顔でわたしとユリ子に叫んだ。

「おい！　貴様ら、迂闊な口を利くと取り返しがつかん事が分かっているのだろうな？」

わたしはその怒気に怯んだ。しかしユリ子は歯牙にもかけず、わたしに促した。

「なあに？」

「ここは、箕島伯爵が、絹川芳久さんを閉じ込めておく秘密のお屋敷でしょう？　どうして、ここが隠し場所なの？」

ユリ子は、少しだけ中庭に注意を向けてから、言った。

「じつはね、いま鞠子ちゃんがいったことはぜんぶまちがってるのよ。ここは、箕島伯爵が絹川芳久さんを閉じ込めるためにつくったんじゃないの。

あの小屋にいるのは絹川芳久さんじゃなくて、織原瑛広さんだったのよ。この建物は箕島伯爵がつくったんじゃなくて、瑛広さんが伯爵につくらせたの。明治四十四年の殺人の時効がくるのをまつために」

四

ちょうど山陰に陽が隠れて、あたりはお芝居の幕がかわるように昏《くら》くなった。

だれも口を利かない。長谷部家の人びとは、ユリ子が明かしたことを理解できずにいた。箕島伯爵は、炭鉱のそとでダイナマイトの爆発を待つひとのように、脂汗をにじませ、固唾を呑んでいる。ユリ子の言葉は、導火線に火をつけたらしい。

中庭の小屋も、静まり返っている。しかし、なかの人物にユリ子の言葉が聞こえなかったはずはない。

わたしだって、しばらく言葉がみつからなかった。あそこに居るのが、――二度も忍びこんで、言葉を交わした相手が、じつは織原瑛広だった？

「ユリ子さん、どういうこと？　織原瑛広さんは、地震で亡くなったはずではなかったの？」

「絹川芳久さんだって亡くなったはずのひとよ」

「それは、そうですけれど――」

眩《くるめ》くような心地がして、思わず傾いた瓦屋根を踏みはずしそうになる。

「あのひとは、自分は暗号を解くために箕島伯爵にさらわれて、監禁されているって言っていたでしょう？」

「それはうそ。あのひとうそついたの」

「財宝がみつかったら、伯爵に殺されてしまうんじゃないかって心配していたのは？」

「それもうそ。ぜんぶうそ」

「――では、いままでわたしたちがやってきたことは、いったいなんだったというの？　わたしたちは、あのひとに暗号を解く手がかりを教えてもらったのよ？」

「そうね。あのひとが教えてくれたんだったわね」

ユリ子は同情らしく言うと、ふりかえって、中庭の小屋に大声を上げた。

「ねえ瑛広さん！　あたしどうしたらいい？　説明しちゃっていいの？　あなたに自分でしゃべってもらったほうがかんたんだわ」

すぐに返答はなかった。

やがて、窓辺にはすがたのあらわれないまま、声だけが響いてきた。

「そんな面倒なことはしたくない。君に任せる！　好きに話し給え！」

わたしや、お庭に集まった人びとのところにとどろいたかれの声は、みなを前触れのない雷鳴のように驚かせ、正体不明の猛獣の咆吼《ほうこう》のように怯えさせた。

声のぬしは、本当に、あの絹川芳久と名乗っていたやつれた男なのだろうか？　あのときのかれのささやき声は、諦念《ていねん》のにじんだおちついた声だったが、いま聞こえたのは、まるで断末魔《だんまつま》のような、罪の暴露に悶《もだ》える悲鳴だった。

ユリ子はくるりと、オルゴール人形のように、観客の方に向きなおった。

「あたしが説明していいんですって！　箕島さん、だったら文句ないでしょ？　いったい何があったのか、あたしにしゃべらせてもらうわ。でも、あたししらないことばっかりなの！　だから、もしまちがってたら、瑛広さんと伯爵さんに教えてもらうことにしましょうね。

それじゃ、瑛広さんのおはなし。まずみなさんに考えてもらわなきゃいけないのは、瑛広さんが、明治四十四年の事件のあとで、どうやって過ごしてたのかってこと」

殺人を犯したあと、瑛広がどうしていたか？

思い返せば、わたしはそれを想像したことはない。

「あ！　そのまえに、アンケートをしましょうかしらね。このなかで、地震がおこるまえから、織原瑛広さんのことをごぞんじだったひと！　手をあげて！」

例によって、無学のくせに、妙なフランス語の知識を披露してユリ子は言った。

幼稚園児ではあるまいし、素直に手をあげるものはいない。――そう思ったら、わたしの父が、右手を差し上げようとして、周囲をうかがい引っ込めた。

長谷部子爵は、挙手のかわりに口で答えた。

「織原家に瑛広という長男があるのは、話だけなら昔から知っている。しかし、織原家の方々は明らかにそのことを隠しておられた。私は、実に久しぶりにその名を聞いた」

父は、何か言いたそうにしていたけれど、口を挟む勇気が出ないらしかった。

「じゃあ、地震のまえに、織原瑛広さんに会ったことがあるひとは？」

こんどはだれも、ピクリとも反応を示さない。

「そうでしょうねえ。織原瑛広さんは、世間からずっと隠されてきたひとだったの。

明治四十四年の、事件のまえのことからおはなししないといけないわ。瑛広さんは、家族のひとから厄介ものあつかいされる理由があったのね」

樫田から、わたしたちも事情を聞いている。瑛広の母が刃傷《にんじょう》沙汰の刑事事件を起こして、それいらい、かれは公の場に出ることを許されなかったのだという。

「そんな瑛広さんが殺人事件をおこしてしまったわ。別荘の番人をうっかり殺しちゃったのね。織原家のひとたち困ったでしょうねえ。だって、瑛広さんが犯人だってことは、いつばれてもおかしくなかったんですものね」

わたしは口を挟む。

「そうなんですの？　そんなに、証拠をのこしてしまっていたの？」

「瑛広さんのつもりで考えてみたらいいわ。泥棒をしようとしていたら、ちょっと目を離したすきに宝物が消えてしまったの。そんなことがあったら、宝物を消したひとは、自分が泥棒をしていたことをしっていると思ってあたりまえでしょ？　番人を殺しちゃったこともきっとばれてるわ」

「ああ！　その通りですわね」

絹川子爵は、瑛広が屍体を運んだり別荘に侵入したりするところをみているのだ。織原瑛広だとはわからなかったかもしれないが、きっと、顔を憶えられていただろう。

「だから、もしも絹川子爵が警察にそう訴えてたら、瑛広さんはかんたんにつかまっちゃったはずなの。絹川子爵も殺人をやってたから、そうはならなかったのね。でも、もちろんそんなこと織原さんたちはしらないわ。

それに、いっしょにお仕事をした泥棒さんのこともあるのよね。瑛広さんは、自分が殺人をしたことを泥棒さんにしられちゃってるわ」

共犯の樫田だ。予定になかった殺人をしでかしてしまったのだから、かれが瑛広を裏切って、そのことをだれかにしゃべらないとはかぎらなかったのだ。

「証拠はそれだけじゃないわ。事件のあと、警察のひとが番小屋のちかくで、指紋のついたぼたんをみつけたんですって。晴海のおじいさんにしらべてもらったの。
ねえ、瑛広さん！　現場でみつかったぼたんって、きっとあなたのでしょ？」

「その通りだ！　僕はさんざん遺留品を確かめたつもりでいたが、家に戻ってから、釦がひとつ無くなっていることに気づいたんだ」

こんどは、返事はすぐに返ってきた。

かれの心中はわからない。しかし、もはや瑛広になにも隠す気はないのは明らかだった。

「さあ！　殺人をして、こんなに証拠をのこしちゃってるの。織原家のひとたちは、瑛広さんをどうしたらいいかあれこれ考えたはずだわ。
そして、きっと、こうするのが一番いいって決めたの。
瑛広さんをお屋敷の奥に閉じ込めて、どこにも出さないようにするの。そして、そんなひとさいしょからいないみたいに、じっと時間がすぎるのを待つの。殺人の時効がきて、警察につかまる心配がなくなるまで。
そうでしょ？　瑛広さん。ちがう？」

「そうだ。明治四十四年の十月以来、家のものは僕を座敷牢に幽閉することにしたのだ。それが最善の策だった！　もとより僕は家族に疎まれていたからな。殺人を犯したとなったらそうする他にない。外に出れば、何かのきっかけで捕まらないとも限らなかった。
ただでさえ自由の限られていた僕は、それ以来囚人と変わらない生活をすることになった。まあ、そのことに文句を言うのは筋違いだが。僕だって、警察に捕まりたくはなかったのだ」

　わたしにはよくわかる。もちろん、織原家の人びとは、おうちから殺人犯を出すわけにはいかなかった。かれらは名誉を守ろうとしたのだ。

　家宝をてばなしたことを隠すため絹川子爵が番人を殺したことと、織原家のものたちが長男を幽閉したこととは、両家の名誉の重さがそれぞれに発露したものだった。

　ユリ子はつづける。

「でも、時効が来るまでって、なかなかたいへんねえ。鞠子ちゃん、殺人の時効って何年だった？」

「それは、――十五年ね」

「十五年も、ずっと閉じこもってなくちゃいけないの。あたしとてもできないわ。巌窟王みたい。ぜったいどうにかして逃げ出しちゃうわ。

　でも、瑛広さんはそれをやったの。十年以上も、だれにもみつからないで隠れつづけてたの。

　きっと、それはうまくいってたのね。ここにいるほとんどのひとが瑛広さんなんかしらなかったし、会ったことのあるひとなんていなかったわ。殺人事件も、犯人はわからないままだったの」

　それは、たしかに、瑛広に起こったかもしれない出来事だった。

　しかし、わたしはまだわからない。瑛広が殺人の時効がすぎるまで隠れている必要があったというのはいいとして、どうしていま、あの中庭にいるのだろう？

「ユリ子さん、それから、何があったというの？　あなたはさっき、このお屋敷じたい、瑛広さんが箕島伯爵に建てさせたんだって言っていたでしょう？　瑛広さんと箕島伯爵は、ここで何をしているの？　もちろん、あの地震が関係あるのでしょう？」

「ええ。いま説明するわ。かんたんに言ったら、こういうことなの。

瑛広さんは、あの中庭の小屋に閉じ込められたんじゃなくて、立てこもってるの。絹川子爵が隠したおかねを人質にしてね。もしも時効が来る前に無理やり引きずり出そうとしたら、瑛広さんは百万円の札束に火をつけちゃうのよ。

だから箕島伯爵は、小屋の周りにこんなお屋敷を建てて、時効まで瑛広さんをまもらなきゃいけなかったの。百万円を手にいれるためにね」

五

ユリ子の言葉に、わたしはすぐには想像が追いつかなかった。

「あの小屋の中に、百万円があるの？　瑛広さんと一緒に？」

「ええ」

だれも、口を利かない。長谷部家の人びとは、いまだみたことのない中庭の、呆れ返るような秘密に、まだ現実味がないようだった。

一方の箕島伯爵の一味は、自分たちのひとことが、あっけない破滅をもたらすのではないかと恐れるように、一心に押し黙っている。

静かな聴衆を相手に、ユリ子は話を続けた。

「じゃあ、なんでそんなことになったのかおはなししましょうね。

瑛広さんは、大正十二年の九月一日の午前十一時五十八分までは、自分のお屋敷にうまく隠れていたの。でも、とんでもないことがおこって、織原さんたちの計画はみんなめちゃくちゃになっちゃったのね」

「地震だな」

だれともなしに、ユリ子の演説に合いの手が入れられた。

あの大災害でめちゃくちゃにならなかったものなんて、ないにひとしい。

「そう。大地震がおこったの。お屋敷が崩れて、織原さんのおうちのひとはみんな死んじゃったわ。このとき瑛広さんはどうなったかしら？　厳重な座敷牢に閉じ込められてたんだから、家族のなかで、自分だけ助かっても不思議はないわねえ。

さあ、瑛広さんは困ったわ。自分をそとの世界から守ってた家族やおうちが、みんななくなっちゃったの。きっと財産ものこってなかったのね。それまでずっと閉じ込められてたのに、こんどは身ひとつで焼けた東京に放りだされちゃったの。

どうしたらいいかしらね？　殺人の時効までまだ三年もあるわ。できれば、それまでどこかに隠れて、大人しくしときたいの。でも、逃げるにも隠れるにもおかねがいるわ。

そこで瑛広さんは、急いで絹川家の隠し財産を探すことにしたの」

「――瑛広さんも、箕島さんや長谷部さんとおんなじことをしたのね」

「そう！　絹川子爵が隠し場所の暗号をつくったことは座敷牢の瑛広さんの耳にも届いてたのね。瑛広さんはまず暗号文を探したはずだわ。ねえ！　瑛広さんはどこで暗号文を手にいれたの？」

　百万円を人質にとっているという瑛広は、不気味なほど素直に答えた。

「絹川子爵の屍体だ！　僕はまず子爵の屍体を探した。絹川家のものが被災した会席の会場は、織原家の屋敷からあまり遠くなかったからな」

「それを、瑛広さんは、絹川さんのお屋敷の壁紙を使って解読したのね。あの壁紙は、別荘にも、本宅にも使われてたわ」

　瑛広が暗号を解読した？　わたしは得心がいかない。

「ちょっとお待ちになって。それはおかしいわ。絹川子爵が暗号文を持っていることは、瑛広さんにも見当がつくかもしれないけれど、どうして、壁紙が暗号を解く鍵だということまでわかったんですの？　それまで、ずっとお屋敷に閉じこもってらしたのに――」

「それは反対なの。瑛広さんって、閉じこもってるあいだは、絹川家の壁紙のことを考えるくらいしかやることとなかったのよ。じつは瑛広さんは、絹川家のひとと、作らされた職人さんの次に、あの壁紙をよく観察してたひとなの。

ほら、明治四十四年に別荘に忍び込んだとき、泥棒さんが宝物の部屋の鍵を開けようとしてるあいだ、瑛広さんは廊下で待ってたんでしょう？　そのとき、瑛広さんは壁紙のおかしな模様に気づいたはずなの。

　指でなぞったりして、もしかしたら時計の模様だってこともわかったかもしれないわ。ちがう？」

「おおよそ当たっている！　鍵開けを待っている間に壁紙が時計を表してると気づいたわけじゃないが、僕には十年以上も考える時間があった。絹川子爵が暗号をつくったと聞いて、座敷牢で、もしやあの壁紙が鍵ではないかと思い当たったんだ」

「そう。だからあの地震のとき、瑛広さんはだれよりも早く暗号を解けるひとになってたのね」

「なるほどね。よく、わかったわ」

そうは言っても、わたしにはまだ腑に落ちないことがたくさんあるけれど——

ユリ子は、お庭の観客に向きなおった。

「瑛広さんは暗号を手にいれて、今度はそれを解くために絹川さんのお屋敷にやってきたわ。地震で崩れたお屋敷には、箕島伯爵の子分と、長谷部隆一郎さんがすでにきてたのね。きっと、隆一郎さんがいなくなったあと瑛広さんがきたんだわ。そこで、瑛広さんは暗号を解いて、解いたらすぐに財宝の隠し場所にいくことにしたの。

暗号は、隠し場所がわたしたちがいまいるここだってしめしてるわ。鞠子ちゃん、暗号文にあった文句おぼえてるでしょ？」

「ええ。『鳥居より北西に十六町先　寶は汚なき所見よ』でしたわね」

「そう。めじるしの鳥居はみあたらなかったから、きっと地震でたおれて撤去されちゃったんだわ。でも、そのときはあったはず。瑛広さんは、めじるし通りにやってきて、山のなかに粗末な小屋があるのをみつけたの。そうよね？」

「そうだ」

「絹川芳久」の説明では、かれは箕島伯爵に拉致《らち》され、粗末な小屋に閉じ込められたと言っていたのだが――、そうではなく、瑛広は自力でここにやってきたのだ。

「ね？　さあ、隠し場所がどこかもうわかるでしょ？　きたないところ。あの小屋の、お便所の汲み取り穴！　絹川子爵は、そのなかに百万円のおかねを隠しておいたのよ」

長谷部家の人びとは、呻き声の混じった嘆息をもらした。

わたしたちが探していた隠し財産は、もう、とっくの二年も昔にみつかっていたのだ。

ほんとうに、絹川子爵のやったことには呆れかえるしかない！　しかし、これはなかなか安全な隠しかたでもあったろう。この山奥の小屋じたい、うっかり発見される危険は小さいところだし、まして汲み取り穴をわざわざ探ってみようとするひとはいない。そこに中蓋でも使って隠せば、どこかに埋めたりするより、取り出すときの手間も少なくすむ。

「こうして、瑛広さんは百万円をみつけ出したの。でも、瑛広さんは、それを持ってどこかに逃げ出すことはできなかったのよ」

「それは、どうして？」

わたしの問いに答えたのは、ユリ子ではなかった。小屋から、瑛広の声が響きわたった。

「僕の後を追ってきた箕島伯爵の手下が、この小屋を取り囲んだからだ！」

突き刺すような、鋭い叫びだった。長谷部家のものは驚き、箕島家のものは怯んだ。

どれだけ瑛広が激し、お庭のひとたちがうろたえても、ユリ子は平然としている。

「そう、箕島伯爵の子分たちも、地震のあとすぐここにやってきたのね。ねえ、瑛広さんを追いかけたのは、きっとあなたでしょ？　どうやってここにやってきたの？」

ユリ子は、箕島家の家従に半月刀の切っ先を向けた。

九月二日の夜、榎田という家従は暗号文をみつけるため、絹川家のお屋敷にいたのだ。

榎田は口を開くことをためらった。しかし、箕島伯爵が小声で「言え」とうながした。

「私は伯爵の御命令で崩れた絹川家を捜索していた。そのときそこの彼とも鉢合わせたのだが――」

家従は、長谷部隆一郎を指し示した。

「――絹川家の秘書が持っていた暗号は一足早く、彼が見つけ出した。見つけると、彼は早々に退散してしまった。私は諦めがつかずに、瓦礫の中から手がかりを探していた。そこに、あの、織原瑛広がやってきたのだ」

瑛広の名前を口にするとき、家従は慎重になった。

「瑛広が何をするのか、私はこっそりうかがっていた。壁紙を使って暗号を解いているのが分かった。

ここが分かったのは、彼が、解読した暗号の書き損じを捨てていったからだ。それを見た私は、人を揃えてここに来たのだ」

「そうだったの。瑛広さんうっかりさんねえ。そういうわけだから、瑛広さんは百万円をみつけたと思ったら、小屋を箕島伯爵の子分にとりかこまれちゃったのね。

さあ、こうなったら、瑛広さんはどうしたらいいかしら？　たたかったら勝ち目ないわ。百万円を奪われちゃうの。でも、三年も隠れているにはおかねが必要ね。

だから、瑛広さんは、あの小屋を出ないことにしたの。箕島伯爵をあやつって、自分をかくまわせることにしたのよ」

「百万円を、人質にして？」

「ええ。瑛広さんは箕島伯爵の子分を脅かしたの。小屋のなかにはいってこようとしたら、百万円をみんな燃やしてしまうって。三年たって、時効がすぎたら百万円を渡すってことにしてね」

「そして、箕島伯爵は素直にそれに従ったというの？」

「そう」

「瑛広さんはずっと伯爵を脅迫しつづけているというの？　お金を燃やしてしまうぞって？」

「ええ」

「いまも？」

「もちろん！　まだ時効まで一年あるもの。そうでしょ？　瑛広さん！」

小屋からは、迷いのない返事が返ってきた。

「すべて、屋根のうえの少女の言うとおりだ！　僕は今、百万の札束のうえに裸の石油ランプを掲げている！　ことの次第によっては、この金は即座に烏有《うゆう》に帰す！」

六

箕島伯爵が意外なほど弱腰で、口数すくなく、怯えていたわけがわかった。

何かひとつでもまちがったことを口にすれば、その瞬間、わたしたちが智慧を尽くし、労を尽くして手に入れようと争ってきた百万円の札束に火が放たれる。

わたしは、箕島伯爵の側に立ちすくむ、紀子さんに眼を凝らした。

いま、何より知りたかったのは、長姉が伯爵の計画に加担していたのかどうかだった。

箕島伯爵と手下が、脂汗を流して緊張しているなかにあって、紀子さんの表情には驚きと狼狽《ろうばい》しかない。姉は、このことを知らなかった！　わたしは少し救われた気がした。

伯爵はユリ子に叫んだ。

「おい！　貴様はそれだけの事が分かっていながら、こんな馬鹿みたいな騒ぎを起こしたのか。一体どうけりをつける気だ！」

伯爵の言う通りだった。ユリ子は、こんな大勢の前で瑛広の罪を暴露したのだ。これから何が起こる？　まさか、ここにいる全員で話を合わせ、瑛広の時効がすぎるのを待つわけにはいかないだろう。

ならば、瑛広を説得するのかしら？　百万円を放棄して、自首し、罪を償うよううながすつもりか。かれが応じるとも思えない。

いぜんユリ子は、すべてが予定どおりのときの、何の屈託もない笑顔をみせていた。

「まずはおはなしのつづき！　まだすんでないわ」

百万円の札束に一切遠慮をせず、ユリ子は暴露をつづけた。

「瑛広さんは、時効までの時間をやりすごすためにはここに閉じこもるのがいいって決めたわ。もしかしたら、ほんとうに、それが一番いいやりかただったかもしれないの。地震のあとって、自警団があちこちうろうろしてて、なんでもないひとが警察に突き出されてたでしょ？　もしも、瑛広さんがそうなっちゃったら危なかったのね。

だって、警察には、殺人の証拠として瑛広さんの指紋がのこってるの。警察につかまって、もし指紋をとられでもしたら、瑛広さんが犯人ってことがわかっちゃうわ。

それに、織原家のひとは地震でみんな死んじゃったと思われてたでしょ？　そのせいで、瑛広さんの立場はこれまでよりずっと危険になっちゃったの」

「どういうことだ？」

隆一郎が訊く。

「それはねえ、瑛広さんには共犯者がいたから。手伝ってもらった泥棒さんは義理がたいひとだったみたいだから、瑛広さんが殺人犯だって秘密は守られてたの。

でも、瑛広さんも家族も、絹川家のひともみんな死んじゃったんならはなしはべつだわ。共犯者が、もう織原家の名誉のことは気にしなくてだいじょうぶと思って、そのことをしゃべっちゃってるかもしれなかったの。だから瑛広さんは、じつは生きてますって、世間に出ていくわけにはいかなかったの」

「なるほど。そうだな」

樫田に会っている隆一郎には、このことはすんなりと納得できたようだった。

たしかにこの懸念はあたっていた。瑛広がとっくに死んだと思っていたから、樫田は明治四十四年のことをわたしたちに明かしたのだ。

「瑛広さんは追い詰められて、死にものぐるいで、破れかぶれだったの。それだから箕島伯爵を相手に、こんな不思議な脅迫を通用させられたのよ。伯爵は、もしもいうことを聞かなければ、瑛広さんはほんとうにおかねを焼きすてて自決してしまうって信じるしかなかったのね。

もちろん、小屋の外からピストルで瑛広さんを撃ったりもできないの。小屋に閉じこもって石油ランプを札束のうえにかざしてたら、即死させたっておかねは燃えちゃうわ。そんな度胸のあるピストル使いも、伯爵の子分にはいないみたいね」

ユリ子は、猟銃の老人をふたたび指した。

「あなた、その鉄砲《てっぽう》おどかしでしょ？　持ち方がおかしいわ」

瑛広が、あの老人は銃がうまいと言っていたのは嘘だったようである。

「だから伯爵は、粗末な小屋をそとからブロックで固めて、鉄のとびらをつけて、鉄格子をはめたの。これは箕島伯爵のためでも、瑛広さんのためでもあるの。こうしておけば、伯爵にしたら、目を離したすきに瑛広さんが勝手にどこかへ行っちゃうこともないし、瑛広さんは、うっかり熟睡しちゃったときにおかねを奪われる心配をしなくていいの。

そして、伯爵は小屋を囲むようにしてお屋敷をたてたの。こうしておけば、そとからみても瑛広さんがいることはだれにもわからないわ。この小屋は、閉じ込められるんだったら窮屈でしかたないけど、隠れているのにはとっても都合がよかったのね」

三年後に百万円が手に入るなら、それくらいの手間をかけても十分おつりがくる。

「でも結局、瑛広さんはみつかっちゃったわ。さいしょにみつけたのはあたしたち。鞠子ちゃんが箕島伯爵にさらわれて、ここにつれてこられたとき、中庭にだれかいるみたいだって気づいたの。伯爵さんうかつだったわねえ。だからあたしたち、逃げ出してから中庭のひとがだれだかしらべにやってきたの。

瑛広さんは、あたしたちがやってきて、それはもうびっくりしたはずだわ。

でもよかったのは、ここが宝物の隠し場所だってあたしたちがしらなかったこと。さいしょにきたときは、まだ暗号文も手にはいってなかったわ。そうだったから、瑛広さんはごまかすことができたのね。

自分は絹川芳久で、暗号を解くために箕島伯爵に監禁されているんだって、うそをついたの」

「――そうだったんですの」

こんどは、小屋からは返事はなかった。無言の肯定をしているようだった。

「こんなに都合のいいうそってなかなかあるものじゃないわ。このようすをみたら、だれだって小屋のひとがむりやり閉じ込められてるんだとしか思わないし、絹川芳久さんだったら、財宝を手にいれたい伯爵が監禁する人物にうってつけだわ。

地震の日、絹川家のなかで芳久さんだけは鎌倉に行ってて屍体がみつかってないの。もちろん、家族がみんな死んじゃってて屍体をたしかめられないんだからしかたないわ。

だから瑛広さんがなりすますにはぴったりなの。としは瑛広さんのほうが上だけど、髭をはやしてやつれてるからわかりっこないわ。あたしたち、本物の絹川芳久さんのことはよくしらないもの。写真だって、地震のあとだからあんまりのこってないわ。

それで、伯爵に殺されちゃうかもしれないから、自分のことは内緒にしてくれって頼んだのよ。とってもうまいやりかた。そう言われたら、あたしたちうっかりひとにしゃべったりできないわ」

わたしは、かれが絹川芳久であることをつゆほども疑わなかった。

みなが聞いている。しかしユリ子はわたしに向けて話をつづける。

「でも、二回めにきたときは瑛広さんこまったはずだわ。だって、あたしたち暗号文を持ってきたから。絹川芳久さんのふりをしてるんだから、暗号がぜんぜん解けないとあやしまれるわ。でも、あたしたちが暗号を解いたら、隠し場所がここだってわかっちゃうの。

だから瑛広さんは、壁紙が手がかりだってことだけ鞠子ちゃんに教えることにしたのね。ほんとは、もっと早くに伯爵の子分に言って、青梅の別荘の壁紙を剝がしちゃってたらよかったんだけど、壁紙がなくなったら不自然だから、それが手がかりってことを教えちゃうことにもなるわ。どこかにまだ同じ壁紙がのこってる可能性もあったから、それはよしたのね」

瑛広は、解かないでくれればいいと願いながら、わたしにヒントをあたえたのだ。

「この隠れかたには大きな欠点があったのね。暗号を解いたひとには、ここがみつかっちゃうってこと。でも、瑛広さんはべつのところへ行くことができなかったの。

もし伯爵がちがう場所を用意してくれたって、人質のおかねをうばわれないように移動するのは難しいわ。あの小屋のなかに閉じこもってるから、こんな脅迫が成立してるのよ」

「だから、怪文書を送りつけても、伯爵は番人を増やしただけで、瑛広さんを移動させられなかったのね」

わたしが言うと、箕島伯爵は顔色を変えた。

「お――、お前か！　あの手紙を書いたのは！」

「あら、やっぱり鞠子ちゃんのお手紙すごいのね。だれが出したかばれてなかったのねえ。でもじつは、番人が増えたのにはべつの理由があるの。

それじゃさいごに、長谷部隆二郎さんのおはなしをしなくちゃならないわ」

七

ユリ子が話を進めるにつれ、長谷部家の人びとのあいだには不穏な気配がただよいつつあった。もちろん、それは隆二郎の死に、思いがけない疑惑が持ち上がったからだった。

隆一郎が叫ぶ。

「おい！　君はさっき、隆二郎は暗号を解読したから死んだのだと言ったな？　どういう事だ！　説明し給え！」

「ええ、ご説明するわ。でもあたし、なにがあったかほんとのことはしらないの！　しってるのは瑛広さん。とりあえずかわりにおはなしするから、あとでちゃんと瑛広さんにきいたらいいわ。

さっき言ったとおり、ここは、暗号を解いたひとにはみつかっちゃう隠れ場所だったの。

隆二郎さんは、とっても熱心に暗号を研究していたわ。きっと二年がかりで壁紙の秘密に気づいて、暗号文が地図になってることもわかっちゃったのね。だから、宝物をみつけるって長谷部さんたちに宣言して、ひとりでここにやってきたの。

お屋敷をみつけたら、もちろん中庭に秘密があるって気づくわ。宝物の隠し場所がここなんだから、放っておけるはずがないわ。

だから、隆二郎さんは、あたしたちがやったみたいに、こっそり中庭に忍びこんだの。瑛広さんは困るわ。だって、隆二郎さんは暗号を解いてるんだから、絹川芳久だっていってごまかすわけにはいかないの。

でも、隆二郎さんは、あたしたちとちがってひとりだったわ。それが隆二郎さんの不幸せだったの。瑛広さんは、ひとりだけなら、忍びこんできたひとを殺してしまうことができたのよ」

「何だと？」

長谷部家の人びとはいきり立った。

わたしは、ユリ子の言うことが信じられない。

「どういうこと？　だって、あの小屋はブロックで固められていて、瑛広さんも、自分では開けられなかったのでしょう？　隆二郎さんがとびらを破れたはずもないし――」

「出る必要ないのよ。小屋のなかにいたままでできるの」

密閉された小屋の中にいた犯人が、小屋のそとの人物を殺害した？　またも、探偵小説にあるのと反対のことが起こったというのかしら？

「いったい、どうやって？」

「あら、どうやったかなんて鞠子ちゃんがまっさきにわかっていいはずよ。だって鞠子ちゃん、隆二郎さんが亡くなるまえからこのトリックを考えついてたじゃないの。

ほら、どうやって小屋から芳久さんを助け出すかってときに、鞠子ちゃんこんなことといってたわ。小屋の鉄格子にロープをむすんで、高い杉の木の枝をくぐらせて、したの作業小屋に垂らすの。そして、捲き揚げ機のちからでひっぱったら、鉄格子がはずせるんじゃないかって」

思い出した。わたしはそんな着想をして、ユリ子ならロープをからだに結んで、高い杉の木に登れるのではないかと考えたのだ。

「たぶん、ほんとにそんなことやっても鉄格子ははずれないわ。でもべつにいいの。

瑛広さんは、自分は閉じ込められてて、助けてくれたらちかくの宝物の場所を教えてあげるって隆二郎さんをだますの。そして、鉄格子をロープでひっぱったらいいって言うのね。瑛広さんは二年前にここにやってきたときに作業小屋の中をみたか、それとも箕島伯爵の子分に聞くかして、捲き揚げ機があることをしってたの。

隆二郎さんは、言われたとおりにロープのはしを鉄格子に結んで、もう一方のはしをからだにくくって杉の木にのぼるわ。あの木をのぼるには両手を使うからそうするしかないの。

　隆二郎さんが、杉の木をのぼりきって、崖にせり出した枝にロープをくぐらせようとしたときに、瑛広さんが、鉄格子のもう一方のロープのはしを思いっきりひっぱったら？」

　――隆二郎は、墜死体でみつかったのだ。作業小屋の近くに墜落するかれのすがたが、わたしの脳裏をかすめた。

　長谷部一族は色を変え、怒号を飛ばした。子爵の絶叫が、山中にこだました。

「あいつは殺されたのか！　織原瑛広は、隆二郎を騙して、崖下に突き落としおったのか！」

　即座にユリ子は返す。

「そうとはかぎらないわ！　あたしが言ったのは、そうだったかもしれないってこと。隆二郎さんが自分でこのやり方を思いついて、それで落ちちゃったのかもしれないの！　だから、瑛広さんにきいてみなきゃいけないわ。

　でも、きかなくてもわかってることがあるわ。それは、簑島伯爵の子分が、隆二郎さんの屍体を青梅の別荘のちかくにはこんで、そこで亡くなったようにみせかけたってこと」

　わたしはハッとする。そうだ、隆二郎の遺体は青梅でみつかった。もちろん、簑島伯爵の一味が移動させたに決まっているのだ。

「番人が、次の朝にでも、作業小屋のちかくで隆二郎さんの屍体をみつけておどろくわ。そして、持ち物をしらべて、隆二郎さんが暗号を解いてここにやってきたって気づいたのね。

　屍体はどこかに持っていかなきゃいけないわ。そのままにして、だれかにみつかったらすぐ警察沙汰になっちゃうから。

箕島伯爵は、屍体を隠すより、みつかるところに置いといたほうがいいって考えたのね。隆二郎さんは宝探しをしてたことになってるから、みんな屍体のみつかったあたりが隠し場所だって誤解するわ。

だから、わざわざ青梅の絹川さんの別荘のちかくに隆二郎さんの屍体を運んだの。あそこに宝物があると思ってくれたほうが、ここが安全になるから。

鞠子ちゃん！　隆二郎さんの屍体がみつかったところのちかくで、あたしたち箕島伯爵の子分をみかけたのおぼえてるでしょ？」

「――ええ」

新聞記事をみて、わたしたちが現場に向かったときだ。あれは、隆二郎が亡くなったのを聞きつけて、現場の近くから財宝を探そうとしているのだと思っていたけれども、そうではなかったのだ。

「きっと、屍体をすてたときに、なにか落としものをしたんじゃないかって不安になったのね。だから、現場に戻って、それを探してたんでしょうね」

思い返せば、財宝を探しているにしては、あの男は足もとばかりを気にしていた。

隆一郎が、箕島伯爵ににじり寄る。

「明白だ！　死体遺棄罪ではないか！　死者を愚弄しやがる！」

「私が殺した訳ではなかろう！　それに、損得を取り違えるなよ。今がどんなときだか忘れるなよ」

瑛広は、まだ沈黙をつらぬいている。

ユリ子は小首をかしげた。

「あと、あたしが言わなきゃいけないのはなんだったかしらね。そう鞠子ちゃん、あたしたちが二回めにここにきたとき、番人が、おじいさんしかいなくてかんたんに侵入できたでしょ？ あの日は、番人が屍体を運ぶために出払ってたんじゃないかと思うの。よるのうちに自動車に積んで運ばなきゃいけないから、人手が足りなかったのよ」

「ということは――、あの夜は、隆二郎さんが亡くなったすぐあとだったのね」

それいらい、ここには番人が増えた。わたしの怪文書の効果かと思っていたけれども、あれは隆二郎のことがあったからだったのだ。暗号を解いた侵入者があった以上は、警戒を強めるしかない。

「もしかして、ユリ子さんがわたしに怪文書を書かせたのは、瑛広さんを守るためではなかったの？ 隆二郎さんを守るため？」

「ええ。暗号を解いた隆二郎さんが中庭にやってきたら危険だったから、番人たちを警戒させるためだったの。警備が厳重だったら、隆二郎さんがうっかりはいってくることもないでしょ？ でも、手遅れだったわ。お手紙をかいたときには、隆二郎さんはもう亡くなってたのね。はい！ あたしのおはなしはおしまい。あとは瑛広さんの言い分を聞かなきゃいけないわ。それから、どうするかみんなで決めましょ」

ユリ子は、拍子木《ひょうしぎ》を打つように手を叩いた。

長谷部一族と箕島伯爵、そして織原瑛広、かれらの利害も感情も、到底ほぐしようのないまでに縺《もつ》れきってしまっている。樺谷家の二万円の借金は、もはや問題にもならない。

どうする気なのだろう？　収拾がつくはずがない。時効まであと一年をのこして罪を暴かれた瑛広、お金のために殺人犯をかくまい死体遺棄の罪をおかした箕島伯爵、次男をうしなった長谷部家、だれかが犠牲をはらわねば、決着はつかない。

だんまりの小屋に、ユリ子は天衣無縫な一声をかける。

「ねえ！　瑛広さん！　おはなししにくいから出てきてもらえる？　どうせもう、そこにいるわけにはいかないの！」

一瞬、みなが、小屋から札束の燃える黒煙が上がることを覚悟した。

しかし瑛広も、これ以上中庭の小屋にとどまるわけにいかないことを覚悟しているようだった。上擦った、震える声でかれは叫んだ。

「いいだろう！　ここを出よう」

八

箕島伯爵の手下が中庭に向かおうとすると、瑛広は見透かしたように言った。

「誰も、その場を動くな！　武器は下ろせ！」

老人は猟銃を地面におろした。すがたをみせないままの瑛広は、呪術的なちからでわたしたちを足留めした。

この瞬間、だれも瑛広を出し抜くことを考えなかったのは、ここに至ったかれの生涯に、何の幸福もなかったことをみなが思い知っていたからだった。猟師が手負いの動物を仕留めることをためらうような、そんな不吉さを感じた。かれの無残な境遇が、脅迫を成功させていたのだ。

「小屋の扉は、屋根のうえの少女たちに開けて貰う！　樺谷の娘に、鍵を預けろ！」

瑛広に指名をされ、わたしはぞくりとしてふりかえった。天神の荒《あら》御霊《みたま》が、生贄《いけにえ》をもとめる声のように聞こえた。

ユリ子は慌てていない。

「鞠子ちゃんだいじょうぶ。――鍵かして」

箕島伯爵の手下は、屋根のうえに万年筆みたいに太い鍵をほうった。ユリ子は、刀を握ったままの手で鍵をつかまえると、わたしにさしだした。

「はい！　鞠子ちゃんが開けなきゃいけないんですって」

「わたし怖いわ。小屋を開けたら、なにが起こるの？　ユリ子さんはわかっているの？」

「さあ、どうかしら？　はっきりしてるのは、なにがあっても鞠子ちゃんのせいじゃないってこと。それじゃいきましょ」

ユリ子は観客たちに背を向け、気楽な足取りで中庭に降りたった。わたしは鍵を握りしめ、意を決すると、両手を振っていきおいをつけ、飛び降りた。

中庭に降りても、小屋の窓に瑛広の影はみえなかった。奥にうずくまっているらしい。

わたしとユリ子は、鉄のとびらへゆっくり足を進めた。とびらの正面に来ると、ユリ子は大声で呼ばわった。

「あたしたち来たわ！　開けていいの？」

「――ユリ子、君は離れ給え！　扉は樺谷の娘が開けるんだ！」

「はいはい」

ユリ子は小屋の角の向こうにすがたを消した。

ひとりだけになって、からだが震えた。すでに陽は沈んだ。わたしは大きな門に手を掛けた。残照がおぼつかなげに手もとを照らしている。

錆びついた閂は、全身のちからをこめねば動かなかった。かれがここに入っていらい一度も外に出なかったのは、本当なのだ。

しかし――、閂がお屋敷の警報ベルにつながっていると言っていたのは、真っ赤な嘘だった。閂をはずしても、お屋敷から警報音が聞こえることはなかった。

とびらにダイヤル錠がついているというのも、でたらめだった。鍵穴のほかはなにもない。かれを救い出すことができないとわたしたちを納得させるため、瑛広は方便の限りをつくしたのだ。

鍵穴に、鍵をさした。

小屋を出ることを拒まなかった瑛広は、潔《いさぎよ》くすることを決心したのかしら？　かれが潔くするとは、何をすることだろう？　百万円を箕島伯爵や長谷部子爵に差し出し、自首をすればいいのか？

ユリ子を遠ざけたのだから、きっと、そうはしない。

瑛広は、百万円を詰めこんだ麻袋を左手で引きずり、右手でそのうえに裸の石油ランプを掲げて出てくるだろう。かれに危害が加われば、すぐに札束に火がつくのだ。

鍵を捻った。錠前も錆びついて堅かった。恐る恐る、声をかけた。

「わたし、鍵を開けました」

「後ろを向き給え！　扉から三歩離れろ。そして、そのまま動くな」

わたしはわざと大げさな足音を立てて、瑛広のいうことにしたがった。三歩目の場所に立ちつくし、背後にかれが出てくるのを神妙に待った。

なにかを疑るような数瞬がすぎた。

やがて、蝶番《ちょうつがい》のか細く軋《きし》る音がして、鉄のとびらが少しずつ開いてゆくのがわかった。

やにわに、不吉な予感に襲われた。

わたしはその場を飛《と》び退《の》きかかった。しかし、燃える札束の幻想が足を縛り付けた。

振り向こうとすると、札束の詰まった麻袋が地面に打ち捨てられるのがみえた。起こったことを理解するより先に、背後からわたしは羽交《はが》い締《じ》めにされた。

喉もとに冷たい感触がした。ぴたりとナイフを当てられている。

九

わたしは、悲鳴を上げたのだろうか？　我に返ったとき、お屋敷のそとで待っていたはずの箕島伯爵の一団と、長谷部一族、それから父が、中庭に雪崩れ込んできた。

ナイフを喉に突きつけられたまま、重たい札束の麻袋を持たされていた。瑛広は小屋の外壁を背に、わたしを盾のようにして人びとに向かい合った。

瑛広は警告を発する。

「誰も、それ以上近寄るな！」

かれらはすり足でそろそろと中庭に広がり、わたしたちを取り囲んだ。

「よく聞け！　僕はここを出ていくか、この娘を殺すか、どちらかをする。両方はしない！　しかし、どちらかは必ずやらねばならない」

自分が人質にされたことを理解したとき、からだ中の器官が機能を止めた気がした。

それはまちがいなく恐怖のせいだったけれども、奇妙なことに、同時にわたしのあたまのはたらきは、硝子の曇りが晴れたみたいに明晰になった。

集まった人びとの表情が、驚くほどはっきり視《み》える。かれらの動揺や、その奥の子細な感情まで手にとるようにわかる気がした。

箕島伯爵が怒声を上げる。

「ここを出て、それからどうする気だ？　金を持っていくつもりか？　百万の金があったところで、ここにいるものが皆お前の事を知っているのだ！　あと一年、逃げ切れるはずがなかろう！　忘恩をして、後足で砂を引っ掛けて行っては駄目だ」

伯爵は憎悪に満ちた顔をしていた。その憎悪は、猛獣の檻を開いた責任を問うように、瑛広よりもわたしに向けられているようだった。

なおも伯爵は瑛広を説き伏せようとしたが、隆一郎が遮った。

「隆二郎をどうした！　本当に、貴様がロープを引っ張って殺したのか？」

「殺した！」

あっけないくらい、瑛広は即座に答えた。

「すべてあの少女が言っていた通りだ！　隆二郎は僕が伯爵に監禁されていると信じた。そして、財宝をすべて譲ることを条件にして、ロープを胴に巻き、杉の大樹によじ登った！　彼が間違いなく死亡するかどうかが不安だったが、心配は無用だったな」

かれの無情な声が、わたしの頭上を通りすぎてゆく。

長谷部一族だけではない。だれしも、瑛広の返答に心胆を寒からしめた。

この言葉で、かれは耐え抜いてきた十四年の月日をなんの未練もなく打ち捨てたのだ。瑛広は明治四十四年の殺人の罪を逃れるために隠れていたのである。つい数週間前の殺人を認めてしまったら、もはやそれは叶わない。

そして瑛広は、殺人を認める必要はなかったのだ！　証拠はない。隆二郎が勝手に木に登り、転落したのだと言うこともできた。

裁きからいかに逃れるか、そんな考えはすでに瑛広にはなかった。問題なのは、いかにして裁きの場にたどり着くかなのだ。そこには、わたしを殺してから行くことも、殺さずに行くこともできる。瑛広にとっては、きっと大したちがいはない。

絢子さんのすがたが鮮麗に脳裏に映った。これは、姉とおそろいの理不尽な死だ。

あたまだけが奇妙に落ち着いているのは、姉が最期にみた景色を、わたしも見逃すまいとしているからだろうか？

箕島伯爵はあてが外れたのだ。どう煽惑《せんわく》しようにも、瑛広には何の希望もなかった。だれにもかれを救うことができないのは、あまりに明白だった。

皆が口をつぐむと、瑛広は叫んだ。

「一つ、この場に居る者に教えてやらねばならないことがある！　絹川家の財産と伝わるこの百万円のことだ！　十四年前、僕が何故絹川家の財宝を盗もうとしたのか、本当の所を知っているものは居るか？」

瑛広の喉の震えが、わたしの頭蓋に伝わる。

「恐らくは居ないだろう！　もはや、誰も関心のないことだ。だから今言わねばならない。

明治の終わり、父の織原久吾は肺癌で寝ついた。そして、譫言に絹川家の財宝を欲するようになったのだ。何故父がそれを欲したか分かるか？　絹川家の財宝は、御一新のときに、織原家から掠《かす》め取《と》ったものだったからだ！

六十年前、あの、大政奉還が行われようかというときにはあちこちで名家が焼き討ちされた。曾祖父が家宝を仕舞っていた蔵も群民の襲撃を受け、財宝は散逸したと思われていた。

真相が分かったのは元号が変わって十年も経ってからだ。絹川家が、農民一揆のように見せかけて財宝を強奪した事が、手伝った男の口から判明したそうだ。

もはや、証拠は残っていなかった。あの擾乱《じょうらん》の最中のことで、目録も失っていたからな。

病床の父は、先祖から受け継いだ恨みで狂った。財宝を取り返さねば鎮まらないと家族の誰しも観念するほどにだ！

その役は僕に負わされた。一人で数十年前の一揆の反撃をすることになったのだ。僕は織原家の肥溜《こえだ》めだったからな。汚らわしい物事は全て僕の所に廻ってくるのだ。

十四年前は敢なく失敗したが、今、百万円はこの娘の命と一緒に僕が握っている！　織原家のものが死に絶えた以上、この金は僕の物だ。もとより貴様らの宝探しの懸賞金ではないのだ！」

瑛広は獣のように吠えたのち、汗のにじんだナイフの柄をしっかりと握り直した。

もう、だれにもかれに甘言を弄《ろう》する気力はなかった。

父は蹲《うずくま》り、絶叫した。

「ユリ子！　どこへ行った！　これが借金の徴収法か。金と引き換えに娘を殺させる気か！」

どこへ消えたか、ユリ子のすがたはない。

取り囲む人びとには、いよいよ瑛広の主張する観念が浸透しつつある。

つまり、わたしの命か、百万円か、ふたつが天秤にかかっている。抜け道はなく、両方が助かることは決してない。どちらかが選択されるのだ。

箕島伯爵はひとりごとのように、しかし中庭のすべてのひとに聞こえるよう言った。

「しかし、このままこいつを外に出しては、あの娘はきっと助からんぞ」

わたしは、この言葉に潜む悪意に愕然とした。

瑛広の好きにさせれば、どのみちわたしは死ぬ。伯爵はみなにそう思わせようとしていた。

百万の札束とともに瑛広が中庭を出ていくことが、伯爵はどうしても許しがたい。しかし、わたしを死に至らしめる号令をかけるわけにはいかない。

箕島伯爵は、かれをそとに出すことはすなわちわたしの死を意味するとみなに信じさせようとしているのだ。包囲を続けて、だれかが瑛広に特攻をするか、それとも痺れを切らした瑛広がわたしを殺すか、それを待てばいいではないかと、みなに誘い水を向けているのだ。

もちろん、悪意はきれいに隠されている！　わたしが死んでも、だれも伯爵を責めることはできない。わたしの身を案じているようにしか、その言葉は響かない。

包囲網が、わずかに小さくなった気がした。

長谷部一族は、伯爵の唆《そそのか》しに誘い込まれつつあった。

もちろんかれらは、長谷部隆二郎の仇《かたき》である瑛広を、むざむざ逃したくはないのだ。この場で決着をつけねばならない。それがわたしの死に行き着くことからは、巧妙に眼をそらしている。

瑛広を外に出せば、どうせわたしは死ぬにちがいない！　それなら、この殺人鬼を逃してはいけない。百万円も助かるではないか。——かれらの無意識は、そこに漂着しようとしている。

この文字どおりの土壇場で、わたしは初めて水が氷結するのをみたように、あるいは時計仕掛けの裏側をみたように、悪の生成される瞬間を目撃したと思った。もしかすると、わたしを殺すのは瑛広ではなく、かれらなのかしら?

だれも勇み足をしない。しかし、周囲の二十人は、全員で息を合わせたように、それとわからないくらい少しずつ瑛広とわたしににじり寄ってくる。

そのとき、鋭い一声が上がった。

「駄目です! 皆離れなさい! 離れて、道を開けなさい。その人と妹を行かせなさい」

長姉だった。紀子さんは、両手を広げて、幻惑から覚まさすようにみなを叱りつけた。

箕島伯爵は、術を破られた呪《まじな》い師《し》のような顔をした。

「紀子! どういうつもりだ! こいつを外に放ってお前に責任が持てるか!」

「責任など知ったことですか。鞠子が助かるには、他の手がないのですから仕方ないでしょう!」

紀子さんは、正面に立つと、瑛広を睨みつけた。

「さあ! お行きなさい! 自動車を使って、どこへでも逃げたらいいでしょう。そうして、捕まるまで札束で積木でもして遊んでらしたらいいわ。でも、逃げたらその子はすぐにお放しなさい。わたしはあなたの、不幸で独りよがりな生涯には同情しません。きっと、一番あなたに同情しているのは、今あなたが抱えてナイフを突きつけている鞠子です。

ここに、爪弾《つまはじ》きにされた子供みたいなあなたの心をわかっているのは、鞠子しかいません。そして、あなたと違ってその子には何の罪もないのです。本当なら、あなたには鞠子に触れる権利などありはしません！

ほら！　なにをしていますか。場所を開けなさい！」

紀子さんは、わたしもみたことのない剣幕で人びとを押しのけた。

だれも異議を唱えることはできなかった。かれらは左右に分かれ、中庭を出るとびらまで道が通った。

十

瑛広はお屋敷を出ると、札束の麻袋を抱えたわたしを箕島家の自動車の助手席に乗せた。

ずっと背後から羽交い締めにされていたわたしは、このとき初めて瑛広のすがたをみて、ひどく驚かされた。

かれは髭をきれいに剃り、髪の毛を短く切りそろえていた。この間までの皮脂の悪臭を吸い尽くした洋服ではなく、仕立てたばかりのような立派な背広を着ていた。

呆気にとられたわたしに、瑛広はナイフを差し出した。

「これは、あの少女に返しておいてくれ」

ナイフをよくみれば、ユリ子が使っていたものだった。受けとると、完璧に刃引きがされていて、到底殺人に使えるしろものではなかった。

引き波のように、からだを縛っていた恐怖が薄れていく。

いったいどういうことかしら？　何が起こっている？

「悪いが、もう少しだけ付き合ってくれ。もう少しだけだ」

瑛広は哀願するように言った。声からは憎悪が消え、惨めさばかりがにじんでいた。

かれは始動桿《スターチングクランク》をまわすと、運転台に乗り込んだ。

自動車は発進した。

山道を降っていく。瑛広はスピードを抑えている。

「久しぶりだな。自動車に乗るのは青梅の別荘に行って以来だ――」

かれは呟いた。

戦闘的な気配が消えたことを観察してから、わたしはそっと訊いた。

「あなたは、何をしようとしているんですの？　あのナイフが、ユリ子さんのものだったというのは――」

「君は、何も聞かされていなかったのか」

瑛広は意外そうだった。

「無理ないことか。僕だって、あの少女に曳き廻されるままになっていたのだからな。

屋上の演説を聞いている間、僕はユリ子君が何を目論んでいるのか必死で考えていた。だから、君たちの目的を問いただすために、君に鍵を開けるよう命じたのだ。

君が一人だけになって小屋の鉄扉を開ける前だ。僕は窓越しに、あの少女から切れないナイフを渡された。君を人質にしろとね。

考えてみれば、あの包囲を抜け出る方法はこれ以外になかっただろう。金ではもはや人質には不十分だ。麻袋のうえに石油ランプをかざしたまま逃げることはできない」

「そうでしたの――」

ユリ子はわたしに一言の打ち合わせもなく、とんでもない一計を案じたのだ。あらかじめ聞いていたら、わたしの拙《つたな》い演技のせいで、あの脅しは失敗したかもしれないけれど。

「僕こそユリ子君に脅されていたみたいなものだ。あの場に財宝探しの関係者が集められて、僕は捕まるか、逃げるか、決断をしなくてはならなくなった。今だって脅されている。後ろを見給え」

「うしろ？　あら！」

振り返ると、自動車の五間あまり背後を、かつよに乗ったユリ子が追いかけて来ていた。手には、投げナイフを構えている。

「スピードを上げて撒こうとすれば、あのナイフが飛んできて、タイヤを貫くのだろう。僕は従うよりないのだ。彼らが他の自動車で追いかけてこないか心配だが――」

その心配が無用であることを、わたしは察した。

「いいえ、追手は来ません」

「何故だ？」

「自動車の排気筒に、こんにゃくが詰まっているからですの」

瑛広はおおよそのわけを察したようだった。ほんの少し、かれのくちもとが緩んだ。

「どうあれ、ユリ子君に恨み言を言うつもりはない。感謝しなければならない。ずっと謎のままだった、明治四十四年の事件の真相を教えてくれたしな。

それに、君と二人だけで話をする機会をくれたのだ。こうでもしなければ有り得なかったことだ」

「わたしに話を？」

「そう、君にだ。——話さねばならないことがある。僕にとっては、これ以上ないほど恥ずべきことだ」

ためらいが生まれたらしく、瑛広は歯切れの悪い口ぶりになった。

しかし、わたしとかれとの間に、もったいぶらねばならないような因縁《いんねん》は何もないはずではないかしら？

かれは続ける。

「樺谷鞠子君。二月ばかり前、君は箕島伯爵に拐われ、あの屋敷に連れてこられたのだったね。伯爵は、絹川家の隠し財産を手に入れるために、君がどうしても必要なのだと言っていたのだろう。それが何故か知っているかね？　何のために、伯爵は君を手に入れようとしたのかを」

「——いいえ。それは、存じません」

そうだ。真相が明かされたいまにして思えば、明らかにおかしい。箕島伯爵にとっては、財宝のありかは中庭の小屋の中だとこれ以上ないほどはっきりしていて、わたしが必要になる余地などなかった。しかし伯爵は、必死でわたしを手に入れようとしたのだ。

　ユリ子はその訳を説明しなかった。

「そうか。では教えよう。地震の前のことから話さなくてはならない。僕が、あの殺人を犯して、幽閉されるようになって数年経ったころの話だ。

　僕は、座敷牢の外にあるものをみな呪い、日々を過ごしていた。ちょうどそのころ父が死んで、異母弟が爵位を継いだ。すると織原のものは、僕にも何か未来を与えねばならないと考えたのだ。十五年間閉じこもっていなければならないのだから、僕が狂気と化すことを家族は恐れた。父のことがあったからね。

　だから家族は、幽閉生活を終えたさきの人生を僕に与えようとしたのだ。つまりは、許婚者《いいなずけ》だ。僕は国外にいるということにして、大正十五年以降に結婚する約束を結んでくれる娘のいる家を探したのだな。そうすれば、十五年の幽閉生活を耐えるだろうとね。

　そんな都合のいい話が纏まるものか、そんなお人好《ひとよ》しの家があるものかと僕は思っていたが、程なくして家族は、相手が決まったと言って見合い写真を持ってきた。

　相手は、樺谷絢子という娘さんだった。樺谷家の次女、君のお姉さんだ」

「絢子さん？」

　ついさっき、廻《まわ》り燈籠《どうろう》のようにわたしの脳裏にあらわれた次姉のすがたが、ふたたびあざやかになった。

「お姉さまは――、あなたと、婚約してらしたの？」

「真実かどうかは知らない。そう聞かされたにすぎないのだ。僕は絢子さんには会ったこともない。家族は、君のお姉さんの写真を勝手に使って僕を丸め込もうとしたのかもしれない。どうあれ、それが自分の未来なのだと僕は信じた。時効の成立を待ちさえすれば、樺谷家の令嬢と結婚するのだとね。他に何の希望もなかった」

瑛広は暗鬱に言った。

絢子さんと、瑛広の縁談が決まっていた。

驚いたけれども、このことは今日教えられた中でいちばん腑に落ちる事実のような気がした。

「瑛広さん。きっと、それは本当です。思いあたることがございます。父はわたしには教えませんでしたけれど、絢子さんと織原さまの間には約束ができていたんだわ。

さっき、ユリ子さんがあなたのことをみなに聞いたとき、父は、あなたを知っているようすだったんです。それに、地震のあと、借金ができてから、父は次姉が生きていればとしきりに言っていました。織原さまと、結納金の取り決めがあったのでしょう。それがふいになってしまったことを、父は嘆いていたにちがいありません」

「そうなのか？　――僕は、騙されていた訳ではなかったのか」

瑛広は寂しそうに呟いた。

「僕は待ち続けて、地震が起こった。それから何をやったかは、さっきユリ子君が話した通りだ。箕島伯爵を利用して、僕はあの小屋に閉じこもった。

小屋の中から僕は、伯爵に、気掛かりにしていたことを訊いた。樺谷家の次女、絢子さんは無事なのかとね。僕の問いに、伯爵は、絢子さんは無事だと答えた」

日はついに暮れ切って、自動車は暗い山道を掻《か》き分《わ》けるように進んでゆく。

「でも、絢子さんは――」

「そうだ。亡くなっているのだろう？　伯爵は嘘をついた。本当のことを告げれば、僕が絶望し、札束を処分して死ぬと恐れたのだ。僕の武器は自暴自棄であったことだからな。確かに、もし絢子さんがこの世にないと知っていたならそうしたかもしれない。

伯爵は、いつかはこの嘘の辻褄合わせをしなければならない。僕が金を引き渡すときに、絢子さんを連れてくるよう要求するかもしれないからな。それに、不動産取り引きのために、伯爵は急いで金を得る必要があった。だから、僕の懐柔策を考えなければならなかった。

それだから、伯爵は君を養女にしようとしたのだよ。

まさか君を絢子さんだと偽って僕に会わせようとしたのではあるまいが、かわりとして、僕が納得するのはその妹の鞠子君しかいないだろうとね。伯爵は、君を僕にあてがおうとしていたのだ」

わたしは瑛広のほうをみていることができず、顔を背けた。かれは、羞恥に耐えかねて言葉を続けることが苦しそうだった。

「僕がそのことを知ったのは、君たちが中庭に忍び込んできたときだ。あの夜、鉄格子の向こうに君の顔を見て、一瞬僕は絢子さんがやってきたのかと思った。君と姉君とはよく似ているね。見合い写真を見ていたから、そんな錯覚を起こしたのだ。

そして、君が絢子さんの妹で、伯爵に監禁されたことを聞いて僕は全て事情を察した。勿論君たちには言わなかったがね。

僕は大いに悩んだ。唯一の希望と思っていた絢子さんはすでに亡くなっていた。そして、その妹は僕のせいで伯爵に目を付けられてしまった。

これがどういうことか考えてみ給え。伯爵にしてみれば、君には秘密の一端を明かしてしまったのだし、何としても養女になることを納得させるよりない。君がそれを逃れるには、伯爵の悪事を世間に明かすしかない。

つまり、伯爵が君をあそこに連れてきたときに、君と僕とどちらが自由を得るかは、二者択一になってしまったんだよ。どちらか一方だけが自由になれる」

瑛広は乾いた声で言った。

わたしは遣《や》る瀬《せ》がなかった。

「あなたは、なんでもすぐに思い詰めてしまうんですのね」

「そうかな？　——そうだね。そうかもしれない」

山道を降りきったところで、瑛広は自動車を停めた。かれはハンドルを離すと、両手を自分の両膝に置いて、息を吐いた。

「君たちが二度目に僕に会いにきたとき、ユリ子君が『悪いことをしているひとは、どんなことをしているのかはっきりさせる』と宣言をしたのを憶えているかね？　あのとき、僕は覚悟を決めたんだ」

「ええ——、そうでしたの」

あのときは箕島伯爵のことを言っているのだと思っていたが、ユリ子はきっと、瑛広にも同じ言葉を突きつけていたのだ。

背後で、かつよが立ち止まる音がした。ユリ子はわたしたちに追いつこうとはしない。

「あなたは、本当に長谷部隆二郎さんを殺してしまったの？　わたしを人質にする作戦を成功させるために、そうおっしゃったのではなくて？　われを忘れて首を絞めることはできても、樹上のひとにつながったロープを引っ張るくらい、あなたは冷酷になることができたんですの？」

わたしの問いに、瑛広はさんざん迷ってから答えた。

「いや、僕が殺した。これ以上は、込み入った真相は要らない。誰にとっても、僕にとってもだ。さあ、その麻袋を貸してくれ」

わたしが膝のうえに載せていた麻袋を瑛広はとりあげ、百円札の分厚い束を選び出すと、こちらに差し出した。

「それは？」

「これは君の家族や、絢子さんを欺いた、その違約金だ。殺人犯であることを隠して婚姻の約束を結んでいたのだ。織原家は当然、賠償をしなければならない。借金を賄うのには足りるだろうね？　僕が、この上なく卑怯で、姑息なやり方で求めた自由は、君に譲る。勿論、君はもう逃げ隠れする必要はない。僕と違って、君は、大手を振って自由に生きられるだろう。受け取ってくれ。そうすれば、僕もようやく諦めることができる」

瑛広の言葉に、なんの迷いもないことをみてとると、わたしは、手錠を嵌めるような心地で、かれの手からお札をとった。

　瑛広は目を瞑《つぶ》った。

「ありがとう。あとは、残った金の始末だ。もうこんな物はいらない。どうしようか、伯爵たちが来るまでに、ここで燃やしてしまおうか――」

　麻袋いっぱいの札束に、箕島伯爵への恨みを込めて火を放つ想像に、わたしの不健康な心はときめいた。

　しかし、瑛広はすぐ言葉をついだ。

「君のお姉さん、絢子さんなら、どうするべきと言っただろうか？　君は分かるか。それに従うことにさせてくれるか」

わたしではない。姉が、この因縁のこびりついた金をどうしろと言うか？

　それはわかり切っていた。

「絢子さんにきいたなら、きっと、とてもありきたりで平凡なことを答えたにちがいありません。燃やしてしまうくらいなら、病院だとか、孤児院だとか、困っているひとのところに寄付するのがいいでしょうって。絢子さんは、優しく、月並みで、ひとのこころがよくわかる、そんなひとでした」

「そうか。わかった」

　瑛広は麻袋のくちを縛りなおした。

　自動車を降りるよう促され、わたしはしたがった。

「これで用は済んだ。お別れだ。君の姉君の思い出に割り込むような真似をして悪かった。出来れば、これきり僕のことは忘れてくれ。そうでなくては、こんな醜態には耐えられそうにないんだ」

かれは、通りがけに、塗ったばかりの漆喰に手をついてしまったみたいに、ひとの心に自分の痕跡をのこしていくことを恐れていた。

わたしはそっぽを向いて答えた。

「憶えているのも、忘れるのも、わたしに任せてくださったらいいわ。ずっと閉じこもっていたあなたにだって、恥をかく資格くらいございます」

「そうだろうか？　わかった。任せよう」

瑛広はふたたびハンドルを握った。

自動車を発進させながらかれは訊いた。

「そうだ、君は閨秀《けいしゅう》作家になるのだったかね？」

あいまいな返答が許されない気がして、わたしは答えた。

「はい。そうです」

「頑張り給え」

そう言いのこすと、わたしの顔をみないまま、瑛広はアクセルを踏み込んだ。

カーヴを曲がるヘッドライトの明かりが閃いて、どこかに消え、わからなくなってしまったとき、背後にひづめの音が近づいてきた。

振り返ると、馬上のユリ子はほがらかにわたしに訊いた。

「ねえ！　どうだった？」

わたしが答えるよりさきに、胸もとに握りしめていた札束に、かつよがもの珍しげに鼻先を近づけた。わたしの指ごと札束を舐めると、はぐきを剝《む》き出《だ》しにし、馬なのに、にやにや笑いをするみたいな下品な顔をした。

「ほら！　うまくいったでしょ？」

「そうね。お金はたしかに手に入ったわ。あなたには、言いたいことがいろいろありますけど」

「あら、そうなの？」

ユリ子は、なんにもこころあたりがないと言わんばかりの顔をしている。

「ひとまず逃げましょ。いまは、伯爵と顔をあわさないほうがいいわ」

「ええ、そうだわね」

わたしは言われるままにかつよの背に這い上がった。箕島伯爵に会いたくないのは、わたしとて同じことである。

ちょうど、山道の奥に自動車の明かりが差した。

何台も連なってやってくる。排気筒からこんにゃくを取り除いた箕島伯爵と長谷部一族とが、いっせいに瑛広を追ってきたのだ。

長谷部隆一郎が、わたしたちに叫んだ。

「おい！　あいつはどうした？」

「しらないの！　どこか行っちゃったわ！」

ユリ子が返事をする。

後ろを向いて、長谷部家の自動車の後部座席から、心配げな父が首を出しているのをみつけると、走り出そうとするかつよに揺られながらわたしは大声を上げた。

「お父さま！　わたし、あと少ししたらおうちに帰るわ」

瑛広の行方がわからないから、自動車の群れは、しばらく山道に往生していた。かれらを背にして、わたしたちは駆け出した。

ユリ子は明かりを灯さない。かつよは宵闇の中、細い田舎道を疾走した。

終章——サーカスの去るとき

おうちに帰ったのは、中庭の騒動から一週間が経ってからだった。

あれからわたしたちは、ふたたび多摩の牧場で数日を過ごした。おとといになって、瑛広が警察につかまったことがわかると、麻布の晴海さんのお屋敷の裏庭に戻って続報を待った。

そして今日、自分が十四年前の殺人の犯人であることや、箕島伯爵が百万円を手に入れようと企んでいたことを瑛広が白状したと報じられた。ようやくわたしは安心して親もとに戻れることになったのである。こうなれば、もう伯爵につけ狙われる心配はしなくてよい。

瑛広がつかまったのは、横浜の花街だった。何をしていたのかわたしは知らない。関心もないけれど、お金を持たずに宿に泊まって、警察に突き出されたらしい。

本当に寄付をしてしまったのか、所持品には一銭の現金もなかったという。

ともあれ、財宝探しに決着がついたので、この一週間はわたしもユリ子もかつよも気楽だった。

ユリ子は、少しだけ自身の過去のことを教えてくれた。

何でも、物心ついたときのユリ子はすりの手伝いをしていたそうである。それがあまりに上手で、あるときサーカスに眼をつけられ、売られることになったのだという。手伝っていたすりは肉親ではなかったそうで、家族のことは、ほんとうに何にもわからないらしい。

園遊会でのユリ子の手ぎわを思い出して、話には合点がいったけれども、しかし結局この不思議な少女の謎が解けたわけではなかった。もちろん、ほんのしばらく一緒に過ごしただけでそれをみなわかろうとするのはわがままがすぎる。これくらいのことでわたしは満足するよりなかった。

謎解きといえば、ユリ子はどうやってこの事件の真相に気づいたのか。それはもちろん、明治四十四年の事件や、箕島伯爵がわたしを養女にしたがっていること、そして隆二郎の死など、集積したさまざまな謎をいちどに片付けられる答えを探したのだろう。けれど、ユリ子は、自分ではこのことにあまり関心がないようだった。

「あたし借金取り。探偵じゃないの」

そう言って、もう、事件のことはどうでもよくなってしまったみたいだった。

いつかと同じく、かつよの背にふろしき包みを積み、ユリ子に連れられ、わたしは三か月ぶりに樺谷家のお屋敷の門をくぐった。

すぐに、お庭の植木が減っているのが目についた。梅や、柿の木がなくなっている。

返済に追われ、父はこんなものまで売らなければならなかったのだ。塀のそとからわからないように、お庭の奥の植木から順になくなっているのがいじらしい。

ユリ子はわたしに玄関を開けさせず、とびらを叩いて大声で呼ばわった。

「こんにちは！　鞠子ちゃんを返しに来ました！」

応接間にわたしたちを迎え入れた父はげっそりとやつれきっていた。三か月の間に数年分の歳をとったようで、借金を返す算段がついたのだと教えても、半信半疑であった。

一週間まえ、屋上で恐るべき曲芸を披露したユリ子に、父は落ち着かなげな視線を向ける。

ユリ子は、民族服のどこかから、くしゃくしゃの紙切れを取り出した。

「はいご証文！　お返しするわ。どうぞ」

「これで間違いないのだろうね？」

父は証文のしわを伸ばして眼を凝らす。

「しらない！　あたしよめないもの。自分でたしかめてください」

自分がしるした署名と、印影をじっくりたしかめて、父はようやく納得した。

ユリ子は続けざまに、茶色い紙包みをテーブルのうえにポンと投げ出した。

「こっちは、晴海のおじいさんの借金を引いたのこりのおかね。一万三千五百四十一円六十二銭あるわ。おしるこなら十一万二千八百四十六杯とちょっと。これで足りるでしょ？」

「うむ――」

父はびっくり箱でも開けさせられているみたいに、うさんくさそうに紙包みを開けた。

中には、真新しいお札の束が、耳をそろえて納めてある。それを手にした父は、ようやく素直な安堵の表情を浮かべた。

「この金の出処は問題にならないのだろうね？　お前たちが何をやったか、薄々分かるが――」

「へいきよ。これは晴海のおじいさんが樺谷さんに払うおかねなの。なんにもあやしくないわ」

一週間まえに瑛広から受けとったお金はそのままユリ子にわたした。その始末は晴海さんにしてもらうことにして、このお金は、晴海さんの小切手を振り出したのである。万が一、父が突然借金をまとめて返済したことをだれかが疑問に思っても、晴海さんの温情で恵んでもらったと言い訳が立つようになっている。

父がお金をおさめると、ユリ子はわたしの両肩をつかんだ。

「はい！　それじゃ、さいごに担保の鞠子ちゃんを引き渡すわ。よくたしかめて」

父は言われるまま、マヌカン人形をみるみたいに、わたしをジロジロ眺めた。

昨晩、わたしは晴海さんのお屋敷のお風呂で、拾われてきた野良犬みたいに念入りに、全身を隈なく洗われた。しばらく牧場暮らしをしていたわたしには、野生の匂いが染み付いていた。そして今朝、三か月前に家を出たときの着物を着せられ、荒っぽく顔におしろいをはたかれたのである。

女子学習院のころに、お友達に借りたハンカチにお醤油のしみをつけてしまって、返すようせがまれたときにあわてて必死できれいにしたことをわたしは思い出した。

「ほら、ちゃんと元どおりでしょ？　けがもしてないの。ちょっと髪の毛がみじかくなっちゃってるけど。でもそのうち生えてくるわ」

「そんなことは知っておる」

「それと、もしかしたら前より子爵さんのいうこと聞かなくなってるかもしれないわ。でもそれあたしのせいじゃないの。かってにそうなったの。はいどうぞ」

余計極まるひとことと共にわたしは背中を押され、父のとなりの椅子に座らされた。父は、断髪すがたのわたしに、安堵とも諦めともつかないため息を漏らした。

これで取り引きはみな済んだ。借金は片付き、わたしは無事に樺谷家に返還された。おかしな旅は終わった。

「お前たちは、逐電してから一体どこで何をしていたのだ。どなたにか迷惑をかけたのではないかね？　もしも不義理をしているなら正直に言いなさい」

父はそんな言い方をして、箕島伯爵のところを逃げ出してからのことを聞き出そうとした。

「わたしたち、ユリ子さんのお友達の、浅間光枝さんのところに泊めていただいていたんです。おかえしに女中のお勤めをいたしましたから、不義理なことはいたしておりません」

「浅間光枝だと？　あの女優か！」

父は頭を抱えた。長谷部家の園遊会でのことを思い出しているらしい。

「大日倶楽部で給仕なんぞやっていたのもそのためか？　鞠子、そのことは人に話すなよ。噂が広まれば、どう思われるか分かったものではない」

「ええ、女優さんのところに泊めてもらったなんて自慢話をしてまわるつもりはありませんけれど、お父さまも、もしも伯爵のところから逃げ出していなかったら、わたし殺人犯のかたと結婚するはめになってたってことは忘れないようにしていただきたいわ」

それから、箕島伯爵の手下に追われて牧場に隠れていたことを話した。父が悲愴な顔をするので、わたしは逃亡生活がいかに楽しかったか、大げさに話してみせた。父には、尚更わたしに反抗癖がついたように聞こえたかもしれない。

やがて父は、強引に自分を納得させるように言った。

「まあいい。ともあれ無事に帰ってきたのだから――」

「あら、あたしといっしょにいたんだから、無事なのはあたりまえだわ」

ユリ子はこともなげに言う。父は何から何まで調子を狂わされている。

話がすむと、ユリ子はお茶のおかわりをねだった。このあいだみたいに、湯呑みのお茶をすすりながらテーブルのお菓子を漁り、自前のキャラメルをしゃぶる。わたしと父がそばにいることは忘れたみたいである。

だまって座っていると、次第に自分が応接室に馴染んでいく気がした。

もちろんここは自分のおうちで、わたしは樺谷子爵家の三女なのだ。わたしはようやく、ユリ子が自分と何の縁もゆかりもない借金取りの少女だったことを思い出した。もう、用事はすんだ。お菓子をむさぼり尽くしたら、あとは帰るだけである。

結局、みんなユリ子が言っていた通りになった。豪語していたとおり、ユリ子はみごとに借金を取り返したのだ。

箕島伯爵につかまる前に、ユリ子は、世の中にどんな面白いものがあるかみせてくれるつもりなのかしらと考えていたことをわたしは思い返した。ユリ子と一緒にいる時間を、わたしは遊園地にやってきたみたいに思っていたのである。

実際に連れて行かれたのは、遊園地どころではなかった。あの中庭で、わたしはユリ子にいきなり首根っこを摑まれ、奈落の底を覗かされたのだ。百万円と天秤にかけられて、伯爵や長谷部家の人びとに向き合ったとき、わたしはこの世の書割《かきわり》の裏側を隙見したような気がした。

父は、ユリ子と一緒にいるせいで、うっかりわたしがそんな光景をみてしまうことを恐れていたにちがいなかった。この少女はずっと、わたしの知らない、書割の裏側に暮らしていたのである。

お煎餅を食べおえたユリ子は立ちあがった。

「ごちそうさま。あたし帰るわ」

「ふん、そうかね。世話になった」

父は、ユリ子が気を変えないうちにとばかりに、女中を呼んで玄関を開けさせようとした。

ユリ子が帰ると言ったとき、ふいにわたしは、サーカスが町を去っていくときの物寂しさを理解したと思った。それは、別世界をひとときちらりとみせては、未練もなしにどこともわからぬところへ行ってしまうのだ。

応接室を出ようとするユリ子に、わたしは取り縋るように声をかけた。

「ユリ子さん！　こんどあなたのお仕事にお手伝いが必要になったら、わたしがお引き受けするわ。そのときは声をかけて下さる？」

ユリ子も父も、わたしを振り返った。

ふたりの表情はきれいな対照になった。父は憤り、ユリ子は笑った。

「そう？　それじゃお願いするわ。怪文書が書けるひとといっしょだと、あたしのお仕事やりやすいの」

ユリ子はいい加減なことばかり言うけれど、このときの誠実さは、わたしは疑わなかった。

かつよに乗って、ユリ子は颯爽と帰って行った。

父はわたしが借金取りの助手を志願したことに文句を言いたそうだったが、それを飲み込むと、応接室の棚に載せてあった封筒を見せた。

「お前に手紙が来ておる」

「どなたからですの？」

「紀子からだ」

「お姉さまから？　そうでしたの」

手紙にはこころあたりがあった。

数日前、まだ牧場にいたころに、わたしは紀子さんに手紙を出した。中庭で、人質に取られたわたしを庇ってくれたことへのお礼を書いたのである。その返事が届いていたのだった。

父はこの手紙がずっと気になっていたようだった。財宝の謎が解明されていらい、箕島家のものが殺人犯を隠して大金を手に入れようとしていた事実は世のだれもが知ることとなり、当然そこに嫁いだ長姉も醜聞に巻き込まれているはずなのである。

手紙が重大な用件を伝えているのではないかと父は気づかっていたのだ。わたしに宛ててあるから、勝手に開けるわけにもいかなかった。

封筒を受け取り便箋を広げた。

「――お父さまが心配なさっているようなことは、なにも書いてありませんわ」

それは、わたしが手紙を書いたときに想像した通りの返事だった。まず、わたしの無事をとても喜んでいること、わたしが紀子さんを心配するのは僭越だということ。わたしの書いた怪文書は、作者の品性を疑うべき下劣なものであること。わたしがいかに向こうみずで無責任で、どれだけ多くのひとに迷惑をかけたかということ。

延々つづられているのは、おおよそわたしが箕島伯爵に閉じ込められていたときに受けたお説教と同じ内容だった。文章からも、長姉が大変な剣幕であるのが十分伝わる。

しかし、いまのわたしはこのお叱言《こごと》にただほほえんで頷いてみせることができた。

紀子さんのいうとおりだ。いかにもわたしは、チンドン屋が通ればあとを追って行かずにはいられない、そんな娘にちがいなかった。

「紀子は、出戻って来る気かと思っていたのだがな」

父は呟いた。そう望んでいるらしいのがわたしにもわかった。

きっと長姉は帰ってこないだろう。いくら箕島家の家名が汚れようが、それを理由に離別することのほうを、よっぽど大きな恥と考えるのだ。

嫁いだのが紀子さんでよかったわね、と、わたしは顔もよく憶えていない箕島家の三男に念を送った。


ふろしき包みを自分の四畳半に運んで、本やら着物やらの品物をたんすや棚に戻した。

片付け終えると、ふいに思いついて、わたしは父の書斎へ行った。

「お父さま？」

「何だね」

父は書き物をしていた。

「絢子さんのお見合い写真をみせてくださいません？」

「絢子の？」

しばらく父は考えて、ようやく、わたしの言うのがただの他愛のないお願いであるのに気づいた。書棚から、錦糸《きんし》入りの厚紙を二つ折りにした立派な見合い写真を取り出した。

「これだ。一枚しか残っていないから気をつけなさい」

わたしは四畳半に帰ると、文机のうえに、絢子さんの写真を広げた。

幽閉されていた瑛広がみた写真である。

振袖を着て、きちんと日本髪を結い上げた絢子さんは、記憶のなかのすがたとは少しちがっていた。しかし、瑛広が言っていた通り、わたしの面影はたしかにある。

一週間前の夕暮れ、山道をくだる自動車の中で瑛広にことの真相を聞かされたとき、わたしはようやく絢子さんの死を受け入れることができたと思った。それがいかに理不尽で、特別なことだったかは、思いがけず瑛広によってあかしが立てられたのだ。

秘密を打ち明けるときのささやき声で、わたしは見合い写真に言った。

「絢子さん、あれからわたしいろいろなひとに会ったわ」

わたしはもう、写真の絢子さんの歳をぬいて大人になろうとしている。

参考文献

アレクサンドル・デュマ『モンテ・クリスト伯　２』（岩波文庫）

『値段の明治大正昭和風俗史（上・下）』（朝日文庫）

『新・値段の明治大正昭和風俗史』（週刊朝日）

『実写・実録　関東大震災』（講談社）

吉村昭『関東大震災』（文春文庫）

浅見雅男『華族誕生　名誉と体面の明治』（中公文庫）

千田稔『明治大正昭和　華族事件録』（新人物往来社）

小田部雄次『家宝の行方　美術館が誇る名家の明治・大正・昭和』（小学館）

阿久根巌『サーカス誕生　曲馬團物語』（ありな書房）

フレッド・Ｂ・リクソン著／松田和也訳『暗号解読辞典』（創元社）

宮本百合子『宮本百合子全集　第十六巻』（新日本出版社）

本書は書き下ろしです。

この物語はフィクションです。
登場する人物、団体、場所等は
実在するいかなる個人、団体、場所等とも一切関係ありません。

装画＝中島梨絵
装丁＝川名 潤

夕木春央

（ゆうき・はるお）

1993年生まれ。

2019年、「絞首商会の後継人」で第60回メフィスト賞を受賞。

同年、改題した『絞首商會』でデビュー。

サーカスから来《き》た執達吏《しったつり》

二〇二一年九月二八日　第一刷発行

著者　夕《ゆう》木《き》春《はる》央《お》

発行者　鈴木章一

発行所　株式会社講談社

〒一一二－八〇〇一　東京都文京区音羽二－一二－二一

電話　出版　〇三－五三九五－三五〇六

販売　〇三－五三九五－五八一七

業務　〇三－五三九五－三六一五

本文データ制作　講談社デジタル製作

印刷所　豊国印刷株式会社

製本所　株式会社国宝社

KODANSHA

ISBN978-4-06-524304-6　N.D.C.913　367p　19cm